데미안

클래식 라이브러리 012

데미안

에밀 싱클레어의 젊은 날의 이야기

클래식 라이브러리　012
Demian

헤르만 헤세 지음
정현규 옮김

arte

일러두기

1 이 책은 Hermann Hesse, *Demian*(Frankfurt a. M., 1974)을 옮긴 것이다.
2 인명, 지명 등 고유명사의 우리말 표기는 국립국어원 외래어표기법에 따르되,
   일부 예외를 두었다.
3 주석은 모두 옮긴이의 것이다.

차례

나는 그저 내 안에서 저절로 우러나오는 삶을 살아 보려고 했을 뿐이다. 그것이 대체 왜 그토록 어려웠을까?

　내 이야기를 풀어놓기 위해서는 아주 먼 과거에서부터 시작해야만 한다. 만약 내게 그게 가능하다면 그보다 더 멀리, 그러니까 내 유년기 최초의 시기와 그 시절을 넘어 내 근원 저 멀리까지 거슬러 올라가야 할 것이다.

　소설을 쓸 때 작가들은 마치 자신들이 신이라도 되는 양 어떤 인간사를 철저히 조망하거나 이해할 수 있는 것처럼 행세하면서, 마치 신이 그 이야기를 직접 설명하듯이 일절 숨김없이 모든 점에 있어 근원적으로 묘사할 수 있는 것 같이 군다. 나는 그렇게는 할 수 없는데, 사실 그건 다른 작가들도 마찬가지다. 하지만 내게 나의 이야기는 다른 작가에게 자신의 이야기가 중요한 것 이상으로 중요하다. 그 이야기는 나 자신의 이야기이며 한 인간의 이야기이기 때문이다. 그것은 가공의 인간이나, 있을 법한 인간, 이상적인 인간, 또는 어찌 됐든 존재하지 않는 인간의 이야기가 아니라, 현실에 존재하며 유일무이하고 살아 있는 인간의 이야기인 것이다. 물론 진짜 살아 있는 인간이 무엇인가 하는 점에 대해서 오늘날 사람들은 예전에 비해 잘 모른다. 게다가 인간들 각자가 자연의 고귀하고 유일무이한 시도인데도 총으로 대량 학살되는 일이 벌어지고 있다. 우리가 더 이상 유일무이한 존재가 아니라면, 그리고 우리 각자를 한 발의 총알로 세상에서 완전히 제거할 수 있다고 한다면, 이야기를 한다는 건 더 이상 아무 의미가 없을 것이다. 하지만 모든 인간은 그 자신일 뿐만 아니라, 세상의 여러 현상들이 단 한 번만 교차하며 두 번 다시 그런 일이 일어나지 않는 유일무이한 점點, 아주 특별하고 어떤 경우에도 중요하며 특이한 점이다. 그렇기 때문에 모든 인간의 이야기는 소중하고 영원하며 신적이고, 그렇기 때문에 모든 인간은 그가 어떻게든 살고 있는 한, 그리고 자연의 의지를 실현하고 있는 한, 경이롭고 모두 관심받을 만한 가치가 있다. 모든 인간 속에는 정신이 형상화되어 있고, 모든 인간 안에서 피조물은 고통 받으며, 모든 인간 안에서 구세주가 십자가에 못 박히고 있는 것이다.

오늘날 인간이 무엇인지 아는 사람은 별로 없다. 많은 사람들이 그것을 느끼기는 하고, 그렇기 때문에 더 쉽게 죽는다. 나도 이 이야기를 다 쓰고 나면 더 쉽게 죽을 수 있을 것이다.

내가 나 자신을 무언가 좀 아는 사람이라고 말할 수는 없다. 나는 뭔가를 탐색하는 사람이었고, 지금도 그렇다. 하지만 나는 더 이상 별과 책에서 탐색하는 것이 아니라, 내 안에서 피가 속삭이는 가르침에 귀를 기울이기 시작했다. 내 이야기는 편안하지 않다. 그것은 꾸며 낸 이야기처럼 달콤하거나 조화롭지 않으며, 더 이상 스스로를 기만하려 하지 않는 모든 인간의 삶이 그런 것처럼 불합리함과 혼돈, 광기와 꿈의 맛이 난다.

모든 인간의 삶은 자기 자신에 이르는 하나의 길이며, 하나의 길을 시도해 보는 것이고, 하나의 오솔길을 암시하는 것이다. 인간은 이제까지 한 번도 완전히 자기 자신인 적이 없었다. 그럼에도 불구하고 모두가 그렇게 해 보려고 애를 쓴다. 누군가는 둔하게, 누군가는 보다 가볍게, 누구나 능력껏 그렇게 하는 것이다. 누구나 자신이 태어날 때의 잔재를, 태고의 점액과 알껍데기를 죽을 때까지 지니고 다닌다. 어떤 이들은 인간이 되지 못한 채, 개구리나 도마뱀 혹은 개미로 남는다. 어떤 이는 위는 인간인데 아래는 물고기다. 하지만 모든 이는 자연이 인간이 되라고 던져 놓은 존재다. 우리 모두는 어머니라는 같은 기원을 가지고 있다. 우리 모두는 같은 심연에서 나온 존재인 것이다. 하지만 저 깊숙한 곳에서 내던져진 하나의 시도인 우리 각자는, 자신의 고유한 목표를 향해 애쓰며 나아간다. 우리는 서로를 이해할 수는 있지만, 해석할 수 있는 대상이라곤 오직 자신뿐이다.

1
두 세계

내가 열 살 때 우리 소도시의 라틴어학교에 다니던 시절의 경험으로 내 이야기를 시작하련다.

그 시절로부터 나를 향해 다양한 향기가 풍겨 오고, 내부에서 아픔과 기분 좋은 전율로 나를 휘젓는다. 어두운 골목길과 밝은 집들과 탑들, 시간을 알리는 종소리와 사람들의 얼굴, 방 안 가득한 안락함과 따스한 쾌적함, 방 안 가득한 비밀과 깊이 자리한 유령에 대한 두려움이. 비좁지만 따스한 공간의 냄새, 토끼와 하녀들의 냄새, 민간요법으로 쓰이는 약초들과 말린 과일 냄새가 풍겨 온다. 그곳엔 두 세계가 뒤섞여 있었고, 양 끝에서 낮과 밤이 나왔다.

한 세계는 아버지의 집이었다. 하지만 이 세계는 그 집보다 훨씬 좁은 영역이었다. 그 세계는 실제로는 단지 내 부모님만을 둘러싸고 있었던 것이다. 나는 이 세계의 대부분을 잘 알고 있었다. 그 세계는 어머니와 아버지라 불렸고, 사랑과 엄격함, 모범과 학교라는 이름으로 불렸다. 부드러운 광채와 명료함과 깨끗함이 이 세계에 속했고, 다정하고 상냥한 대화, 깨끗이 씻은 손, 깔끔한 옷, 훌륭한 예의 범절이 여기에 자리 잡고 있었다. 여기선 아침에 찬송가를 불렀고, 여기선 크리스마스를 축하했다. 이 세계 속에는 미래로 나아가는 반듯한 노선들과 길들이 있었고, 의무와 책임, 양심의 가책과 참회, 용서와 선한 의도, 사랑과 존경, 성경 말씀과 지혜가 있었다. 맑고 순수하고, 아름다우며 질서 있는 삶을 살려면, 모름지기 이 세계에 머물러 있어야 했다.

그런데 또 다른 세계가 우리 집 한가운데서 이미 시작되고 있었고, 그 세계는 완전히 다른 세계였다. 다른 냄새가 났고, 다른 말을 했고, 다른 식으로 약속하고 요구했다. 이 두 번째 세계에는 하녀들과 견습공들, 유령 이야기와 추잡스러운 소문들이 있었고, 거기엔 으스스하고, 유혹적이며, 끔찍하면서 수수께끼 같은 것들, 예를 들면 도살장과 감옥, 술주정뱅이와 싸우는 아낙네들, 새끼를 낳는 암소들, 쓰러진 말들, 강도질이나 살인, 자살에 대한 이야기들이 다채롭게 넘쳐났다. 이처럼 아름다우면서도 끔찍하며, 거칠고 잔인한 일들이 도처에서, 바로 옆 골목이나 옆집에서 벌어졌고, 경찰들과 부랑자들이 주변을 배회했으며, 술주정뱅이들은 마누라를 두들겨 팼고, 저녁이면 젊은 아가씨들이 무리 지어 공장에서 쏟아져 나왔으며, 노파들은 누군가에게 마법을 걸어 병들게 할 수 있었고, 강도들이 숲에 살고 있었으며, 방화범들은 무장경관들에게 체포되었다. 도처에서 이 강렬한 두 번째 세계가 분출했고 냄새를 풍겼다. 도처에서. 어머니와 아버지가 있는 우리 방들만이 예외였다. 그런데 그건 참으로 근사한 일이었다. 여기 우리 집에 평화와 질서와 평온함이, 의무와 양심과 용서와 사랑이 있다는 사실이 멋졌고, 다른 모든 것들, 시끄럽고 요란한 모든 것, 음침하고 폭력적인 것들도 거기 존재하며, 거기에서 한 발짝만 폴짝 뛰면 어머니에게로 도망갈 수 있다는 사실도 멋졌다.

가장 이상했던 것은, 그 두 세계가 경계를 맞대고 그처럼 서로 가까이 있다는 사실이었다! 예를 들어 우리 집 하녀였던 리나가 저녁 기도 시간에 거실 문가에 앉아, 깨끗이 닦은 손을 매끄럽게 편 앞치마 위에 얹은 채 청아한 목소리로 찬송가를 함께 부를 때면, 그녀는 완전히 아버지와 어머니의 세계, 우리의 세계, 밝고 올바른 세계에 속해 있었다. 그러고 나서 곧바로 부엌이나 땔감 창고에서 그녀가 머리 없는 난쟁이에 대한 이야기를 내게 해 줄 때나, 작은 푸줏간의 주인 옆에서 이웃 아낙네들과 싸울 때면, 그녀는 다른 사람이었고 다른 세계에 속해 있었으며, 비밀에 둘러싸여 있었다. 그런데 모든 것이 그런 식이었으며, 나 자신의 경우가 가장 그러했다. 물론 나는 밝고 올바른 세계에 속해 있었고, 우리 부모님의 자식이었지만, 내가 눈과 귀를 향하는 곳 어디에나 다른 것이 있었다. 그리고 나는 그 다른 것 속에서도 살고 있었다. 그것이 자주 나한테 낯설고 섬뜩했으며, 거기서 번번이 양심의 가책이나 두려움을 느꼈음에도 불구하고 말이다. 심지어 때때로 그 금지된 세계에서 사는 것이 더없이 좋을 때도 있었고, 때로는 밝은 세계로 귀환하는 것이 ─그것이 어쩔 수 없었고 좋은 일이긴 했어도 ─ 덜 아름다운 곳, 더 지루하고 황량한 곳으로 돌아오는 것 같았다. 이따금 의식된 바와 같이, 내 삶의 목표는 아버지나 어머니처럼 되는 것, 그처럼 밝고 순수하며, 그처럼 침착하고 질서정연해지는 것이었다. 하지만 거기에 이르는 길은 멀었다. 거기에 이르려면 마지못해 학교를 다녀야 하고, 대학 공부를 해야 하며, 이런저런 시도를 해 보고, 시험을 치러야 했다. 그런데 그 길도 줄곧 저 어두운 다른 세계를 스쳐 지나가거나, 그 세계를 관통해 지나갔다. 그러니 그 세계에 머물러 그 속으로 빠져 버리는 것이 아주 불가능한 일은 아니었다. 실제로 그런 일이 일어나 탕아가 되어 버린 아들들에 관한 이야기들이 있었고, 나는 그런 이야기를 열심히 탐독했다. 거기선 아버지와 선한 세계로 돌아오는 것이 언제나 구원이고 훌륭한 일이었고, 나 역시 전적으로 그것만이 옳고 선하며 바람직하다고 느꼈다. 그럼에도 불구하고 그 이야기 가운데 악한들과 탕아들 사이에서 벌어지는 일을 다루는 대목이 훨씬 더 매력적이었다. 그리고 솔직하게 고백해도 된다면, 탕자가 회개하고 다시 받아들여지는 것이 때로는 그야말로 유감이었다. 하지만 그런 말은 입밖에 내서는 안 되었고, 생각해서도 안 되었다. 그것은 예감이나 가능성으로서 감정의 맨 밑바닥에 어찌어찌 존재할 뿐이었다. 악마를 상상 속에 떠올릴 때면, 나는 그 악마가 — 변장을 했거나 아니면 그 모습 그대로 — 거리 아래쪽에 있는 것으로 생각하거나, 연시年市가 열리는 시장 혹은 선술집에 있는 것으로 생각하는 데 익숙했지, 우리 집에 있는 모습은 상상조차 할 수 없었다.

　　내 누이들 역시 밝은 세계에 속해 있었다. 그들은 천성적으로 아버지와 어머니에게 나보다 더 가까이 있는 것처럼 보였다. 그들은 나보다 더 잘했으며, 예의도 바르고 실수도 적었다. 누이들도 결점이 있었고 버릇이 없을 때도 있었지만, 내가 보기에 그리 심각할 정도는 아니었고, 악과 접촉함으로써 곤란하고 고통스럽게 되거나 어두운 세계에 훨씬 가까이 있던 나만큼은 아니었다. 누이들은 부모님처럼 보호되고 존중되어야 했다. 그리고 그들과 다툼이 있을 때면, 나중에 스스로의 양심에 비추어 볼 때 언제나 내가 나쁜 사람이었고, 용서를 빌어야만 하는 원인 제공자였다. 왜냐하면 누이들 안에 있는 부모님, 명령을 내리는 선한 존재를 모독했기 때문이다. 누이들보다는 거리의 방탕한 아이들과 공유할 수 있는 비밀들이 내겐 있었다. 세상이 밝고 양심에 거리낄 것이 없는 좋은 날엔, 누이들과 노는 것이나 착하고 얌전하게 그들과 함께 있는 것 그리고 모범적이고 고상한 자신의 모습을 보는 것이, 드물지 않게 즐거웠다. 인간이 천사라면 당연히 그래야 했다! 그것이야말로 우리가 아는 최상의 것이었고, 우리는 마치 크리스마스나 행복할 때처럼 경쾌한 선율과 향기에 둘러싸인 천사가 된다는 것이 달콤하고 멋진 일이라고 생각했다. 아, 그런 시간과 나날들은 얼마나 드물게 찾아왔던가! 나는 내게 허용된 천진난만하고 유익한 놀이를 하다가 누이들이 감당할 수 없는 열정과 과격함에 종종 사로잡혔고, 이로 인해 놀이는 싸움과 불행으로 끝났다. 그렇게 화가 치밀어 오르면 나는 끔찍하게 굴었고 못된 말과 행동을 했는데, 그렇게 하는 동안에도 그게 얼마나 못된 일인지 마음 깊이 뜨겁게 느꼈다. 그러고 나면 후회와 참회가 밀려드는 고약하고 음울한 시간이 찾아왔고, 이어서 용서를 비는 고통스러운 순간이 왔다. 그러고는 다시 광명이 비쳤고, 갈등이라곤 없는 고요하고 고마운 행복이 몇 시간 혹은 잠깐 지속되었다.

나는 라틴어학교에 다녔는데, 시장의 아들과 삼림 감독관의 아들이 같은 반이어서 나는 가끔 그 애들과 어울렸다. 거칠긴 했지만, 선량하고 허용된 세계에 속한 아이들이었다. 그런데도 나는 우리가 평소에 무시하던 이웃집 아이들, 공립학교 학생들과 가깝게 지냈다. 그들 중 한 명에 관한 것으로 내 얘기를 시작해야겠다.

1 두 세계

수업이 없는 어느 날 오후 — 나는 열 살을 막 넘긴 나이였다 — 이웃에 사는 두 아이와 함께 나는 이리저리 쏘다니고 있었다. 그때 우리보다 큰 녀석이 합세했는데, 열세 살쯤으로 덩치도 좋고 거친 아이였고, 재단사의 아들로 공립학교에 다니고 있었다. 그의 아버지는 술주정뱅이였고, 가족 모두가 평판이 좋지 못했다. 이 프란츠 크로머를 나는 익히 알고 있었고 그에 대한 두려움을 가지고 있었기 때문에, 그가 지금 우리 사이에 불쑥 끼어든 것이 마음에 들지 않았다. 그는 벌써 어른처럼 행동했고, 젊은 공장 노동자들의 걸음걸이와 말투를 흉내 냈다. 우리는 그가 이끄는 대로 다리 옆에 있는 강기슭으로 내려섰고, 사람들이 보지 못하도록 다리의 첫 번째 아치 아래 몸을 숨겼다. 불룩한 다리 기둥과 게으르게 흐르는 강물 사이에 있는 좁은 강기슭은, 유리조각과 잡동사니, 녹슨 철사줄과 다른 오물더미가 어지럽게 뭉쳐 있는, 그야말로 쓰레기 천지였다. 사람들은 거기서 때때로 쓸모 있는 물건을 찾아내기도 했다. 우리는 프란츠 크로머의 지시에 따라 그 구간을 샅샅이 뒤져서 우리가 찾아낸 것을 그에게 보여 주어야 했다. 그러면 그는 그것을 주머니에 넣거나 물속으로 던져 버렸다. 그는 납이나 놋쇠 혹은 주석으로 된 물건이 그중에 있는지 주의해서 보라고 시켰는데, 그는 그런 것을 챙겼고, 뿔로 만든 오래된 빗 같은 것도 집어넣었다. 나는 그와 함께 있으면서 아주 불안한 마음이었는데, 그것은 아버지가 알면 이런 교제를 금지할 것이라는 사실을 알고 있었기 때문이 아니라, 프란츠라는 인물 자체에 대한 두려움 때문이었다. 그가 나를 받아들여 다른 아이들처럼 대하는 것은 기뻤다. 그는 명령했고 우리는 복종했는데, 그와 함께 있는 것이 이번이 처음인데도 마치 그렇게 하는 것이 오래전부터 해 온 일 같았다.

마지막에 우리는 땅바닥에 주저앉았다. 프란츠가 물에 침을 뱉었는데, 마치 어른 같았다. 그는 잇새로 침을 뱉어서 원하는 것에 맞힐 수 있었다. 이야기가 시작되었다. 아이들은 애들 장난 같은 온갖 영웅담과 못된 짓을 가지고 잘난 척하며 떠벌리기 시작했다. 나는 입을 다물고 있긴 했지만, 바로 그 때문에 눈에 띄어 크로머가 내게 화를 내지 않을까 두려워하고 있었다. 다른 두 친구는 처음부터 나와 거리를 두었고, 그의 편이 되어 있었다. 나는 그들 사이에서 낯선 존재였고, 내 옷차림과 태도가 그들에게 도발적으로 비칠지도 모른다고 느꼈다. 라틴어학교 학생인 데다가 점잖은 집안의 아들인 나를 프란츠가 좋아할 리가 없었고, 다른 두 아이들은 ― 나는 그러한 낌새를 여실히 느꼈는데 ― 여차하면 나를 모른 척하고 궁지에 빠지도록 놔둘 터였다.

순전히 두려움 때문에 나 역시 마침내 이야기를 하기 시작했다. 나는 어떤 거창한 도둑질 이야기를 꾸미고는 나 스스로가 그 이야기의 주인공이 되었다. 길모퉁이 물방앗간 옆의 과수원에서 내가 어떤 친구와 함께 밤에 사과 한 자루를 훔쳤다는 얘기였다. 그것도 보통 사과가 아니라 최상품인 레네테 종과 황금색 파르메네 종으로만 말이다. 순간의 위험으로부터 벗어나 이 이야기로 도망친 셈이었는데, 나는 이야기를 꾸며내는 일에는 아주 능숙했다. 이야기가 금방 끝나서 혹시 더 고약한 일에 말려들까 봐 나는 온갖 기교를 발휘했다. 둘 중 한 명이 나무에 올라가 사과를 아래로 던지는 동안 다른 한 명은 항상 망을 봐야 했는데, 자루가 너무 무거워 반을 덜어 놓아야만 했고, 30분 후에 다시 와서 나머지 것까지 가져갔노라고 떠벌렸던 것이다.

이야기를 끝냈을 때 나는 어느 정도의 박수갈채를 기대했다. 마지막에 이르러서는 열이 오른 상태였고, 이야기를 꾸며 내는 일에 도취되어 있었던 것이다. 두 꼬마는 침묵하며 기다리고 있었는데, 프란츠 크로머는 눈을 게슴츠레하게 뜨고 나를 뚫어져라 보더니 위협적인 목소리로 물었다. "그거 사실이야?"

"물론이지." 내가 대답했다.

"그러니까 정말로 그랬단 말이지?"

"그래, 정말로 그랬다니까." 속으로는 두려워서 숨이 막힐 지경이었지만 나는 고집스럽게 우겼다.

"맹세할 수 있어?"

나는 너무 놀랐지만, 곧장 그렇다고 말했다.

"그럼 말해 봐. 하느님과 축복에 맹세코!"

나는 말했다. "하느님과 축복에 맹세코."

"그렇단 말이지." 그러더니 그는 몸을 돌렸다.

나는 이것으로 모든 게 해결됐다고 생각했고, 그가 곧장 일어나 돌아갈 채비를 하자 기뻐했다. 우리가 다리 위로 올라왔을 때, 나는 소심하게 이제 집에 가 봐야 한다고 말했다.

"그렇게 서두를 필요 없어." 프란츠가 웃었다. "우린 가는 길이 같으니까."

그는 천천히 어슬렁거리며 계속 걸어갔고, 나는 빠져나갈 엄두가 나지 않았다. 그런데 그는 정말로 우리 집 방향으로 가고 있었다. 우리가 집에 도착했을 때, 그리고 내가 우리 집의 문과 두툼한 놋쇠 손잡이, 창문에 비치는 해와 어머니 방의 커튼을 보았을 때, 나는 깊은 안도의 숨을 내쉬었다. 아, 집에 왔구나! 아, 집으로, 밝고 평화로운 세계로 돌아온다는 건 얼마나 축복받은 일이고 좋은 일인가!

내가 재빨리 문을 열고 들어가 등 뒤로 문을 닫으려는 순간, 프란츠 크로머가 함께 밀고 들어왔다. 안마당에서만 빛이 들어오는 서늘하고 어두운 타일 복도에서 그는 곁에 선 채 내 팔을 붙잡고 나직하게 말했다. "그렇게 서두를 필요 없다니까!"

나는 소스라치게 놀라며 그를 보았다. 그는 쇳덩이 같은 손으로 내 팔을 단단하게 잡고 있었다. 나는 그가 대체 무슨 생각을 하고 있는 건지, 혹시 내게 해코지를 하려는 건 아닌지 곰곰이 생각했다. 나는 내가 지금 소리를 지르면, 다급하고 크게 소리치면 위에서 누군가 나를 구하러 재빨리 오지 않을까라는 생각을 했다. 하지만 포기했다.

"뭐야?" 내가 물었다. "뭘 하려는 거야?"

"별거 아니야. 그냥 너한테 아직 뭘 좀 물어볼 게 있어서. 다른 애들은 들을 필요가 없는 거거든."

"그래? 좋아, 내가 무슨 얘길 더 해야 하는데? 난 올라가야 해, 알잖아."

"너도 알지?" 프란츠가 나지막이 말했다. "길모퉁이 물방앗간 옆의 과수원이 누구네 건지."

"아니, 몰라. 물방앗간 주인 거겠지."

프란츠가 나를 팔로 감싸고는 나를 자기 쪽으로 바짝 끌어당기는 바람에, 나는 그의 얼굴을 아주 가까이에서 봐야만 했다. 그의 눈엔 악의가 번득였고, 심술궂게 웃고 있었는데, 얼굴엔 잔인함과 위세가 가득했다.

1 두 세계

"좋아, 꼬마야. 그 과수원이 누구네 건지 너한테 말해 주지. 나는 누군가 사과를 훔쳐 갔다는 걸 이미 오래전부터 알고 있었어. 그리고 주인이 과일을 훔쳐 간 자가 누군지 말해 주면 2마르크를 주겠다고 한 사실도 알고 있고."

"하느님 맙소사!" 나는 소리쳤다. "하지만 주인한테 이르진 않을 거지?"

나는 그의 명예심에 호소하는 것이 소용없으리라는 것을 느꼈다. 그는 다른 세계에 속한 사람이었으며, 그에게 배신은 범죄가 아니었다. 나는 그러한 사실을 정확히 감지했다. 이런 일에 있어서 '다른' 세계 사람들은 우리와 같지 않았다.

"이르지 않는다고?" 크로머가 웃었다. "이봐 친구, 넌 내가 직접 2마르크짜리를 찍어 낼 수 있는 화폐위조범이라도 되는 줄 알아? 난 가난한 놈이야. 너처럼 부자 아빠가 없다고. 2마르크를 벌 기회가 있으면 난 그걸 벌어야 해. 혹시 그 주인이 좀 더 줄지도 모르지."

그가 갑자기 나를 다시 풀어 주었다. 우리 집 복도에선 이제 더 이상 평안함과 안전함의 냄새가 나지 않았고, 내 주위의 세계가 무너져 내렸다. 내가 범인이라고 그가 이르면, 누군가 아버지에게 그 사실을 말하게 될 테고, 경찰까지 오게 될지도 몰랐다. 혼돈이 지닌 온갖 공포가 나를 위협했고, 추악하고 위험한 모든 것이 나를 향해 몰려왔다. 내가 훔치지 않았다는 사실은 전혀 중요하지 않았다. 게다가 난 맹세까지 한 상태였다. 오 맙소사, 오 맙소사!

눈물이 솟구쳐 올라왔다. 나는 몸값을 치르고 빠져나와야 한다고 느꼈고, 절망한 채 주머니란 주머니는 모두 뒤졌다. 사과도, 주머니칼도, 아무것도 없었다. 그때 내 시계가 떠올랐다. 그건 오래된 은시계였는데, 가지는 않았고, '그냥' 가지고만 있던 거였다. 그 시계는 우리 할머니가 물려주신 거였다. 나는 그것을 얼른 끄집어냈다.

내가 말했다. "크로머, 들어 봐. 날 일러바칠 것까진 없어. 그건 너한테도 좋은 일은 아니야. 너한테 내 시계를 줄게. 이것 좀 봐. 유감이지만 그 밖엔 가진 게 없어. 가져도 돼. 그거 은으로 된 거야. 시계는 좋은 거야. 한 가지 흠이 있다면, 수리를 해야 한다는 거지."

그는 웃으며 커다란 손으로 시계를 받았다. 나는 그 손을 내려다보며, 그 손이 내게 얼마나 거칠고 대단히 적대적인지, 그 손이 내 삶과 평화를 향해 어떻게 뻗어오는지를 느꼈다.

"그거 은으로 된 거야." 나는 소심하게 말했다.

"은이고 뭐고 네 고물 시계는 나한테 아무 쓸모없어!" 그는 깊은 경멸감을 드러내며 말했다. "그건 너나 고쳐 써!"

"하지만 프란츠." 나는 그가 그냥 가 버릴까 봐 두려움에 떨면서 그를 불렀다. "잠깐만 기다려 봐! 제발 이 시계 받아! 정말 은으로 된 거라니까, 진짜야. 난 그것 말고는 아무것도 없어."

그는 싸늘한 표정으로 경멸하듯 나를 바라보았다.

"그러니까 넌 내가 누구에게 갈지 알고 있어. 아니면 난 그 사실을 경찰에 알릴 수도 있고. 내가 잘 아는 경찰관이 있거든."

그가 가려고 봄을 돌렸다. 나는 그가 못 가도록 소매를 붙잡았다. 그런 일이 벌어지면 안 되었다. 그가 그렇게 가 버렸을 때 일어나게 될 모든 일을 감당하느니 차라리 죽는 게 나을지도 몰랐다.

"프란츠." 나는 흥분해서 쉰 목소리로 애원했다. "제발 어리석은 짓은 하지 마! 그냥 농담하는 거지, 그렇지?"

"그럼, 농담이지. 하지만 너한텐 비싼 농담일걸."

"그러지 말고 나한테 말해 봐, 프란츠. 내가 뭘 해야 하는지! 하라는 대로 할 테니까!"

그는 눈을 가느스름하게 뜨고 나를 훑어보더니 다시 웃음을 터뜨렸다.

"그렇게 멍청하게 굴지 마!" 그가 호의를 가장하며 말했다. "너도 나만큼 잘 알잖아. 나는 2마르크를 벌 수 있어. 그리고 난 그걸 내던져 버릴 만큼 부자가 아니고. 너도 잘 알지. 하지만 넌 부자야. 시계도 가지고 있잖아. 넌 나한테 2마르크만 주면 돼. 그러면 모든 게 끝나는 거야."

난 그 논리를 잘 이해했다. 하지만 2마르크라니! 나한테 그 금액은 10마르크나, 100마르크, 혹은 1000마르크와 마찬가지로 손에 쥘 수 없는 큰돈이었다. 나는 돈이 없었다. 어머니 방에 작은 저금통이 있긴 했다. 거기엔 삼촌이 방문할 때나 그와 비슷한 경우에 생긴 10페니히나 5페니히짜리 동전 몇 개가 들어 있었다. 그것 말고는 내 수중엔 돈이 없었다. 당시에 나는 아직 용돈을 받을 나이가 아니었다.

"난 아무것도 없어." 난 슬프게 말했다. "난 땡전 한 푼도 없다고. 하지만 그것 말고는 뭐든지 줄게. 내겐 인디언에 관한 책도 있고, 병정인형이나 나침반도 있어. 그걸 가져다 줄게."

크로머는 악의에 찬 뻔뻔한 입술만 실룩대더니 바닥에 침을 뱉었다.

"헛소리하지 마!" 그는 명령조로 말했다. "그런 잡동사니는 너나 가져. 나침반이라니! 이제 날 더 이상 화나게 하지 말고 돈이나 가져와. 알아듣겠어?"

"하지만 난 한 푼도 없다니까. 난 용돈을 받지 않는다고. 어쩔 도리가 없어!"

"좋아, 그러면 내일 나한테 2마르크를 가져와. 학교가 끝나면 저 아래 시장에서 기다릴게. 그걸로 끝이야. 돈을 가져오지 않으면 어떻게 되는지 알게 될 거야!"

"그래, 하지만 대체 내가 어디서 돈을 구해? 맙소사, 난 돈이 없는데 말이야 ─ "

"돈이야 너희 집에 충분히 있지. 그건 네 사정이야. 그러니까 내일 학교 끝난 후에 보자. 다시 한번 말해 두는데, 만약 안 가져오면 ─ "그는 끔찍한 표정으로 내 눈을 쏘아보고는 다시 한번 침을 뱉고, 그림자처럼 사라졌다.

나는 계단을 올라갈 수가 없었다. 내 삶이 파괴되었던 것이다. 도망쳐서 다시는 돌아오지 않거나, 물에 빠져 죽을까 하는 생각이 들었다. 하지만 그 어느 쪽도 분명하게 눈앞에 그려지지는 않았다. 나는 우리 집 계단의 맨 아래쪽에 주저앉아 어둠 속에서 몸을 웅크린 채로, 불행에 나를 내맡겼다. 거기서 울고 있는 나를, 리나가 땔감을 가지러 광주리를 들고 내려왔다가 발견했다.

위에다가는 아무 말도 하지 말아 달라고 그녀에게 부탁하고 나는 계단을 올라갔다. 유리문 옆에 있는 갈퀴 모양의 옷걸이에는 아버지의 모자와 어머니의 양산이 걸려 있었고, 이 모든 물건들로부터 고향이 주는 안온함이 나에게 몰려왔다. 마치 잃어버린 아들이 옛 고향의 방들을 보며 냄새를 맡을 때처럼, 내 마음은 감사의 마음으로 간절하게 그것들에게 인사를 건넸다. 하지만 그 모든 것이 이제는 더 이상 내 것이 아니었다. 그 모든 것은 아버지와 어머니의 밝은 세계였다. 나는 죄로 가득한 채 낯선 물결 속으로 깊이 빠져 들어

1 두 세계

갔고, 모험과 죄악들에 연루되었으며, 적에게서 위협을 당했고, 위험과 두려움 그리고 치욕이 나를 기다리고 있었다. 모자와 양산, 사암砂岩이 깔린 오래된 편안한 바닥, 복도의 장식장 위에 걸려 있는 커다란 그림 그리고 안쪽의 거실에서 들려오는 내 누나의 목소리, 그 모든 것이 그 어느 때보다 사랑스럽고 부드러웠으며 근사했다. 하지만 그것은 더 이상 위안이나 안전한 자산이 아니었고, 공공연한 비난이었다. 이 모든 것은 더 이상 내 것이 아니었고, 나는 그것들의 명랑함과 차분함에 동참할 수 없었다. 깔판에 문질러도 제거되지 않는 오물이 내 발에 묻어 있었고, 내 고향 세계가 알지 못하는 어두운 그림자가 나와 함께 따라 들어왔다. 그동안 나는 얼마나 많은 비밀과 두려움을 가졌었던가. 하지만 내가 오늘 이 공간에 가지고 들어온 것에 비하면 그 모든 것은 장난이나 재미에 불과했다. 운명이 내 뒤를 쫓아왔으며, 그 손들이 나를 향해 뻗어왔는데, 어머니라 해도 나를 그것들로부터 보호해 줄 수 없었고, 그것들에 대해 어머니가 알아서도 안 되었다. 내가 저지른 범죄가 도둑질이었든 혹은 거짓말이었든 (내가 신과 그 축복에 걸고 거짓 맹세를 하지 않았던가?) 그것은 같은 것이었다. 내 죄는 이것인가 혹은 저것인가가 아니라, 악마에게 손을 내밀었다는 사실이었다. 왜 내가 함께 갔단 말인가? 왜 나는 지금까지 아버지의 말에 복종했던 것보다 더 순순히 크로머의 말에 복종했던가? 왜 나는 저 도둑질에 관한 얘기를 꾸며 냈던가? 왜 범죄행위가 마치 영웅적 행위라도 되는 듯 뻐겼던가? 이제 악마가 내 손을 잡고 있었고, 적이 나를 뒤쫓고 있었다.

한순간 나는 더 이상 내일에 대한 두려움이 아니라, 무엇보다 내가 가는 길이 이제 점점 더 내리막길로 들어서 어둠 속으로 빠져

들어 갈 것이라는, 끔찍하게 분명한 사실을 느꼈다. 내 잘못으로부터 틀림없이 새로운 잘못이 생겨날 것이라는 사실, 형제자매 앞에 나서는 것과 부모님께 드리는 내 인사와 입맞춤이 거짓이라는 사실, 내가 내면에 숨긴 운명과 비밀을 간직하고 다녀야 한다는 사실을 나는 분명하게 감지했다.

내가 아버지의 모자를 보았을 때 갑자기 내 안에서 신뢰와 희망이 번쩍였다. 아버지에게 모든 걸 털어놓고 그의 판단과 처벌을 받아들인 후, 그를 나의 공모자이자 구원자로 만들 수도 있을 것 같았다. 그것은 내가 자주 겪어야 했던 일종의 참회, 즉 그저 답답하고 쓸쓸한 시간이자 우울하고 후회에 가득 차 용서를 비는 행위에 불과할 것이었다.

그것은 얼마나 달콤하게 들렸던가! 그것은 얼마나 아름답게 유혹했던가! 하지만 그런 건 아무 소용도 없었다. 나는 내가 그렇게 하지 않을 것이라는 사실을 알고 있었다. 나는 내가 이제 하나의 비밀과 나 혼자 스스로 삼켜 버려야만 할 죄를 가지게 되었다는 사실을 알았다. 아마도 난 지금 갈림길에 서 있는지도 몰랐다. 아마도 나는 이 순간부터 영원히 나쁜 사람 편에 속해, 악인들과 비밀을 공유하고, 그들에게 의존하며, 그들의 말에 순종해서, 결국 그들과 같은 존재가 되어야 할지도 몰랐다. 나는 남자인 척 영웅 행세를 했고, 이제 그로부터 나온 결과를 감당해야만 했다.

내가 들어섰을 때 아버지가 내 젖은 신발에 주목한 건 나로선 다행스러운 일이었다. 그것이 주의를 다른 곳으로 돌린 탓에, 아버지는 그보다 더 심각한 일이 있다는 사실을 눈치채지 못했다. 그래서 나는 내가 은밀히 다른 것에 연관시킨 그 비난을 참을 수 있었다. 그

1 두 세계

때 내 안에서 기이하게 새로운 감정, 반항심 가득한 신랄하고 못된 감정이 번쩍하고 불타올랐다. 내가 아버지보다 우월하다는 느낌을 가졌던 것이다! 한순간이긴 해도, 나는 아버지가 뭘 모르는 게 있다는 사실에 대해 일종의 경멸감을 가졌고, 젖은 장화에 대한 그의 비난이 쩨쩨해 보였다. '만약 당신이 안다면!' 하는 생각이 들었고, 살인을 했다고 자백해야 할 판인데 빵을 훔쳤다는 혐의로 심문을 받고 있는 죄인인 것같이 여겨졌다. 그것은 추악하고 역겨운 감정이었지만, 아주 강력했고 대단히 자극적이어서, 나의 비밀과 죄에 대한 다른 어떤 생각보다 나를 더 단단히 옭아맸다. 나는 생각했다. 아마도 지금쯤 크로머가 이미 경찰서에 가서 나를 고발했을 거야. 우리 가족은 나를 어린애로 생각하고 있지만, 이제 한바탕 날벼락이 내게 몰아치겠지!

내가 이 사건에 대해 지금까지 설명한 것 중에서, 바로 이 순간이 가장 중요하고 잊히지 않는 것이었다. 그것은 아버지의 신성함에 새겨진 첫 번째 균열이었고, 내 유년의 삶을 떠받치고 있던 기둥들이자 모든 인간이 자기 자신이 될 수 있으려면 그 전에 파괴해야만 하는 그런 기둥들에 난, 첫 번째 찍힌 자국이었다. 우리 운명의 내적이며 근원적인 도정道程은, 아무도 보지 못하는 이러한 체험들로 구성된다. 그런 자국과 균열은 다시 아물고, 치유되며 잊혀 가지만, 가장 비밀스런 방에서 살아남아 계속해서 피를 흘리는 법이다.

나로 말하자면 이 새로운 감정이 곧바로 두려워졌다. 그렇게 느끼자마자 아버지의 발에 입 맞추며 그렇게 느낀 데 대해 용서를 빌고 싶어 했어야 마땅했을 것이다. 하지만 우리는 본질적이지 않은 것에 대해서나 사죄할 수 있는 법이며, 그런 사실은 어린아이라도 모든 현자만큼이나 심오하게 느끼고 잘 알고 있다.

　나는 내 처지에 대해 곰곰이 생각하고 내일 어떻게 해야 할지를 계획할 필요성을 느꼈다. 하지만 그렇게 되지는 않았다. 나는 저녁 내내 우리 집 거실의 달라진 공기에 적응하는 데에만 신경을 썼다. 괘종시계와 탁자, 성경과 거울, 책꽂이와 벽에 걸린 그림들이 마치 내게 작별을 고하는 것 같았고, 나의 세계와 선하고 행복한 나의 삶이 과거가 되어 나로부터 떨어져 나가는 것을 나는 얼어붙고 있는 심장으로 바라봐야만 했으며, 내가 영양분을 빨아들이는 새로운 뿌리를 가지고 낯설고 어두운 저 바깥에 정착해 단단히 자리를 잡았는지 느껴야만 했다. 나는 처음으로 죽음의 맛을 보았다. 그런데 죽음의 맛이란 쓸쓸한 법이다. 왜냐하면 죽음은 탄생이며, 끔찍한 변화에 대한 공포이자 두려움이기 때문이다.

　마침내 내 침대에 누웠을 때 나는 기뻤다! 나는 그 전에 있었던 저녁기도를 마치 마지막 연옥불처럼 참고 견뎌야 했고, 게다가 우리는 내가 가장 좋아하는 찬송가 중의 하나를 불렀다. 아, 나는 함께 부르지 못했다. 음 하나하나가 나를 향한 화와 분노였다. 아버지가 축복기도를 할 때 나는 함께 기도하지 못했다. 그리고 아버지가 "우리 모두와 함께하소서!"라는 말로 기도를 끝냈을 때, 어떤 경련과 같은 것이 나를 이 무리로부터 잡아채 갔다. 신의 은총이 그들 모두와 함께했지만, 더 이상 나와는 함께하지 않았다. 깊은 피로감을 느끼며 냉담하게 나는 그 자리를 벗어났다.

　한동안 누워 있어서 온기와 안락함이 나를 다정하게 에워싸고 있는 침대 속에서, 내 심장은 두려움을 느끼며 다시 한번 과거를 헤맸고, 지나간 것에 대한 걱정으로 불규칙하게 고동쳤다. 어머니는 언제나처럼 내게 잘 자라는 인사를 건넸는데, 어머니의 발걸음 소리가 아직 방 안에 여운을 남기고 있었고, 어머니가 든 촛불의 빛이 아직 문틈 사이로 빛났다. 나는 지금, 바로 지금 어머니가 돌아올 것이라고 생각했다 — 어머니가 낌새를 차리고, 내게 입맞춤하며 묻는 거야. 온화하고 축복에 가득 찬 태도로 묻는 거지. 그러면 난 울어 버릴 수가 있고, 그러면 목에 걸린 돌덩어리가 녹아 버릴 거고, 그러면 난 어머니의 목을 껴안고 사실을 말하는 거야. 그러면 그걸로 충분하고, 마침내 구원이 있게 되는 거지! 그래서 문틈이 이미 어두워졌는데도, 나는 잠시 동안 여전히 귀를 기울이면서, 틀림없이, 틀림없이 그런 일이 일어날 거라고 생각했다.

그리고 나는 다시 당면한 문제로 돌아와 나의 적대자를 응시했다. 나는 그를 또렷이 보았다. 그는 한쪽 눈을 갸름하게 떴고, 입은 야비하게 웃고 있었으며, 내가 그를 쳐다볼 때 피할 수 없는 것이 내 내면을 잠식해 가는 동안, 그 적대자는 점점 커지고 흉측해졌으며, 그의 사악한 눈은 악마처럼 빛났다. 그는 내가 잠들 때까지 내 옆에 바싹 붙어 있었는데, 그렇다고 그에 대한 꿈이나 오늘 겪은 일에 대한 꿈을 꾼 것은 아니었다. 나는 부모님과 누이들 그리고 내가 함께 배를 타는 꿈을 꾸었다. 휴가 때의 충만한 평화와 광채가 우리를 감싸고 있었다. 한밤중에 나는 잠에서 깼다. 나는 아직 지극한 행복의 뒷맛을 느끼고 있었고, 누이들의 하얀 여름옷이 햇빛을 받으며 반짝이는 것을 아직도 보고 있었는데, 이 모든 낙원과 같은 것으로부터 꿈을 꾸기 전의 상황으로 추락했다. 그리고 사악한 눈을 가진 적대자를 다시 마주하게 되었다.

아침이 되어 어머니가 황급히 와서는 시간이 늦었는데 왜 아직 침대에 누워 있느냐고 소리쳤을 때, 나는 안색이 좋지 않았다. 무슨 일이 있느냐고 어머니가 물었을 때 나는 왈칵 토했다.

토하고 나니 좀 괜찮아진 것 같았다. 몸이 약간 아파서 캐모마일 차를 마시며 아침 시간에 누워 지낼 수 있는 것이나, 어머니가 옆방에서 청소하는 소리와 리나가 밖에 있는 복도에서 푸줏간 주인을 맞아들이는 소리를 듣는 것을 나는 너무 좋아했다. 학교에 가지 않는 오전 시간엔 뭔가 마법 같은 것, 동화 같은 것이 있었다. 햇빛이 유희하듯 방으로 비쳐 들어왔는데, 그것은 학교에서 녹색 커튼이 가리고 있는 것과 같은 햇빛이 아니었다. 하지만 오늘은 그마저도 제맛이 나지 않았고, 불협화음을 냈다.

그래, 차라리 죽어 버렸으면! 하지만 자주 그랬던 것처럼 나는 그저 약간 몸 상태가 좋지 않을 뿐이었고, 그것으로는 아무것도 해결되지 않았다. 그것은 내가 학교에 가지 않도록 해 주었지만, 11시에 시장에서 나를 기다리고 있을 크로머로부터 결코 나를 지켜 주지는 못했다. 게다가 어머니의 다정함도 이번에는 위안이 되지 않았다. 그것은 부담이 되었고 고통스러웠다. 나는 다시 잠이 든 척하고는 곰곰이 생각했다. 그 모든 것이 아무 소용이 없었다. 나는 11시가 되면 시장에 가 있어야만 했다. 그래서 나는 10시에 조용히 일어나서는, 몸이 괜찮아졌다고 말했다. 그 말은, 그런 경우에 으레 그랬던 것처럼, 내가 다시 침대에 눕거나 오후에 학교에 가야 한다는 것을 의미했다. 나는 기꺼이 학교에 가겠다고 말했다. 어떤 계획을 세워 놓았던 것이다.

돈도 없이 크로머에게 갈 수는 없었다. 나는 내 조그만 저금통을 챙겨야만 했다. 그 속엔 돈이 충분히 있진 않았다. 그 점은 나도 알고 있었다. 어림도 없는 액수였다. 그래도 그건 얼마라도 되었고, 내 눈치로는, 아무것도 없는 것보다는 나았으며, 적어도 크로머의 마음이 달래질 것임엔 틀림없었다.

내가 양말만 신고 어머니의 방으로 몰래 들어가 어머니의 서랍에서 내 저금통을 꺼냈을 때 기분이 썩 좋지는 않았다. 하지만 어제만큼은 아니었다. 심장이 쿵쾅거려 숨이 멎을 것 같았는데, 내가 아래쪽 계단참에서 저금통을 처음 살펴보다가 그것이 잠겨 있는 것을 발견했을 때까지도 그 상태는 계속되었다. 저금통을 억지로 여는 것은 아주 간단했다. 얇은 함석 격자를 뜯어내기만 하면 되었다. 하지만 그렇게 뜯는 것은 고통스러웠다. 그로 인해 비로소 나는 도둑질을 한 셈이 되었다. 그때까지 나는 사탕이나 과일 같은 걸 슬쩍 집어 먹었을 뿐이다. 그런데 비록 내 돈이긴 했어도, 지금 나는 그것을 훔친 것이다. 나는 다시금 내가 크로머와 그의 세계에 한 발짝 더 가까이 다가섰다는 것과, 사태가 어떻게 그처럼 얼토당토않게 시시각각 추락했는지를 느꼈고, 거기에 저항했다. 악마가 나를 데려간다 해도 이제 더 이상 돌아갈 길이 없었다. 나는 두려워하며 돈을 세었다. 저금통 안에서는 꽉 찬 소리가 났었는데, 손에 쥐어 보니 비참할 정도로 돈이 적었다. 65페니히가 다였다. 나는 저금통을 아래층 복도에 숨기고는 돈을 손에 꼭 쥔 채로 집을 나섰는데, 내가 이제까지 이 문을 통해 나가던 것과는 사뭇 달랐다. 누군가 위쪽에서 나를 부르는 소리가 들리는 것 같았다. 나는 재빨리 그 자리에서 벗어났다.

아직 시간은 많이 남아 있었다. 나는 달라진 도시의 골목길 사이사이로 빙 돌아 한 번도 본 적 없는 구름 아래로 숨어 다녔고, 나를 바라보고 있는 집들을 지나갔으며, 의심의 눈초리로 나를 보는 사람들을 지나쳤다. 길을 걷다가, 내 학교 친구 중 한 명이 언젠가 가축시장에서 1탈러[1]를 주웠다는 얘기가 떠올랐다. 나는 신께서 기적을 일으켜 나도 그런 걸 발견하게 해 달라고 간절히 기도하고 싶었다. 하지만 내겐 더 이상 그렇게 기도할 권리가 없었다. 그리고 그렇게 기도한다 해도 저금통은 원래 상태로 돌아가지 않을 터였다.

프란츠 크로머는 나를 멀리서 알아봤지만, 나를 향해 아주 천천히 걸어왔고 내게 관심을 기울이지 않는 것 같았다. 내 가까이 왔을 때 그는 자기를 따라오라는 투로 명령하듯 신호를 보냈고, 한 번도 주위를 둘러보지 않은 채 태연히 계속 걸어갔다. 그는 슈트로 거리를 내려가 좁은 판자다리를 건너더니, 거리 끝에 있는 집들 가운데 어떤 신축건물 앞에 멈췄다. 작업하는 사람들은 없었고, 벽들엔 문이나 창도 달려 있지 않아 휑했다. 크로머는 주위를 살피더니 문을 통해 안으로 들어갔고 나도 따라 들어갔다. 그는 벽 뒤쪽으로 가서 자기 쪽으로 오라고 손짓하더니 손을 내밀었다.

"가져왔어?" 그가 차갑게 물었다.

나는 꼭 말아 쥔 손을 주머니에서 꺼내 내 돈을 그가 편 손바닥에 쏟았다. 그는 마지막 5페니히짜리가 아직 짤랑거리는 소리를 멈추기도 전에 돈을 다 세었다.

"이건 65페니히잖아." 그는 이렇게 말하며 나를 쳐다보았다.

"그래." 나는 소심하게 말했다. "그게 내가 가진 전부야. 너무 적다는 건 나도 잘 알아. 하지만 그게 다야. 나한텐 그것밖에 없어."

"좀 더 생각이 있는 줄 알았는데." 그는 거의 온화하다고 할 정

[1] 당시 가장 큰 돈의 단위.

도의 말투로 비난하며 꾸짖었다. "명예란 걸 아는 사람들 사이에는 질서가 있어야 하는 법이야. 난 정당하지 않은 걸 너한테서 빼앗고 싶지는 않아. 너도 알다시피 말이야. 네 푼돈은 가져가, 자! 다른 사람은 — 너도 알지, 그게 누군지 — 가격을 깎으려고 하지는 않아. 제 값을 지불할 거야."

"하지만 난, 난 더 이상 가진 게 없다니까! 그건 내가 저금한 돈이었어."

"그건 네 사정이야. 하지만 난 널 불행하게 만들고 싶진 않아. 그러니까 넌 아직 나한테 1마르크 35페니히를 빚지고 있는 거야. 그걸 내가 언제 받을 수 있지?"

"오, 반드시 줄게, 크로머! 지금은 잘 모르겠지만, 난 아마 곧 돈을 더 받게 될 거야. 내일이나 아니면 모레. 내가 그 얘길 아버지한테 말할 수 없다는 건 너도 알잖아."

"그건 나랑 상관없는 일이야. 나는 너한테 해를 끼칠 생각은 없어. 나는 내 돈을 오전 중에라도 받을 수 있어, 알겠어? 그리고 난 가난해. 넌 좋은 옷을 입고 있고, 점심때 나보다 더 좋은 음식을 먹잖아. 하지만 아무 얘기도 하지 않겠어. 어찌 됐든 약간 기다려 줄 수는 있어. 모레 오후에 너한테 휘파람을 불게. 그땐 제대로 가져와야 해. 너 내 휘파람 소리 알지?"

그는 내게 휘파람을 불어 보였다. 나는 그 소리를 자주 들어 알고 있었다.

"그래, 알아." 나는 말했다.

그는 마치 내가 자기와 아무 상관 없는 사람인 것처럼 자리를 떴다. 그것은 우리 사이의 거래 관계였을 뿐, 그 이상은 아니었다.

크로머의 휘파람을 갑자기 다시 듣게 된다면 나는 지금도 놀랄 것 같다. 그 순간부터 난 그 휘파람 소리를 자주 들었고, 그 소리를 계속해서 듣고 있는 것 같다는 생각이 들었다. 장소가 어디건, 무슨 놀이를 하거나 무슨 일을 하건, 무슨 생각을 하건, 이제 내 운명이 되어 나를 구속해 버린 이 휘파람 소리가 끼어들지 않는 곳이 없었다. 나는 다채로운 색이 넘치는 온화한 가을날 오후가 되면, 내가 아주 좋아하는 우리 집의 작은 정원에 자주 머무르곤 했다. 그러면 기이한 충동이, 어린 시절의 놀이를 다시 해 보라고 부추겼다. 말하자면 제 나이보다 어리고, 아직 자유롭고 착하며, 순진하고 걱정이 없는 아이 역할을 하며 놀았던 것이다. 하지만 그 한가운데로, 항상 그럴지도 모른다고 생각했음에도 언제나 끔찍하게 방해하고 놀라게 하면서, 크로머의 휘파람 소리가 어디선가 들려와서는, 생각의 실마리를 끊어 버렸고 내가 상상한 것들을 망쳐 버렸다. 그러면 나는 떠나야 했고, 내게 고통을 주는 자를 따라 불건전하고 더러운 곳으로 가야 했으며, 변명을 해야 했고, 돈 때문에 경고를 들어야 했다. 그 모든 일은 아마도 몇 주 동안 지속되었던 것 같은데, 내게는 그것이 몇 년, 아니 영원인 것 같았다. 내가 돈을 가져간 일은 드물었는데, 가져간다 해도 5페니히나 10페니히 정도로, 리나가 장바구니를 놓아 두는 부엌 탁자에서 훔친 것이었다. 나는 크로머에게서 항상 비난을 들어야 했고, 거듭 경멸을 당해야 했다. 그의 말에 따르면, 나는 그를 속이려 하고 그의 정당한 권리를 부당하게 빼앗으려는 사람이었으며, 그의 돈을 훔친 사, 그를 불행하게 만든 자였다! 내 삶에서 곤경이 그처럼 심장 가까이 치받고 올라온 적은 많지 않다. 그리고 그보다 더 큰 절망과 더 큰 예속을 느낀 적도 결코 없었다.

나는 저금통을 장난감 돈으로 채운 후 다시 제자리에 가져다 놓았는데, 그것에 대해 물어보는 사람은 아무도 없었다. 하지만 그 역시 언제든 내게 갑자기 일어날 수 있는 일이었다. 어머니가 조용히 내 곁으로 다가올 때면, 나는 크로머의 거친 휘파람 소리보다 어머니를 무서워하는 일이 잦았다 — 어머니가 저금통에 대해 내게 물어보러 온 것은 아닐까?

내가 돈도 없이 내 악마에게 가는 일이 여러 번 생기자, 그는 다른 방식으로 나를 괴롭히고 이용하기 시작했다. 나는 그를 위해 일해야 했다. 그는 자기 아버지를 위해 심부름을 해야 했는데, 내가 대신 해야 했다. 혹은 뭔가 하기 힘든 일을 시켰는데, 10분 동안 한 발로 깡총거리거나 지나가는 사람의 웃옷에 파지를 붙이는 따위의 일이었다. 수많은 밤, 꿈속에서 나는 이 괴로운 일들을 계속했고, 가위에 눌려 흠뻑 땀에 젖곤 했다.

나는 한동안 몸이 아팠다. 자주 토했고 걸핏하면 오한이 들었다. 하지만 밤이면 열이 올라 땀에 푹 젖었다. 어머니는 뭔가 잘못되었다고 느끼고 내게 많은 관심을 기울였다. 하지만 내가 그 관심에 신뢰로 보답할 수 없었기 때문에 그것이 오히려 괴로웠다.

어느 날 저녁, 내가 이미 침대에 누워 있는데 어머니가 초콜릿 한 조각을 가지고 왔다. 그건 어린 시절의 기억을 떠오르게 했다. 그 시절 내가 말을 잘 들은 날 저녁이면 잠자리에서 상으로 그런 간식거리를 받았었다. 그런데 지금 어머니가 거기 서서 내게 초콜릿을 건네고 있었다. 나는 고개를 저을 수밖에 없어서 너무 마음이 아팠다. 어머니는 무슨 일이 있느냐고 내게 물으며 내 머리를 쓰다듬었다. 내가 할 수 있었던 것은, "아니에요! 아니에요! 아무것도 안 먹을래요"

라는 말뿐이었다. 어머니는 초콜릿을 내 침대머리 탁자 위에 놓고 나갔다. 다음 날 어머니가 내게 어제저녁 일에 대해 자세히 물어보려 했을 때 나는 아무것도 모르는 척했다. 한번은 어머니가 의사 선생님을 모시고 왔는데, 그는 나를 진찰하더니 아침에 냉수욕을 하라는 처방을 내렸다.

당시의 내 상태는 일종의 정신착란이나 마찬가지였다. 우리 집의 잘 정돈된 평안 한가운데서 나는 고통받으며 소심하게 유령처럼 지냈고, 다른 사람들과 어울리지 못했으며, 한 시간이라도 나 자신을 잊고 지내는 적이 드물었다. 자주 화를 내며 왜 그러는지 이유를 묻던 아버지에게는 마음을 닫고 차갑게 대했다.

1 두 세계

2
카인

고통으로부터의 구원은 전혀 기대하지 않은 곳에서 왔고, 그와 동시에 오늘날까지도 영향을 끼치고 있는 뭔가 새로운 것이 내 삶에 들어왔다.

우리 라틴어학교로 얼마 전에 새로운 학생이 전학을 왔다. 남편을 여읜 부유한 부인이 우리 도시로 이사를 왔는데, 그는 그녀의 아들이었고 소매에 상장喪章을 달고 있었다. 그는 나보다 한 학년 위였고 나이도 몇 살 많았지만, 다른 모든 애들이 주목했듯이 곧 내 눈에도 띄었다. 이 기이한 학생은 겉모습보다 훨씬 성숙해 보였고, 누구에게도 소년이라는 인상을 주지 않았다. 우리처럼 유치한 아이들 사이에서 그는 어른처럼, 아니 그보다는 신사처럼 낯선 모습으로 의젓하게 돌아다녔다. 그는 호감의 대상은 아니었고, 놀이에 끼지도 않았으며, 싸움질에 끼는 경우는 더더욱 없었다. 다만 선생님을 대하는 그의 자신감 있고 단호한 어조는 아이들의 마음에 들었다. 그의 이름은 막스 데미안이었다.

우리 학교에서는 종종 합반하는 일이 있었는데, 어느 날 무슨 이유에서인지 다른 반이 교실이 넓은 우리 반으로 와 수업했다. 데미안의 반이었다. 우리 하급반은 성경 이야기 시간이었고, 상급반은 작문 시간이었다. 우리가 카인과 아벨의 이야기를 배우고 있는 동안 나는 데미안 쪽을 자주 건너다보았는데, 그의 얼굴은 묘하게 매혹적이었다. 나는 그가 밝고 총명하게 생긴, 유난히 견고한 얼굴을 주의 깊고 명민하게 자신의 과제 위에 숙이고 있는 것을 보았다. 그는 과제를 하고 있는 학생이 아니라, 마치 자신의 문제에 몰두하고 있는 학자처럼 보였다. 사실 그는 내게 편안하게 느껴지지는 않았다. 오히려 나는 그에게 뭔지 모를 거부감을 가지고 있었고, 그는 나보다 너무 우월한 존재로서 차갑게 느껴졌으며, 그 태도가 너무 도전적일 만큼 자신만만했다. 그리고 그의 두 눈은 — 아이들이 절대 좋아하지 않는 — 어른의 눈빛을 하고 있었는데, 조소의 빛을 띤 약간 슬픈 표정이었다. 하지만 나는 그가 내 마음에 들든 그렇지 않든 그를 계속 바라보지 않을 수 없었다. 하지만 그가 어쩌다 내 쪽을 쳐다보면 화들짝 놀라 시선을 돌렸다. 지금 와서 그가 당시에 학생으로서 어떤 모습을 하고 있었는지 생각해 보면 이렇게 말할 수 있을 것 같다. 그는 모든 면에서 다른 아이들과 달랐으며, 너무도 독특하고 개성적이어서, 바로 그 때문에 눈에 띄었는데, 하지만 동시에 눈에 띄지 않기 위해 그는 온갖 노력을 다했으며, 농부의 자식들 사이에서 그들처럼 보이기 위해 모든 노력을 기울이고 있는 변장한 왕자처럼 옷을 입었고 행동했다고 말이다.

학교에서 집으로 가는 길에 그가 내 뒤를 따라왔다. 다른 아이들이 뿔뿔이 흩어지자 그가 나를 따라잡더니 인사를 건넸다. 비록 그가 학생들 사이에서 쓰는 어투를 흉내 내긴 했지만, 이 인사조차 너무 어른스럽고 정중했다.

"우리 조금 같이 걸을까?" 그가 다정하게 물었다. 나는 기분이 좋아져서 고개를 끄덕였다. 그리고 나는 내가 어디 사는지 그에게 설명해 주었다.

"아, 거기?" 그가 웃으며 말했다. "그 집이라면 벌써 알고 있지. 너희 현관문 위에 아주 기묘한 문양이 장식되어 있잖아. 보자마자 그게 흥미를 끌었거든."

나는 그가 무슨 말을 하는지 처음엔 전혀 몰랐다. 그러고 나서 나는 그가 우리 집에 대해 나보다 더 잘 아는 것 같아 놀랐다. 아치형 현관문 위쪽에 쐐기돌인 듯 박혀 있는 일종의 문장紋章이 있었는데, 시간이 흐르면서 닳아 납작해졌고 여러 번 덧칠이 되었다. 내가아는 한 그건 우리나 우리 가문과 아무 상관 없는 것이었다.

"난 그것에 관해선 아무것도 몰라." 내가 수줍게 말했다. "새나 뭐 그와 비슷한 건데, 아주 오래된 것임에 틀림없어. 그 건물은 예전에 수도원의 일부였대."

"그럴 수도 있어." 그가 고개를 끄덕였다. "한번 자세히 봐! 그런 것들은 대개 아주 흥미롭거든. 내 생각에 그건 새매인 것 같아."

우리는 계속 걸었고, 난 몹시 어색한 느낌이었다. 무슨 재미난 이야기라도 떠오른 듯 데미안이 갑자기 웃었다.

"맞아, 내가 아까 너희 반에 있었잖아." 그가 생기 있게 말했다. "이마에 표식을 지닌 카인 이야기였지. 그렇지 않아? 그 이야기 마음에 들던?"

그렇지 않았다. 우리가 배워야 하는 것 중에 내 마음에 드는

2 카인

것은 거의 없었다. 하지만 난 그렇게 말할 용기가 나지 않았다. 마치 어떤 어른이 나와 얘기하는 것 같았다. 나는 그 이야기가 아주 마음에 든다고 했다.

데미안이 내 어깨를 툭 쳤다.

"이봐, 나한테 그런 척할 필요는 없어. 하지만 그 이야긴 정말로 기이하긴 하지. 내 생각에는 수업 중에 나오는 다른 어떤 것보다 그 이야기가 훨씬 기이해. 선생님은 거기에 대해 그다지 많은 얘기를 하진 않았어. 신이나 죄와 같은 그저 평범한 내용만 얘기했지. 하지만 내 생각엔 ― "그가 말을 끊더니 웃으며 물었다. "그런데 지금 내 얘기에 관심이 있긴 해?"

"그래, 그러니까 내 생각엔." 그가 말을 이어 갔다. "우리가 카인에 관한 이 이야기를 아주 다른 식으로도 해석할 수 있을 것 같아. 우리가 배우는 대부분의 것은 분명히 진실이고 맞는 말이지만, 우리는 그걸 모두 선생님들이 보는 것과 다른 식으로도 볼 수 있어. 그리고 그럴 경우 그것들은 대개 더 나은 의미를 갖지. 예를 들면 이 카인이라는 인물과 그의 이마에 있는 표식에 대해서도, 평상시 듣게 되는 그런 내용에 우리가 전혀 만족하지 않을 수도 있어. 너도 그렇게 생각하지 않니? 누군가 싸우다가 자기 형제를 때려죽이는 건 분명 일어날 수 있는 일이야. 그리고 그가 나중에 두려움을 느껴서 소심하게 되는 것도 있을 수 있는 일이지. 하지만 그가 자신의 비겁함 때문에 훈장까지 받고, 그 훈장이 그를 지켜 줄 뿐 아니라 다른 모든 사람에게 두려움을 안겨준다니, 그건 정말 이상한 일이야."

"그렇네." 내가 관심을 보이며 말했다. 이 문제가 내 마음을 사로잡기 시작했던 것이다. "하지만 그 이야기를 어떻게 다른 식으로 설명한다는 거야?"

그가 내 어깨를 쳤다.

"아주 간단해! 이미 존재하고 있었고 이야기의 발단이 된 것은 표식이었어. 어떤 남자가 있었는데, 그의 얼굴에 다른 사람들에게 두려움을 주는 뭔가가 있었지. 사람들은 감히 그를 건드릴 엄두를 못 냈고, 그는 그들을 압도했어. 그와 그의 자손들이 말이야. 하지만 아마도, 아니 분명히 그건 우체국 소인처럼 이마에 찍힌 표식은 아니었을 거야. 인생이란 게 그렇게 단순하게 진행되는 경우는 드문 법이거든. 오히려 그건 거의 알아보기 힘든 섬뜩한 무엇, 사람들이 익숙해져 있던 것과 다른, 그의 시선에 서린 비범한 정신과 담대함 같은 것이었을 거야. 이 남자는 힘을 가지고 있었고, 이 남자 앞에서 사람들은 겁을 먹었지. 그가 어떤 '표식'을 가지고 있었던 거야. 사람들은 그걸 자신들이 원하는 대로 설명할 수 있었어. 그리고 '사람들'이란 언제나 자신들에게 편안한 것과 옳다고 느끼는 것을 원하는 법이거든. 사람들은 카인의 자손들 앞에서 공포를 느꼈어. 그들이 '표식'을 가지고 있었으니까. 그러니까 사람들은 그 표식을 실제 그대로, 일종의 표창으로가 아니라 그 반대로 설명한 거지. 사람들은 이 표식을 가진 족속들이 섬뜩하다고 말했고, 또 실제로 그렇기도 했지. 용기와 개성을 가진 사람들은, 다른 사람들이 느끼기엔 언제나 아주 섬뜩한 법이거든. 두려움을 모르는 섬뜩한 족속이 돌아다닌다는 사실은 아주 불편했어. 그래서 사람들은 이제 이 족속에게 별명과 꾸며 낸 이야기를 덧붙였지. 그들에게 복수하고, 그동안 겪었던 모든 공포를 약간이라도 보상받기 위해서 말이지. 이해하겠어?"

"그래, 그 말은 카인이 전혀 나쁜 사람이 아니었을 수도 있다는 거잖아? 그렇다면 성경에 있는 모든 이야기가 원래 전혀 사실이 아닐 수도 있다는 거고?"

"그렇기도 하고, 그렇지 않기도 해. 그렇게 오래된, 아주 오래된 이야기는 언제나 진실을 담고 있어. 하지만 그 이야기들이 반드시 옳은 방식으로 기록되거나 말로 전해지는 건 아니야. 간단히 말해, 카인은 훌륭한 사람이었는데, 사람들이 단지 그에게 두려움을 느꼈기 때문에 그에게 이런 이야기를 덮어씌웠다는 게 내 생각이야. 그 이야기는 그냥 소문이었을 뿐이야. 사람들이 이러쿵저러쿵 떠들어 대는 것 같은 거 말이야. 그리고 카인과 그 자손이 정말로 일종의 '표식'을 지녔고, 대부분의 사람과 달랐다는 점에서 그 이야기는 사실이었던 거지."

나는 적잖이 놀랐다.

"그러면 넌 카인이 살인을 했다는 이야기도 전혀 사실이 아니라고 생각하는 거야?" 나는 충격을 받고 물어보았다.

"오, 아니야! 그건 틀림없는 사실이야. 강한 자가 약한 자를 때려죽인 거지. 하지만 죽은 자가 정말 그의 형제였는지에 대해서는 의심의 여지가 있어. 그건 중요치 않아. 결국 모든 사람은 형제니까. 그러니까 어떤 강한 자가 어떤 약한 자를 때려죽인 셈이었던 거야. 아마 그건 영웅적 행위였을 수도 있고, 어쩌면 그렇지 않을 수도 있어. 하지만 어찌 됐든 다른 약한 자들이 이제 완전히 겁에 질려서 불평을 늘어놓았던 거야. 그리고 누군가 그들에게 '왜 당신들도 그냥 그를 때려죽이지 않는 거요?'라고 묻자, 그들은 '우리는 겁쟁이니까요'라고 대답하지 않고, '그럴 수 없어요. 그에겐 표식이 있으니까요. 신께서 그에게 표식을 주셨소!'라고 대답한 거야. 대충 그런 식으로 거짓말이 시작된 게 틀림없어. 이런, 내가 널 못 가게 붙들고 있었구나. 그럼 잘 가!"

그 어느 때보다 놀라움에 빠진 나를 혼자 남겨 두고 그는 알트가街로 꺾어 들어갔다. 그가 가고 나자, 그가 말했던 모든 것이 도저히 믿을 수 없는 것으로 생각되었다! 카인이 고귀한 인간이고, 아벨은 겁쟁이라니! 카인의 표식이 훈장이라니! 그것은 불합리했고, 신성모독이었으며, 비열했다. 그렇다면 사랑하는 신은 어디 있었던 말인가? 신이 아벨의 제물을 받지 않았고, 신이 아벨을 사랑하지 않았단 말인가? 아니야, 멍청한 이야기야! 그리고 나는 데미안이 나를 놀리려고 했고, 나를 궁지에 빠뜨릴 셈이었다고 어림짐작했다. 대단히 똑똑한 친구이긴 해. 말도 잘하고. 하지만 저런 식은 — 아니야 —

어쨌거나 나는 그때까지 한 번도 성경의 일화나 다른 이야기에 대해 그렇게 심각하게 생각해 본 적이 없었다. 그리고 프란츠 크로머를 저녁 내내 몇 시간 동안 그렇게 까맣게 잊어 본 적도 오랜만이었다. 나는 집에서 그 이야기가 성경에 어떻게 기록되어 있는지 보려고 처음부터 끝까지 다시 읽어 보았다. 이야기는 짧고 분명했고, 거기서 특별하고 비밀스런 의미를 찾는다면 완전히 미친 짓이었다. 그런 식이라면 모든 살인자를 신의 총아라고 설명할 수 있을 성싶었다! 아니, 그건 말도 안 되는 얘기였다. 다만 데미안이 그런 얘기를 하는 방식은 근사했다. 마치 모든 것이 당연하다는 듯이 쉽고 재미있게, 게다가 그런 눈을 하고 말하다니!

물론 나 스스로에게 뭔가 문제가 있긴 했다. 아니 그 정도가 아니라 대단히 혼란스러운 상태였다. 나는 밝고 깨끗한 세계에서 살아왔고, 나 자신이 아벨 같은 사람이었는데, 지금 나는 '다른 세계'에 깊숙이 처박혀 있고, 너무나도 타락한 채 몰락해 있었다. 그런데도 실상 뭔가를 해 볼 도리가 없었다! 어떻게 그럴 수가 있었을까? 그렇다. 그때 내 마음속에 한 가지 기억이 번쩍하고 떠올라 한순간 내 숨을 멎게 했다. 지금의 비참한 내 처지가 시작되었던 저 끔찍한 저녁에 아버지와 있었던 일이다. 그때 나는 한순간 아버지와 그의 밝은 세계 그리고 그의 지혜를 갑자기 꿰뚫어본 듯했고 경멸했다! 그렇다. 스스로가 카인이었고 표식을 지닌 내가 그때 상상했었다. 이 표식은 치욕이 아니라 훈장이며, 나의 이 악의와 불행을 통해 아버지보다, 착하고 경건한 사람들보다 더 우월한 존재라고.

당시에 내가 그 일을 체험했던 것은 이런 형태의 분명한 생각은 아니었다. 하지만 이 모든 것이 거기엔 포함되어 있었다. 고통스럽지만 그럼에도 자부심으로 충만하게 했던 감정들과 기이한 흥분이 한순간 타오른 것에 불과했지만.

생각해 보면, 두려움을 모르는 자와 겁쟁이에 대해 데미안은 얼마나 특이하게 말했던가! 카인의 이마에 있는 표식을 그는 얼마나 기이하게 해석했던가! 그때 그의 눈은, 어른과 같이 기묘한 눈은 얼마나 멋지게 빛나던가! 그러자 어렴풋이 이런 생각이 내 뇌리를 스쳤다. 그 자신이, 그러니까 이 데미안이 그런 카인과 같은 존재가 아닐까? 자기가 카인과 비슷하다고 느끼지 않는다면, 그는 왜 카인을 옹호하는 거지? 어째서 그는 그 시선에 이런 힘을 가지고 있는 걸까? 왜 그는 '다른 이들'에 대해, 어쨌거나 경건하고 신의 마음에 드는 겁많은 사람들에 대해 그토록 조소하며 말하는 것일까?

나의 이런 생각은 끝없이 이어졌다. 돌멩이 하나가 샘에 떨어졌고, 그 샘은 바로 나의 어린 영혼이었다. 그리고 오래, 아주 오랜 세월 동안 카인, 살인 그리고 표식과 관련된 이 일은, 인식과 회의 그리고 비판에 이르려는 내 모든 시도의 출발점이었다.

나는 다른 아이들도 데미안에게 관심이 있다는 것을 알아차렸다. 카인과 관련된 이야기에 대해 나는 아무에게도 말하지 않았지만, 아이들도 그에게 흥미를 느끼고 있는 것 같았다. 최소한 이 '새로운 애'에 관한 많은 소문이 나돌았다. 내가 지금 그 모든 소문을 알기만 한다면, 그 하나하나가 그의 정체를 밝혀 줄 것이고, 모든 소문이 낱낱이 해명될 수도 있을 텐데. 지금까지 내가 알고 있는 것은, 데미안의 어머니가 아주 부자라는 소문이 처음에 돌았다는 정도뿐이다. 사람들은 그녀가 교회에 다니지 않으며, 아들 역시 그렇다고 말하기도 했다. 누군가는 이들이 유대인이라고 주장했지만, 비밀리에 무함마드를 추종하고 있다고도 했다. 막스 데미안이 지닌 엄청난 힘에 대한 동화 같은 이야기도 돌았다. 그의 반에서 가장 센 아이가 싸움을 걸어 왔고, 데미안이 거절하자 겁쟁이라고 불렀는데, 데미안이 그 아이를 단단히 혼내 주었다는 것은 사실이었다. 그 자리에 같이 있던 아이들의 말에 따르면, 데미안은 그냥 한 손으로 그의 목덜미를 움켜쥐고 꾹 눌렀을 뿐인데, 아이의 얼굴이 창백해지더니 슬그머니 도망갔고, 며칠간 팔을 제대로 놀릴 수가 없었다고 했다. 어느 날 저녁에는 심지어 그가 죽었다는 얘기도 돌았다. 이런 모든 이야기가 한동안 주장되었고, 믿어졌다. 그 모든 것은 흥미진진했고 놀라움을 주었다. 그러더니 한동안 잠잠했다. 하지만 오래지 않아 새로운 소문이 우리 사이에 떠돌았다. 아이들은, 데미안이 여자애랑 사귀고 있

2 카인

으며 '다 안다'고 떠들고 다녔다.

  그 동안에도 프란츠 크로머와 나 사이의 관계는 어쩔 수 없는 길로 계속 가고 있었다. 나는 도무지 그에게서 벗어나지 못했는데, 그가 때때로 며칠 동안 나를 건드리지 않는 경우에도 나는 그와 엮여 있었기 때문이다. 그는 내 꿈속에서 마치 나의 그림자라도 되는 양 같이 살고 있었고, 나의 상상은 현실에서 그가 내게 하지 않은 일도 꿈속에서 벌어지도록 했다. 꿈속에서 나는 완전히 그의 노예였다. 언제나 꿈을 많이 꾸는 편이었던 나는, 현실 속에서보다 꿈속에서 더 많은 시간을 보냈고, 이 그림자들에게 내 힘과 삶을 빼앗겼다. 무엇보다 나는 크로머가 나를 학대하는 꿈이나, 내게 침을 뱉고 나를 무릎으로 짓누르는 꿈을 자주 꾸었다. 그보다 더 심했던 것은, 내가 심각한 범죄를 저지르도록 그가 유혹하는 꿈이었는데, 유혹이라기보다는 자신의 강력한 영향력으로 그냥 강요하는 것에 지나지 않았다. 이런 꿈들 가운데, 반쯤은 정신이 나간 상태에서 깨어나곤 했던 가장 끔찍했던 꿈은, 내가 아버지를 죽이는 꿈이었다. 크로머가 칼을 갈아 내 손에 쥐어 주었고, 우리는 어떤 대로의 가로수들 뒤에 숨어 누군가를 기다리고 있었다. 나는 누구를 기다리는지 몰랐다. 하지만 누군가 다가왔고 크로머가 내 팔을 누름으로써 내가 찔러야만 하는 자가 그 사람이라는 신호를 주었을 때, 내가 본 것은 아버지였다. 그 순간 나는 잠에서 깨어났다.

  이런 일들로 인해 나는 여전히 카인과 아벨에 관한 생각을 했지만, 데미안에 대해서는 덜 생각하게 되었다. 그가 다시 내게 다가온 것은 기이하게도 역시 꿈속에서였다. 그러니까 나는 다시 학대와 폭력에 시달리는 꿈을 꾸었는데, 이번에 나를 무릎으로 찍어 누른 사람은 크로머가 아니라 데미안이었다. 하지만 —그것은 전혀 새로운 경험이었고 내게 깊은 인상을 남겼는데 — 크로머로 인해 고통당하고 반항하는 가운데 겪었던 모든 것을, 데미안으로부터는 쾌락과 두려움을 동시에 담고 있는 감정을 가지고 기꺼이 감당했다. 이 꿈을 나는 두 번 꾸었고, 그런 다음에는 크로머가 다시 그 자리를 차지했다.

이러한 꿈들에서 겪은 것과 현실에서 겪은 것을 나는 더 이상 정확히 분간할 수 없다. 하지만 어쨌거나 크로머와 맺고 있는 고약한 관계는 계속되었고, 소소한 도둑질을 해 가며 그에게 빚진 금액을 마침내 다 갚았는데도 그 관계는 끝나지 않았다. 끝나지 않았을 뿐 아니라, 이제 그는 이 도둑질들에 대해 알게 되었다. 왜냐하면 그 돈이 어디서 났느냐고 내게 항상 물어봤던 것이다. 그렇게 해서 나는 그 어느 때보다 더 그의 손아귀에 잡혀 있었다. 그는 내 아버지에게 모든 것을 일러바치겠다고 걸핏하면 협박했고, 그럴 때면 나는 두려움보다는, 내가 애초에 스스로 아버지에게 말하지 않았다는 사실을 깊이 후회했다. 내가 그렇게 비참한 상태였는데도, 그 사이에 나는 모든 것을 후회한 것은 아니었으며, 최소한 항상 후회하지는 않았다. 가끔은 모든 일이 그럴 수밖에 없다는 느낌이 들었다. 어떤 불운이 나를 덮쳤고, 그것을 돌파하고자 하는 것은 아무 소용이 없었다.

아마도 나의 부모님은 이러한 상황으로 인해 적잖이 괴로웠을 것이다. 듣도 보도 못 한 유령이 나를 덮쳐서, 너무나도 친밀했던 우리 가족 공동체에 나는 더 이상 맞지 않는 존재가 되었다. 그 공동체가 마치 잃어버린 낙원이라도 되는 듯 나는 자주 격렬한 향수를 느졌다. 특히 어머니는 나를 문제아라기보다는 환자처럼 취급했다. 하지만 실제 상황이 어땠는지는, 두 누이의 태도에서 가장 잘 알 수 있었다. 나를 너무나도 배려하는데도 한없이 나를 비참하게 만드는 이 태도에서, 내가 일종의 신들린 사람으로서, 그 상태를 책망하기보다는 탄식해야 마땅한 존재라는 사실, 하지만 그 속에 실제로는 악이 자리 잡고 있는 존재라는 사실이 분명히 드러났다. 나는 여느 때와 다른 식으로 나를 위해 기도한다고 느꼈고, 동시에 이 기도가 쓸데 없다고 느꼈다. 나는 마음의 무거운 짐을 내려놓고 싶은 갈망과, 제대로 된 참회를 하고 싶은 욕구를 자주 애타게 느꼈다. 하지만 내가 아버지나 어머니에게 모든 것을 사실대로 말하고 설명할 수 없으리라는 것도 예감했다. 가족들이 그것을 다정하게 받아 주고, 나를 보호해 주며, 안타까움마저 가질 것이라는 사실을 나는 알고 있었다. 하지만 완벽하게 이해하지는 못할 것이라는 사실, 그리고 이 모든 것이 운명인데도 불구하고 일종의 탈선으로 여기리라는 것도 알고 있었다.

열한 살도 안 된 아이가 그렇게 느낄 수 있다고는 믿지 못하는 사람들이 있다는 것을 나는 알고 있다. 그런 사람들을 대상으로 내 얘기를 하는 것은 아니다. 인간을 더 잘 이해하는 사람들에게 이 얘기를 하고 있다. 자신의 감정 일부를 생각으로 전환하는 법을 배운 어른은, 이런 생각이 아이에게 없다는 것을 아쉬워하며, 아이에겐 체험도 없다고 생각한다. 하지만 내 인생에서 당시처럼 그렇게 깊은 체험을 하며 고통받았던 적은 아주 드물었다.

언젠가 비가 오는 날이었는데, 나를 괴롭히는 녀석으로부터 성 앞 광장으로 오라는 연락을 받았다. 나는 거기 서서 기다리며, 빗물에 흠뻑 젖은 검은 상수리나무들에서 아직도 계속 떨어지고 있는 축축한 잎사귀를 두 발로 헤집고 있었다. 돈을 가지고 나오지 못한 탓에, 크로머에게 최소한 뭐라도 주기 위해 케이크 두 조각을 챙겨 나와 들고 있었다. 오래전부터 그렇게 어느 구석엔가 서서 그를 기다리는 일에 나는 익숙해져 있었다. 아주 오래 기다리는 일도 자주 있었다. 사람들이 바꿀 수 없는 것을 그냥 받아들이듯이, 나는 그것을 받아들였다.

마침내 크로머가 왔다. 그는 오늘은 오래 머물지 않았다. 그는 내 옆구리를 몇 번 툭툭 치더니 웃으면서 내 손에서 케이크를 가져갔는데, 오늘따라 눅눅한 담배를 건네기까지 했다. 물론 나는 받지 않았지만, 그는 평상시보다 더 다정하게 굴었다.

그는 가면서 말했다. "맞다. 내가 잊기 전에 말해 두는데, 다음 번에 올 때는 네 누이를 데려와야겠어. 나이가 많은 쪽 말이야. 이름이 뭐더라?"

나는 전혀 이해가 안 돼서, 대답도 할 수가 없었다. 그저 놀란 눈으로 그를 바라보았다.

"못 알아듣겠어? 네 누나를 데려오라고."

"알아, 크로머. 하지만 그건 안 돼. 난 그렇게 할 수도 없고, 누나도 절대 같이 오려고 하지 않을 거야."

나는 그것이 언제나처럼 그냥 트집이나 핑계라고 생각했다. 그는 자주 그런 식이었는데, 뭔가 불가능한 것을 요구해서 나를 놀라게 하고, 기를 꺾어 놓고는, 자기와 조금씩 협상하게 했다. 그러면 나는 약간의 돈이나 다른 선물을 주고 벗어나야 했다.

하지만 이번엔 완전히 달랐다. 내가 거절해도 별로 화를 내지 않았다. "그럼 뭐." 그는 얼버무리며 말했다. "한번 잘 생각해 봐. 난 네 누나랑 알고 지내고 싶어. 한 번쯤은 되겠지. 넌 그냥 산책한다고 하면서 데리고 나오면 돼. 그런 다음 내가 낄 테니까. 내일 내가 휘파람을 불면, 그때 그 문제에 대해 다시 한번 얘기하자."

그가 가고 나자, 갑자기 그가 원하는 것의 의미가 약간이나마 어렴풋이 떠올랐다. 나는 아직 완전히 애였지만, 소년 소녀 들이 나이가 들면 비밀스럽고 금지된 어떤 음란한 짓을 함께 할 수 있다는 것을 소문으로 들어 알고 있었다. 그러니까 이제 내가 해야 할 일이, 그것이 얼마나 엄청난 일인지 갑자기 분명해졌다! 나는 그렇게 하지 않겠다고 곧바로 단호하게 결심했다. 하지만 그다음에 무슨 일이 벌어질지, 크로머가 나한테 어떤 식으로 복수할지에 대해서는 생각할 엄두도 나지 않았다. 이제 새로운 고문이 시작되었다. 이제까지의 것으로는 아직 충분치 않았던 것이다.

나는 절망에 빠진 채 주머니에 손을 넣고 텅 빈 광장을 가로질러 갔다. 새로운 고통과 새로운 노예 생활이라니!

그때 원기 가득한 저음의 목소리가 나를 불렀다. 나는 깜짝 놀라 달리기 시작했다. 누군가 내 뒤를 따라오더니 뒤에서 한 손으로 부드럽게 나를 붙들었다. 그건 막스 데미안이었다.

나는 순순히 그의 손에 붙들린 채 가만히 있었다.

"너구나?" 나는 불안하게 말했다. "깜짝 놀랐잖아!"

그는 나를 바라보았다. 그의 시선이 그때보다 더 어른스럽거나, 우월하게 꿰뚫어 보는 사람의 시선을 한 적은 없었다. 우리가 서로 얘기를 나눈 것은 아주 오랜만의 일이었다.

"미안해." 그는 깍듯하면서도 아주 단호한 톤으로 말했다. "하지만 말이야. 그렇게까지 놀랄 필요는 없었는데."

"하긴 그래. 하지만 그럴 수도 있지 뭐."

"그렇게 볼 수도 있지. 하지만 들어 봐. 만약 네가 너한테 아무 짓도 안 한 사람 앞에서 그렇게 떨게 되면, 그 사람은 곰곰이 생각할 거야. 이상하다는 생각이 들고, 호기심이 생기는 거지. 그 사람은 네가 이상하게 겁이 많다고 생각해. 그리고 이어서, 두려우면 저러는 법이라고 생각하지. 겁쟁이들은 항상 겁을 내. 하지만 내 생각에 넌 원래 겁쟁이는 아니야. 그렇지 않아? 아, 물론 넌 영웅도 아니지. 네가 두려움을 느끼는 뭔가가 있어. 네가 두려움을 느끼는 사람도 있고. 하지만 우리는 그런 대상을 가져선 안 돼. 절대로 사람 앞에서 두려움을 가져선 안 되는 거야. 내 앞에서 두려움을 느끼는 건 아니잖아? 안 그래?"

"아, 그래. 전혀 안 느껴."

"그것 봐. 하지만 네가 두려워하는 사람이 있는 거지?"

"잘 모르겠어……. 날 좀 내버려 둬. 나한테 원하는 게 뭐야?"

그는 나와 보조를 맞췄다 — 나는 도망칠 생각으로 더 빨리 걸었다 — 곁에서 그의 시선이 느껴졌다.

"한번 믿어 봐." 그가 다시 말했다. "내가 너한테 호의를 가지고 있다는 걸 말이야. 어떤 경우에도 넌 내 앞에서 두려움을 가질 필요가 없어. 난 너랑 실험을 하나 해 보고 싶어. 그건 재미도 있고, 그 와중에 넌 아주 요긴한 걸 배울 수도 있어. 잘 들어 봐! 난 가끔 사람들이 독심술이라고 부르는 걸 시도해 보곤 해. 마술이나 그런 건 전혀 아니지만, 어떤 식으로 하는 건지 모르면 아주 신기해 보이

2 카인

지. 그걸로 사람들을 깜짝 놀라게 할 수도 있어. 자, 우리 한번 해 보자. 난 널 좋아해. 혹은 난 너한테 관심이 있고, 네 속마음이 어떤지 알고 싶어. 그러기 위해 난 벌써 첫걸음을 내디뎠지. 난 널 놀라게 했어. 그러니까 넌 겁이 많은 거야. 네가 겁을 내고 있는 물건이나 사람이 있다는 얘기지. 그 원인이 뭘까? 우리는 누군가를 겁낼 필요가 없어. 누군가를 두려워한다면, 그건 우리가 이 사람이 우리 위에 군림하는 힘을 인정하는 데서 생기는 거야. 예를 들어 우리가 뭔가 나쁜 짓을 했는데, 누군가 그 사실을 알고 있다고 하자. 그러면 그는 너를 지배할 힘을 갖게 되는 거야. 이해하겠지? 분명한 얘기니까. 그렇지 않아?"

나는 어쩔 줄 모르고 그의 얼굴을 쳐다보았다. 그의 얼굴은 언제나처럼 진지하고 영리해 보였고, 게다가 호의적이었다. 하지만 부드러움이라곤 전혀 없었는데, 그렇다기보다는 엄격해 보였다. 정의라든가 혹은 그와 비슷한 무엇인가가 그의 얼굴에 서려 있었다. 나는 내게 무슨 일이 벌어지고 있는지 잘 몰랐다. 그는 마치 마법사처럼 내 앞에 서 있었다.

"너 이해했어?" 그는 다시 물었다.

나는 고개를 끄덕였다. 말은 한마디도 할 수 없었다.

"내가 말했잖아. 웃길 수도 있다고. 독심술 말이야. 하지만 그건 아주 자연스럽게 돼. 예를 들어 내가 언젠가 카인과 아벨 이야기를 해 주었을 때 네가 나에 대해 어떤 생각을 했는지 아주 정확히 말해 줄 수도 있어. 그건 지금과는 상관없는 얘기지만. 넌 한 번쯤 나에 대한 꿈을 꾸었을 수도 있어. 하지만 그 얘긴 그만두자! 넌 영리한 애야. 대부분의 아이들은 아주 멍청하지만! 나는 때때로 내가 신뢰하는 영리한 애랑 얘기하길 좋아해. 너도 괜찮지?"

"아 물론이지. 다만 난 전혀 이해가 안 돼 —"

"일단 아까 그 재미있는 실험을 계속해 보자! 그러니까 우리는 알게 됐어. S라는 아이가 겁이 많다. 그 아이는 누군가를 두려워한다. 그 아이는 아마도 아주 불편한 어떤 비밀을 이 사람과 공유하고 있다. 대충 맞아?"

마치 꿈속인 것처럼 그의 목소리와 그의 영향력에 나는 압도당했다. 나는 그저 고개만 끄덕였다. 그때 나 자신에게서나 나올 법한 음성이 말하고 있지 않았던가? 모든 것을 알고 있는 음성이? 나 자신보다 모든 것을 더 분명히 더 잘 알고 있는 음성이?

데미안이 내 어깨를 힘차게 두드렸다.

"그러니까 그게 사실이구나. 그러리라고 생각했지. 딱 한 가지 질문만 더 하자. 좀 전에 사라진 애 이름이 뭔지 알아?"

나는 화들짝 놀랐다. 슬쩍 건드려진 내 비밀이 고통스럽게 내면으로 움츠러들어, 밖으로 나오려 하지 않았다.

"어떤 애를 말하는 거야? 아무도 없었어. 나 말고는."

그가 웃었다.

"말해 봐!" 그가 웃었다. "걔 이름이 뭐냐니까?"

나는 속삭이듯 말했다. "프란츠 크로머를 말하는 거야?"

그는 만족스러운 듯 내게 고개를 끄덕여 보였다.

"잘했어! 넌 똑똑한 애야. 우린 친구가 될 수 있겠는걸. 그런데 너한테 꼭 말해 줘야 할 게 있어. 이 크로먼가 뭔가 하는 애는 나쁜 녀석이야. 그 얼굴이 걔가 불량배라는 걸 말해 줘! 네 생각은 어때?"

"오, 그래." 나는 한숨을 쉬었다. "걔는 나쁜 애야. 사탄이라고!

하지만 걔가 알면 안 돼! 제발, 걔는 알면 안 된다고! 너 걔 알아? 걔는 널 아니?"

"진정해! 걔는 갔어. 그리고 걔는 날 몰라. 아직은 말이지. 하지만 녀석을 꼭 알고 싶은걸. 걔 공립학교에 다니지?"

"응."

"몇 학년인데?"

"5학년. 하지만 걔한텐 아무 말도 하지 마! 제발, 제발 아무 말도 하지 말아 줘!"

"진정해. 너한텐 아무 일도 없을 거야. 혹시 이 크로머란 애에 관해 나한테 조금 더 얘기해 줄 생각 없니?"

"난 못 해! 싫어. 날 좀 놔둬!"

그는 잠깐 침묵했다.

그러더니 "유감이네"라고 말했다. "우린 실험을 조금 더 해 볼 수 있었을 텐데. 하지만 난 널 괴롭힐 생각은 없어. 그렇지만 네가 녀석을 두려워하는 것이 옳지 못하다는 것쯤은 너도 알지. 그렇지 않아? 그런 두려움은 우리를 완전히 망가지게 해. 거기서 벗어나야 해. 네가 진짜 남자가 되려면 그 두려움에서 벗어나야 해. 이해하겠어?"

"그래, 네 말이 맞아……. 하지만 그렇게 되지가 않아. 넌 정말 모를 거야……."

"네가 생각했던 것보다 내가 더 많이 안다는 걸 너도 봤잖아. 너 걔한테 빚진 돈이라도 있는 거야?"

"그래, 그 문제도 있지. 하지만 정작 중요한 건 그게 아니야. 그게 뭔지는 말 못 하겠어. 못 해!"

"그러니까 네가 녀석한테 빚진 만큼 내가 너한테 줘도 소용이 없다는 말이구나? 돈은 충분히 줄 수 있는데."

"아니, 아니야. 그게 아니라니까. 그리고 부탁인데, 누구에게도 그 얘기 하지 마! 한마디도! 넌 날 불행하게 만들고 있어!"

"날 믿어, 싱클레어. 너희들 사이의 비밀을 넌 언젠가 나한테 털어놓게 될 거야 —"

"절대 그럴 일 없어!" 나는 격하게 소리쳤다.

"좋을 대로 해. 내 말은, 네가 언젠가 나중에 나한테 조금 더 얘기해 줄지도 모른다는 뜻이야. 물론 네가 원한다면 말이지, 당연히! 너 설마 내가 크로머가 너한테 하는 짓을 똑같이 하리라고 생각하는 건 아니지?"

"아, 아니야. 하지만 넌 그 일에 대해 아무것도 모르잖아!"

"전혀 모르지. 난 그저 그것에 대해 곰곰이 생각해 볼 뿐이야. 그리고 나는 크로머가 하는 짓 같은 건 절대 하지 않을 거야. 그건 믿어도 돼. 넌 나한테 빚진 것도 없잖아."

우리는 한동안 아무 말도 하지 않았다. 그런데 내 마음은 편해졌다. 하지만 데미안이 어떻게 알고 있었는지에 대해서는 점점 의문이 커져 갔다.

"이제 집에 가야겠다." 그는 이렇게 말하며 거친 모직물로 만든 자신의 비옷을 빗속에서 단단히 여몄다. "이왕 말이 나왔으니 말인데, 딱 한 가지만 더 말할게. 넌 이 녀석에게서 벗어나야 해! 다른 방도가 없다면, 때려죽여 버려! 네가 그렇게 한다면 감탄스러울 테고 내 마음에도 들 텐데. 나도 너를 도울 수 있을 거야."

새로운 두려움이 몰려왔다. 카인 이야기가 갑자기 다시 떠올랐다. 섬뜩한 느낌이 들었고, 나는 조용히 흐느끼기 시작했다. 너무도 섬뜩한 분위기가 내 주위를 둘러싸고 있었다.

"그래 좋아." 막스 데미안이 미소 지었다. "어서 집으로 가! 우린 결국 해낼 거야. 때려죽이는 게 가장 간단한 방법이긴 하겠지만 말이야. 그런 경우엔 항상 가장 간단한 게 가장 좋은 방법이거든. 크로머랑 같이 있게 되면 넌 그 못된 녀석의 수중에 빠지게 돼."

나는 집으로 왔다. 그런데 마치 1년 동안 집을 떠나 있었던 것 같았다. 모든 것이 다르게 보였다. 나와 크로머 사이에 뭐랄까, 미래나 희망 같은 것이 자리를 잡았다. 나는 더 이상 혼자가 아니었다! 그리고 그때서야 몇 주, 또 몇 주에 걸쳐서 비밀을 끌어안은 채 내가 얼마나 끔찍하게 혼자서 지냈는지 보였다. 그리고 내가 여러 번 심사숙고했던 것이 곧장 머리에 떠올랐다. 부모님께 사실대로 고백하면 내 짐을 덜겠지만 나를 완전히 구원하지는 못한다는 사실 말이다. 그런데 지금 누군가 다른 사람, 낯선 사람에게 고백을 한 것이나 다름없었다. 그리고 구원의 예감이 마치 진한 향기처럼 나를 향해 풍겨 왔다!

하지만 내 두려움이 아직 완전히 극복된 것은 아니었고, 그래서 나는 아직 내 적과 벌일 두렵고도 긴 싸움을 할 각오를 하고 있었다. 그랬던 만큼 모든 것이 너무도 조용하게, 완전히 비밀스럽고 평화롭게 흘러가고 있다는 점이 더더욱 기묘하게 여겨졌다.

우리 집 앞에서 크로머의 휘파람 소리가 들리지 않은 채 하루 이틀 사흘 그리고 한 주가 지나갔다. 나는 이런 사실이 도무지 믿기지 않았다. 속으로는 그가 아무도 생각지 못한 순간에 갑자기 다시 나타나지 않을까 걱정하며 망을 보았다. 하지만 그는 더 이상 나타나지 않았다! 새로 얻은 자유를 미심쩍어 하며 난 여전히 그 사실을 믿지 못했다. 그러던 어느 날 나는 마침내 프란츠 크로머와 마주쳤다. 그는 자일러 가街를 걸어 내려오고 있었는데, 마침 내가 있는 쪽을 향하고 있었다. 그가 나를 보자 흠칫 놀라더니 불쾌하다는 듯 얼굴을 잔뜩 찡그리고는 나와 마주치지 않으려고 얼른 돌아서 가 버렸다.

이제까지 이런 적은 없었다! 나의 적이 내 앞에서 도망을 갔던 것이다! 나를 사로잡은 사탄이 내 앞에서 겁을 먹다니! 기쁨과 놀라움이 온몸을 훑고 지나갔다.

이 무렵 데미안이 다시 모습을 보였다. 그가 학교 앞에서 나를 기다리고 있었다.

"안녕." 내가 말했다.

"안녕, 싱클레어. 그냥 네가 어떻게 지내는지 한번 들어 보고 싶었어. 크로머가 이제 더 이상 너를 괴롭히지는 않지, 그렇지?"

"네가 그렇게 한 거야? 하지만 대체 어떻게? 어떻게 한 거야? 나는 이해가 안 돼. 녀석은 코빼기도 안 보여."

"잘됐네. 녀석이 언제 다시 나타나거든 — 내 생각엔 그럴 것 같지 않지만 뻔뻔한 놈이니까 혹시 모르지 —그냥 데미안을 생각해 보라고만 해."

"아니 그게 무슨 소리야? 녀석이랑 한판 붙어서 흠씬 두들겨 준 거야?"

"아니, 난 그런 거 별로 좋아하지 않아. 너랑 얘기한 것처럼, 녀석과 그냥 얘기를 좀 나눴을 뿐이야. 그러면서 너를 가만히 놔두는 게 녀석에게도 이롭다는 걸 알아듣게 설명해 줬지."

"아, 녀석에게 돈을 주거나 한 건 아니겠지?"

"안 줬어. 그건 네가 벌써 시도해 본 거잖아."

더 캐물어 보려고 했지만 그는 자리를 떠났다. 나는 이미 전부터 그에게 느껴 왔던 감사와 수줍음, 경탄과 두려움, 호감과 내적 거부감이 기이하게 섞인 답답한 마음으로 홀로 남겨졌다.

나는 그를 곧 다시 만나려는 생각을 가졌고, 그러면 이 모든 것에 대해 그리고 카인 문제에 대해서도 그와 더 얘기를 나눠 보고 싶었다.

그렇게 되지는 않았다.

나는 감사라는 것이 결코 미덕이라고 생각하지 않는다. 그리고 그것을 아이에게 요구하는 것은 내겐 잘못된 것처럼 보였다. 그런 탓에 나 자신이 막스 데미안에게 전혀 고마운 마음을 표시하지 않았다는 사실이 놀랍지는 않다. 지금 생각에 만약 그가 나를 크로머의 손아귀에서 구해 주지 않았다면, 나는 평생 병들고 타락한 채 살았으리라는 확신이 든다. 당시에도 이미 나는 이러한 해방을 내 어린 시절의 가장 큰 체험으로 느꼈었다. 하지만 그 구원자가 기적을 완수하자마자, 나는 정작 그 구원자를 옆으로 제쳐 놓았다.

이미 얘기했듯이 그 배은망덕함은 내게 이상하게 생각되지 않는다. 기이하게 생각되는 점은 내가 호기심을 보이지 않았다는 점뿐이다. 데미안이 내게 경험하게 한 비밀들에 더 가까이 다가가지 않은 채 단 하루라도 편안히 계속 살아나가는 일이 대체 어떻게 가능했을까? 카인에 관해서나, 크로머와 독심술에 관해 더 들어 보려는 욕망을 어떻게 억제할 수 있었을까?

이해되지는 않지만, 사실이 그렇다. 나는 갑자기 악령의 그물에서 벗어난 나 자신을 보았고, 세상이 다시 밝고 기쁨에 넘친 채 내 앞에 놓여 있는 것을 보았으며, 더 이상 두려움이 엄습하거나 숨 막힐 듯 심장이 두근거리는 상태에 빠져들지 않았다. 주문이 풀렸고, 더 이상 저주받아 고통당하는 자가 아니었다. 나는 다시 여느 때와 다름없는 평범한 학생이었다. 내 본성은 가능한 한 재빠르게 다시 평정과 편안함을 찾고자 애썼고, 그런 탓에 무엇보다 그 많은 추한 것과 위협적인 것을 몰아내, 그것을 잊으려고 애써 노력했다. 내 죄와 두려움에 대한 그 긴 이야기 전체가 놀라울 정도로 신속하게 기억에서 사라졌고, 어떤 상처나 인상도 남기지 않은 것 같았다.

이와 달리 내가 나의 은인이자 구원자 역시 빨리 잊으려고 노력했다는 사실은 지금도 기억난다. 상처 입은 내 영혼은 모든 충동과 힘을 다해 저주받은 눈물의 골짜기로부터, 크로머에게 끔찍하게 예속된 상태에서 도망쳐, 내가 예전에 행복하고 만족스럽게 지내던 곳으로 돌아갔다. 다시 문이 열린 잃어버린 낙원으로, 아버지와 어머니의 밝은 세계로, 누이들에게로, 순수한 향기가 나는 곳으로, 아벨이 누렸던 신의 호의가 있는 곳으로.

데미안과 짧은 대화를 나눈 바로 다음 날, 다시 얻은 자유에 대해 마침내 완전히 확신이 서고 사태가 다시 예전으로 돌아갈 것을 걱정하지 않아도 되었을 때, 나는 내가 그토록 자주 애타게 원하던 일을 했다. 고해를 했던 것이다. 나는 어머니에게로 가서, 자물쇠가 망가지고 돈이 아니라 장난감 돈으로 채워진 저금통을 보여 준 후, 내 잘못으로 인해 얼마나 오랫동안 나를 괴롭히는 나쁜 놈에게 붙들려 있었는지 털어놓았다. 어머니는 모든 것을 다 이해하지는 못했지만, 저금통과 나의 달라진 시선을 보고, 달라진 내 목소리를 듣고는, 내가 병이 나았고 어머니의 아들로 돌아왔다는 것을 감지했다.

그리고 이제 나는 고양된 감정으로 내가 다시 받아들여진 것, 즉 탕자의 귀향을 축하하는 의식을 치렀다. 어머니는 나를 아버지에게로 데려갔고, 앞서 한 얘기가 다시 한번 반복됐으며, 질문과 놀라움의 탄성이 터져 나왔다. 부모님은 내 머리를 쓰다듬으며, 오랜 걱정에서 벗어나 안도의 숨을 내쉬었다. 모든 것이 훌륭했고, 모든 것이 소설 같았으며, 모든 것이 멋진 조화를 이루며 끝났다.

이제 나는 정말 열렬히 이 조화 속으로 도피해 들어갔다. 내가 다시 나의 평화와 부모님의 신뢰를 얻게 된 것은 아무리 해도 싫증나지 않았고, 나는 집안의 말 잘 듣는 아이가 되었으며, 그 어느 때보다 많이 누이들과 함께 놀았고, 예배를 드릴 때면 구원받고 회개한 사람의 심정으로 좋아하는 옛 찬송가를 함께 불렀다. 그것은 진심에서 우러난 것이었고, 거짓이라곤 전혀 없었다.

하지만 문제가 해결된 된 것은 아니었다! 그리고 바로 이것이, 내가 데미안을 잊어버린 이유를 제대로 설명해 주는 대목이다. 고해는 그에게 해야 했다! 그 고해는 화려하거나 감동적이진 않았겠지만, 내겐 더 풍성한 결과를 가져왔을 것이다. 이제 나는 모든 뿌리를 동원해 예전의 낙원 같은 세계에 매달렸고, 집으로 돌아갔으며, 관대하게 받아들여졌다. 하지만 데미안은 결코 이 세계에 속한 사람이 아니었으며, 거기에 어울리지 않았다. 크로머와는 달랐지만 바로 그도, 그 역시 일종의 유혹자였고, 그 역시 나를 제2의 사악하고 나쁜 세계에 옭아맸다. 이제는 내가 영원히 잊고 싶어 했던 그 세계에 말이다. 이제 막 다시 아벨이 된 판국에, 아벨을 포기하고 카인을 찬양하는 걸 도울 수도 없었고 그러고 싶지도 않았다.

여기까지가 밖으로 드러난 정황이다. 하지만 내적인 정황은 이랬다. 나는 악마 같은 크로머의 손아귀에서 벗어났다. 하지만 스스로의 힘과 능력으로 그렇게 한 것이 아니었다. 나는 세상의 오솔길들을 어슬렁거려 보려고 했었는데, 내게 그 길들은 너무 미끄러웠다. 어떤 친절한 손이 나를 붙잡아 구해 준 그때, 나는 눈길 한 번 주지 않고 어머니의 품으로, 아늑하고 경건한 어린 시절의 안전함으로 돌아갔다. 나는 이전보다 어리고 의존적으로 되었고, 더 어리광을 부렸다. 크로머에게 종속되어 있던 나는 이를 대체할 새로운 종속 상황이 필요했다. 혼자서는 걸어갈 수가 없었다. 그렇게 나는 맹목적인 마음으로 아버지와 어머니에게 의존하는 길을 택했고, 오래되고 사랑스런 '밝은 세계'에 기대고자 했다. 그 세계가 유일한 세계가 아니라는 사실을 이미 알면서도 말이다. 만약 그러지 않았다면 데미안을 의지해 그에게 모든 걸 털어놓았을 것이다. 그러지 않은 이유를 그의 낯선 생각에 대한 정당한 불신 때문이라고 당시엔 생각했다. 하지만 사실은 두려움 때문이었다. 데미안이 내게 부모님보다 많은 것을 요구했을 테고, 그 이상으로, 자극하고 경고하며, 조롱하고 비꼬며 나를 더 자립적으로 만들려고 했을 것이다. 아, 지금의 나는 알고 있다. 세상에서 자기 자신에게로 이끄는 길을 가는 것보다 더 인간에게 거부감을 주는 것은 없다는 사실을!

그래도 반년 정도 지나자 그러한 유혹을 이겨낼 수 없어서, 언젠가 산책을 하다가 아버지에게 물어보았다. 어떤 사람들은 아벨보다 카인이 더 좋은 사람이라고 하는데 어떻게 생각하시느냐고.

아버지는 무척 놀라면서, 그건 최근에는 잘 들을 수 없는 견해라고 설명해 주셨다. 그것은 이미 초기 기독교 시대에 등장했던 관점이고 여러 종파에 전수되었는데, 그 가운데 한 분파는 스스로를 '카인교도'라고 불렀다는 것이다. 하지만 당연히 이러한 정신 나간 가르침은 우리의 신앙을 파괴하려는 악마의 유혹에 다름 아니라고 했다. 카인이 옳고 아벨이 옳지 않다고 믿는다면, 그로부터 신이 오류를 범했다는 결론이 나오고, 성경에 등장하는 신이 유일한 진짜 신이 아니라 거짓 신이 되고 만다. 실제로 카인교도들이 비슷한 식으로 가르치고 설교했을 수도 있지만, 이러한 이단은 오래전에 인류 역사에서 사라졌는데, 내 학교 친구가 그런 가르침에 대해 얼마간 알 수 있게 된 것이 놀라울 따름이라고 아버지는 말했다. 어쨌거나 아버지는 그런 생각은 버리라고 진지하게 경고했다.

3
예수 옆에 달린 죄인

내 유년 시절에 대해, 아버지 어머니 곁에서 안락하게 지냈던 것에 대해, 부모님의 자식 사랑에 대해, 부드럽고 사랑스러우며 밝은 환경 속에서 넉넉하게 유희하며 사는 삶에 대해 아름답고 다감하며 사랑스러운 얘기를 할 수도 있을 것이다. 하지만 오로지 내 관심을 끄는 것은, 나 자신에게 도달하기 위해 내가 내 삶에서 걸어 온 발자취뿐이다. 저 모든 멋진 쉼터들과 행복의 섬들 그리고 낙원들의 매력을 모르지 않지만, 나는 그것들이 먼 곳에서 빛을 발하게 놔둘 뿐 그곳에 다시 발을 디딜 욕심은 없다.

그래서 내 유년 시절에 관한 한, 내게 다가왔던 새로운 것과 나를 앞으로 몰고 갔던 것, 나를 잡아채 갔던 것에 대해서만 말하겠다.

이런 충격들은 항상 '다른 세계'에서 왔고, 항상 두려움과 강요 그리고 양심의 가책을 함께 가져왔으며, 늘 혁명적이었고, 내가 그 안에서 기꺼이 그대로 살아갔으면 했던 평화를 위협했다.

허락된 밝은 세계 속에서는 몸을 움츠린 채 숨어 있어야 했던 어떤 원초적 충동이 내 안에도 살고 있다는 사실을, 내가 새로 발견할 수밖에 없었던 때가 다가왔다. 누구에게나 그렇듯이 내게도, 서서히 눈뜨는 성에 대한 감각이 일종의 적대자이자 파괴자로서, 금지된 것이면서 유혹이자 죄의 모습으로 덮쳐 왔다. 나의 호기심이 찾던 것, 내게 꿈과 쾌락과 두려움을 안겨 주었던 것, 사춘기의 커다란 비밀은 내 어린 시절의 평화가 가진 아늑한 행복감에 전혀 어울리지 않았다. 나는 누구나 하는 식으로 행동했다. 나는 이제 아이가 아닌데 아이로 사는 이중적 삶을 살아갔다. 내 의식은 친숙하고 허락된 것 속에서 살았고, 동터 오는 새로운 세계를 거부했다. 하지만 한편으로 꿈과 충동, 비밀스런 소망 속에서 살았다. 그것들 위로 저 의식적인 삶은 점점 불안해져 가는 다리들을 세웠는데, 유년 세계가 내 안에서 붕괴되고 있었기 때문이다. 대부분의 부모와 마찬가지로 내 부모님도, 깨어나고 있는 삶의 충동, 말로 표현되지 않는 그 충동에 아무런 도움이 되지 못했다. 단지 지치지 않는 세심함으로, 현실을 부인하면서 점점 비현실적이고 거짓이 되어 가는 어린아이의 세계에 계속 머물고자 하는 나의 가망 없는 노력을 도울 뿐이었다. 이러한 경우에 부모들이 해 줄 수 있는 것이 많은지 나는 잘 모르겠고, 내 부모님을 비난할 생각은 없다. 나를 다루고 내 길을 발견하는 것은 나의 일이다. 그런데 곱게 자란 대부분 아이처럼 나는 내 일을 잘 해내지 못했다.

누구나 이런 어려움을 겪으며 산다. 평범한 인간의 삶에 있어서, 이것은 자기 삶의 요구가 주변 환경과 가장 힘겨운 투쟁에 빠지는 지점이며, 앞으로 나아가는 길을 열기 위해 가장 치열하게 투쟁해야 하는 지점이다. 많은 사람이 우리의 운명인 이 죽음과 새로운 탄생을 이 시기의 삶에서 단 한 번 체험한다. 유년기가 부식되고 천천히 몰락해 갈 때, 우리가 사랑했던 모든 것이 우리를 떠나려 하고, 우리가 우리를 둘러싸고 있는 우주의 고독과 치명적인 혹한을 느낄 때면 말이다. 그런데 아주 많은 사람이 영원히 이 벼랑에 매달린 채, 돌이킬 수 없이 지나간 것에, 모든 꿈 중에 가장 나쁘고 잔인한, 잃어버린 낙원에 대한 꿈에 평생 고통스럽게 달라붙어 있다.

하던 이야기로 돌아가 보자. 내게 유년기의 종말을 알려 주던 느낌들과 꿈의 이미지들은 굳이 설명할 만큼 중요하지 않다. 저 '어두운 세계', '다른 세계'가 다시 찾아온 것이 중요했다. 예전에 프란츠 크로머였던 것이 이제 나의 내면에 박혀 있었다. 그리고 이로써 외부로부터도 '다른 세계'가 다시 나를 지배할 힘을 갖게 되었다.

크로머와 있었던 일로부터 몇 년이 흐른 뒤였다. 그때는 내 삶의 극적이고 죄로 가득한 저 시기가 내게서 아주 멀어졌고, 마치 짧은 악몽처럼 완전히 사라져 버린 것 같았다. 프란츠 크로머는 이미 오래전에 내 삶에서 사라졌고, 언젠가 그를 마주쳤어도 신경조차 쓰지 않았다. 하지만 내 비극의 다른 중요한 인물인 막스 데미안은 내 주위에서 완전히 사라지지 않았다. 물론 그는 오랫동안 주변부 멀리 머물러 있었고, 눈에는 띄었지만 영향을 끼치진 않았다. 그러던 그가 점차 가까이 다가왔고, 다시금 힘과 영향력을 발휘하기 시작했다.

내가 그 시절의 데미안에 대해 지금도 알고 있는 것이 무엇인지 생각해 내려고 애써 본다. 1년 혹은 그 이상 나는 그와 한 번도 얘기해 본 적이 없는 것 같다. 나는 그를 피했고, 그는 결코 직접 다가오지 않았다. 언젠가 한 번, 우리가 우연히 마주쳤을 때 그는 내게

3 예수 옆에 달린 죄인

고개를 끄덕였다. 이후 때때로 그의 다정한 태도에 조롱이나 비꼬는 듯한 비난의 묘한 낌새가 풍기는 것도 같았지만, 그건 내 상상이었을지 모른다. 내가 그와 함께 겪었던 일과 당시에 그가 내게 끼친 기이한 영향은, 나처럼 그도 잊은 것 같았다.

나는 그의 모습을 떠올리려 애써 본다. 지금 그에 대해 곰곰이 생각해 보니, 그래도 그가 어딘가엔 있었고 내가 그를 인식했다는 것을 알겠다. 그가 혼자 혹은 더 큰 아이들과 섞여서 학교에 가는 모습이 떠오르고, 자신만의 공기에 둘러싸여 자신만의 법칙하에 살면서 낯선 모습으로 고독하게 조용히 아이들 사이에서 별처럼 움직이는 모습이 보인다. 아무도 그를 사랑하지 않았고, 아무도 그와 허물없이 지내지 않았다. 그의 어머니만은 예외였지만, 그는 그녀에게도 아이처럼 구는 게 아니라 어른처럼 행동하는 것처럼 보였다. 선생님들은 되도록 그를 내버려 두었다. 그는 좋은 학생이었지만, 누구의 마음에 들려고 애쓰지는 않았다. 우리는 이따금 그가 어떤 교사에게 했다는 말이나 비꼬는 말, 이의제기에 대한 것을 소문으로 들었는데, 그 말들에는 더할 나위 없는 거친 도전이나 아이러니가 담겨 있었다.

나는 눈을 감고 가만히 생각해 본다. 그러면 그의 모습이 떠오른다. 저건 어디였지? 그래, 이제 다시 거기다. 그곳은 우리 집 앞 골목이다. 나는 언젠가 그가 수첩을 들고 거기 서서 그림을 그리는 것을 보았다. 그는 우리 집 현관문 위에 있는, 새의 모습이 담긴 문장紋章을 그리고 있었다. 나는 커튼 뒤에 숨어 창가에 서서 눈여겨보았다. 문장을 향한 그의 주의 깊고 차가운 환한 얼굴을 무척이나 놀라며 바라보았다. 그것은 어른의 얼굴, 어떤 연구자 혹은 예술가의 얼굴이었으며, 우월하고 의지에 가득 차 있었고, 유난히 환하고 냉철하며 뭔가 아는 듯한 눈이었다.

그리고 또 그의 모습이 보인다. 그로부터 얼마 지나지 않아 거리에서였다. 학교에서 오는 길에 우리는 쓰러진 어떤 말 주위에 둘러서 있었다. 말은 아직 끌채에 매인 채 농가 수레 앞에 누워 있었는데, 뭔가를 찾는 듯 하늘로 코를 벌름거리며 가엾게 헐떡거렸다. 보이지 않는 상처에서 피가 흘러 나와 옆에 있는 하얀 흙먼지를 천천히 검붉게 물들였다. 구역질이 날 것 같아 시선을 돌렸을 때 나는 데미안의 얼굴을 보았다. 그는 밀치며 앞으로 나가지 않고, 그답게 아주 고상한 태도로 태연하게 가장 뒤에 서 있었다. 그의 시선은 말의 머리 쪽을 향하고 있는 것 같았는데, 역시나 저 깊고 고요하며 거의 광적이면서도 동시에 냉담한 주의력을 보이고 있었다. 나는 그를 오래 바라보지 않을 수 없었다. 당시에 나는, 아직 분명히 의식한 건 아니지만, 아주 독특한 느낌을 받았다. 데미안의 얼굴을 보면서, 나는 그의 얼굴이 아이의 얼굴이 아니라 어른의 얼굴이라는 점뿐만 아니라, 그 이상의 것을 보았다. 그 얼굴이 어른의 얼굴도 아니고 뭔가 다른 것처럼 보인다고, 혹은 그렇게 느껴진다고 생각했다. 마치 여자의 얼굴도 약간 섞여 있는 것 같았다. 이를테면 한순간 그 얼굴은 어른 같지도 아이 같지도 않고, 나이가 들지도 어리지도 않아 보였고, 어쩐지 수천 살을 먹었거나 시간을 벗어난 듯했으며, 우리가 살고 있는 것과는 다른 시간대의 낙인이 찍혀 있는 것 같았다. 짐승들이나 나무들, 혹은 별들은 그렇게 보일 수도 있었다. 어른이 된 내가 지금 얘기하는 것을 나는 당시엔 몰랐고, 정확히 그렇게 느낀 것도 아니지만, 비슷한 것이긴 했다. 아마도 그는 아름다웠던 것 같고,

3 예수 옆에 달린 죄인

내 마음에 들었던 것 같기도 하며, 거부감을 일으키기도 했던 것 같다. 그 역시 확실히 결론 내릴 수 없었다. 내가 본 것은 그저 그가 우리와 달랐다는 것, 그가 짐승 같기도 하고 유령 같기도 했으며, 때론 어떤 그림 같았다는 것이다. 그가 어땠었는지 지금 난 잘 모르겠다. 하지만 그는 달랐다. 상상할 수 없을 만큼 우리 모두와 달랐다.

더 이상은 기억나지 않는다. 어쩌면 지금 말한 것도 일부는 나중의 인상들로 만들어진 것일 수 있다.

나이를 몇 살 더 먹고 나서야 비로소 나는 다시 그와 가까워졌다. 데미안은 관습대로라면 그의 나이에 벌써 교회에서 받았을 법한 견진성사를 받지 않았는데, 이 점을 두고도 곧 여러 소문이 돌았다. 그가 원래는 유대인이라느니, 그게 아니라 이교도라느니 하는 얘기가 학교에 다시 나돌았고, 어떤 애들은 데미안과 그의 어머니가 무신론자라거나 황당무계한 불온한 종파의 일원이라고 떠벌렸다. 그와 관련해 나는 그가 자기 엄마와 애인처럼 지낸다고 누군가 의심하는 얘기도 들은 것 같다. 짐작할 수 있는 것은, 그는 지금까지 기독교 신앙고백을 하지 않고 커 왔는데, 이것이 이제 그의 미래에 어떤 불이익을 가져올지도 모른다는 우려가 생겼다는 점이다. 어찌 됐건 그의 어머니는 그의 또래보다 2년이 늦은 지금이라도 견진성사에 참여시키기로 결정했다. 그렇게 해서 그는 견진성사 수업을 받는 몇 달 동안 나와 같은 반 친구가 되었다.

한동안 나는 그와 철저히 거리를 두었고 어울리지 않으려 했다. 너무나 많은 소문과 비밀에 싸인 존재였다. 하지만 무엇보다 거슬렸던 것은, 크로머 사건 후 내 안에 남은 빚진 감정이었다. 그런 데다 바로 그 시기에는 나의 비밀만으로도 할 일이 차고 넘쳤다. 내 경우 견진성사 수업이 성에 결정적으로 눈뜨는 시기와 겹쳤다. 그런 탓에, 좋은 마음을 가졌어도 경건한 가르침에 관심을 가지기가 너무 힘들었다. 신부님이 말하는 것들은 나와 아주 동떨어진, 고요하고 성스러운 비현실적 영역에 있었고, 아마도 아주 아름답고 고귀한 것이었겠지만 결코 현실적이거나 자극적이지 않았다. 반면 저 성적인 것들은 극도로 현실적이고 자극적이었다.

이러한 상태로 수업에 무관심할수록 막스 데미안에게 더 관심이 갔다. 무엇이 우리를 연결해 주는 것 같았다. 이 끈을 가능한 한 정확히 따라가 볼 필요가 있다. 내가 기억하기로는 교실에 아직 등이 켜져 있던 이른 아침의 수업 시간이었다. 종교 선생님의 이야기가 카인과 아벨에 관한 대목에 이르렀다. 나는 거의 아무런 주의도 기울이지 않고 있었다. 졸음이 몰려와서 귀 기울여 듣지 않았다. 그때 신부님이 목소리를 높이며 카인의 표식에 대해 강한 어조로 얘기했다. 그 순간 나를 건드리거나 경고하는 듯한 느낌이 들어서 고개를 들었고, 앞줄에 앉은 데미안이 내게 고개를 돌리고 있는 것을 보았다. 뭔가 말하는 듯한 그의 밝은 눈에 진지하면서도 조소하는 듯한 표정이 있었다. 그저 한순간 그가 나를 보았을 뿐인데, 나는 갑자기 긴장한 채 신부님의 말에 귀 기울였고, 그가 카인과 그의 표식에 대해 얘기한다는 걸 알았다. 그리고 내 마음 깊은 곳에서, 그 얘기가 신부님이 가르치는 것과 다를 수 있다는 것과 그것을 다른 식으로 보거나 비판할 수 있다는 생각이 들었다!

그 순간 데미안과 나 사이에 다시 어떤 연결이 생겼다. 그런데 신기하게도, 일종의 영혼의 연대감이 생기자마자, 그 느낌이 마법처럼 공간으로도 전이되는 것을 볼 수 있었다. 데미안이 직접 그렇게

3 예수 옆에 달린 죄인

만들 수 있었는지, 아니면 그저 순수한 우연이었는지 나는 잘 몰랐는데 ─ 당시에 나는 아직 우연이라는 걸 확고히 믿고 있었다 ─ 며칠 후 데미안이 갑자기 종교 수업 시간에 자리를 바꾸더니 바로 내 앞자리에 앉았다(빽빽한 교실, 퀴퀴한 빈민가 냄새 한가운데서, 아침에 그의 목덜미에서 은은히 풍기는 상쾌한 비누 냄새를 내가 얼마나 즐겨 들이마셨는지 아직도 생생히 기억한다!). 그러더니 다시 며칠 후 또 자리를 바꿔 이제 내 옆자리에 앉았고, 겨울 내내 그리고 봄이 다 가도록 그 자리를 지켰다.

아침 수업 시간이 완전히 달라졌다. 그 시간은 더 이상 졸리거나 지루하지 않았다. 난 그 시간을 즐거운 마음으로 기다렸다. 때로 우리 둘은 정신을 집중해 신부님의 말에 귀 기울였는데, 기이한 이야기나 특이한 문구에 내가 주의를 기울이도록 하는 데에는 내 짝의 눈짓 한 번이면 충분했다. 그리고 내게 경고하거나 내 안에서 비판이나 의심을 불러일으키기 위해서도 그의 다른 눈짓, 아주 단호한 눈짓 한 번이면 충분했다.

하지만 많은 경우 우리는 나쁜 학생이었고, 수업에 전혀 귀 기울이지 않았다. 데미안은 선생님이나 학급 동료들을 항상 예의 바르게 대하긴 했다. 나는 그가 애들이 하는 멍청한 짓을 하는 걸 한 번도 본 적 없고, 큰 소리로 웃거나 떠드는 걸 들은 적도 없었다. 그는 선생님에게 야단맞는 일도 없었다. 하지만 아주 조용히, 그리고 귓속말을 하기보다는 신호나 눈짓으로, 나를 자기가 하는 일에 끌어들일 줄 알았다. 그 일들이란 어떤 면에서는 기이한 종류의 것이었다.

예를 들어 그는 어떤 애들이 그의 관심을 끄는지, 어떤 식으로 그가 그 애들을 눈여겨보는지 내게 말해 주었다. 그는 여러 아이에 대해 정확히 알고 있었다. 그는 수업 시간 전에 내게 말했다. "내가 엄지손가락으로 너한테 신호를 보내면, 저 애랑 저 애가 우리 쪽을 보거나 목덜미를 긁을 거야." 그런 식이었다. 그러고 나서 수업 시간에 내가 그 말을 까맣게 잊고 있을 때쯤, 막스가 갑자기 눈에 띄는 몸짓으로 내 쪽으로 엄지손가락을 돌리면, 나는 재빨리 아까 언급된 애를 쳐다보았는데, 그때마다 그 애가 철사 줄로 당겨진 듯 요구된 행동을 하는 것을 보았다. 난 막스에게, 그런 걸 선생님들한테도 한번 해 보라고 졸랐지만, 그는 그렇게는 하고 싶어 하지 않았다. 하지만 언젠가 내가 수업에 들어가면서, 오늘은 숙제를 해 오지 않아서 신부님이 내게 아무 질문도 하지 않으면 좋겠다고 했더니 그가 나를 도와주었다. 신부님은 교리문답의 한 구절을 암송할 학생을 찾고 있었는데, 이리저리 훑어보던 그의 시선이 잘못한 기색이 역력한 내 얼굴에 멈췄다. 천천히 내게 다가온 신부님이 손가락으로 나를 가리키며 막 내 이름을 입에 올릴 찰나였는데, 그때 갑자기 산만해진 신부님이 불안한 듯 옷깃을 정돈하고는, 자신의 얼굴을 빤히 쳐다보고 있는 데미안에게 다가섰다. 신부님은 그에게 뭔가 물으려고 했지만, 놀랍게도 다시 몸을 돌리더니 잠깐 기침한 후 다른 학생에게 시켰다.

이런 장난이 나한테는 아주 재미있었지만, 내 친구가 내게도 이런 장난을 자주 친다는 사실을 시간이 지나서야 알았다. 학교 가는 길에 데미안이 내 뒤에 조금 떨어져서 오고 있다는 느낌이 갑자기 들 때가 있었는데, 뒤를 돌아보면 정말로 그가 거기 있었다.

"넌 그러니까 정말로 네가 원하는 대로 다른 사람이 생각하도록 만들 수 있는 거야?" 내가 물었다.

3 예수 옆에 달린 죄인

그는 특유의 어른 같은 태도로, 사무적이면서도 침착하게 기꺼이 설명했다.

"아니." 그가 말했다. "그건 불가능해. 사람은 자유의지를 가지고 있지 않아. 신부님은 그렇다고 하겠지만. 사람은 자신이 원하는 대로 생각할 수도 없고, 내가 원하는 대로 그 사람이 생각하게 만들 수도 없어. 하지만 누군가를 잘 관찰해 볼 수는 있지. 그러면 그 사람이 생각하거나 느끼는 걸 종종 아주 정확히 맞출 수 있어. 그러면 그가 다음 순간에 뭘 할지도 대개 예측할 수 있지. 그건 아주 간단해. 사람들이 모를 뿐이지. 물론 연습이 필요하긴 해. 예를 들어 나비 종류 중에는 수컷보다 암컷의 수가 훨씬 적은 나방이 있어. 이 나방들은 다른 동물들과 똑같은 방식으로 번식해. 수놈이 암놈을 수정시키면, 암놈이 알을 낳는 식이지. 그런데 네가 이 나방 가운데 암놈을 한 마리 가지고 있으면 — 이건 자연과학자들이 자주 실험해 본 건데 — 밤에 수컷들이 이 암컷에게 날아 들어. 그것도 몇 시간씩 걸리는 먼 거리에서! 몇 시간 거리라니, 한번 생각해 봐! 몇 킬로미터나 떨어진 곳에서 이 수컷들은 그 지역에 있는 단 한 마리의 암컷을 감지하는 거야! 사람들이 이걸 설명해 보려고 하지만, 쉬운 일이 아니야. 그건 틀림없이 일종의 후각이나 뭐 그런 걸 거야. 훌륭한 사냥개가 보이지 않는 흔적을 찾거나 추적할 수 있는 것처럼. 이해하겠지? 그것도 이런 종류의 일이야. 자연은 그런 일들로 가득한데, 아무도 그걸 설명하지 못해. 하지만 이렇게 말할 수는 있겠지. 만약 이 나방들의 경우에 암컷이 수컷만큼 많다면, 그것들은 그렇게 섬세한 코를 가지고 있지 못할 거야! 수컷들은 그 상황에 맞게 훈련되었기 때문에 그런 코를 가지게 된 거지. 동물이든 인간이든 자신의 온갖 주의력과 모든 의지를 특정한 한 가지 일에 집중시키면 거기에 도달하게 돼. 그게 전부야. 네가 말한 것도 그런 거랑 같아. 어떤 사람을 세심하게 오래 관찰해 봐. 그러면 그 사람 자신보다 네가 그에 대해 더 많이 알게 될 거야."

'독심술'이란 말이 나오려고 입이 근질거렸고, 그로써 오래전의 일인 크로머와의 일을 그에게 상기시킬 뻔했다. 하지만 우리 둘 사이에선 당시에 그 언급을 한다는 것이 이상한 일이기도 했다. 그가 수년 전에 내 삶에 그토록 진지하게 개입했던 일에 대해, 그나 나나 여태 일절 암시조차 한 일이 없었다. 마치 우리 사이에는 아무 일도 없었거나, 서로가 상대방이 그 일을 잊어버렸다고 단단히 믿는 것 같았다. 심지어는 한 번인가 두 번 우리가 함께 길을 건너다가 프란츠 크로머를 마주친 일도 있었다. 하지만 우리는 서로 눈길 한 번 주고받지 않았고, 크로머에 관해 한마디도 하지 않았다.

"그럼 의지는 어떻게 되는 거야?" 내가 물었다. "너는 사람이 자유의지를 가지고 있지 않다고 항상 얘기하잖아. 하지만 그러다가 다시, 우리가 무언가에 우리의 의지를 확고히 향하기만 하면 목표에 도달할 수 있다고도 하고. 말이 안 맞잖아. 만약 내가 내 의지의 주인이 아니라면, 그 의지를 임의로 여기나 혹은 저기로 향하게 할 수도 없는 거잖아."

그가 내 어깨를 두드렸다. 내가 그를 기쁘게 하면 항상 하는 행동이었다.

"질문을 하다니 훌륭해!" 그가 웃으면서 말했다. "사람은 항상 질문을 해야 하고, 항상 의심해야 해. 그건 그렇고 그 문제는 아주 간단해. 예를 들어 만약 그런 나방이 자기 의지를 별이나 그 비슷한

3 예수 옆에 달린 죄인

곳으로 향하게 하려고 한다면 그건 불가능한 일일 거야. 단지 나방은 그런 시도를 절대 하지 않는다는 거지. 그 나방은 오직 자기에게 의미와 가치가 있는 것, 자기가 필요로 하는 것, 꼭 가져야만 하는 것만 추구하는 거야. 그리고 바로 거기서, 도저히 믿을 수 없는 일도 그 나방에게는 가능하게 되는 거지. 그 나방 외에는 다른 어떤 동물도 가지지 못한 마법과 같은 육감을 개발하게 되는 거야! 우리 인간이 동물보다 활동의 여지가 더 넓다는 건 분명한 사실이고, 관심도 더 많아. 하지만 우리도 비교적 아주 좁은 영역 안에 매여 있고, 그 경계를 넘어설 수가 없어. 내가 아마도 이것저것 상상할 수는 있겠지. 예를 들어 북극에 꼭 가고 싶다거나 뭐 그런 식의 상상 말이야. 하지만 그걸 실행하거나 충분히 강력하게 소망할 수 있는 것은, 그 소원이 나 자신 안에 충만하고 정말로 나라는 존재가 그 소원으로 온통 꽉 차 있을 때만 가능한 거야. 그런 상황이 되고, 네가 네 내면이 명령하는 것을 실행하자마자, 그대로 잘될 거야. 넌 네 의지를 마치 좋은 말에 마구를 채운 듯 부릴 수 있게 되는 거야. 예를 들어 내가 지금, 우리 신부님이 앞으로 안경을 쓰지 않도록 해 보겠다고 작정한다고 해도 그건 안 되는 거야. 그건 그냥 장난일 뿐이지. 하지만 내가 지난가을에 저 앞자리에서 자리를 바꿨으면 하는 확고한 의지를 가졌을 때는 일이 아주 잘 풀렸어. 알파벳순으로 내 앞자리인 아이가 그때까지 아파서 못 나오다가 갑자기 나타났고, 누군가 개한테 자리를 내줘야 했는데, 당연히 내가 그렇게 했지. 왜냐하면 내 의지가 곧바로 기회를 포착할 준비가 돼 있었으니까."

"그래." 내가 말했다. "당시에 그 일도 참 이상했어. 우리가 서로 관심을 가진 순간부터 너는 내게 점점 가까이 다가왔지. 하지만 어째서 그런 거야? 처음부터 곧바로 내 옆에 앉지는 않았잖아. 넌 처음 몇 번은 저기 내 앞쪽에 앉았었어. 그렇지 않아? 어떻게 그런 거야?"

"그건 이래. 처음에 내가 앉았던 자리에서 벗어나고 싶었을 때는 나도 내가 어디로 가로 싶은지 정말 몰랐어. 내가 알고 있었던 건, 뒷자리로 옮기고 싶다는 정도였지. 너에게 가고 싶다는 게 내 의지였지만, 아직 그걸 의식하고 있지는 않았어. 동시에 네 의지도 함께 잡아당기며 나를 도왔지. 그러고 나서 내가 저기 네 앞자리에 앉게 되었을 때야 나는 내 소망이 반쯤 이루어졌다는 생각이 들었어. 내가 원래 바라던 것이 네 옆에 앉는 것이었다는 걸 알게 된 거지."

"하지만 그때는 누가 새로 들어온 것도 아니잖아."

"그랬지. 하지만 그때는 그냥 내가 하고 싶은 걸 해 버렸어. 재빨리 네 옆에 앉아 버린 거지. 나랑 자리를 바꾼 아이는 조금 놀라더니 내가 하는 대로 놔뒀어. 그리고 신부님은 뭔가 달라졌다는 걸 언젠가 알아채긴 했겠지. 요컨대 나와 관련된 일이 생길 때마다 무의식적으로 뭔가 마음에 걸리는 거야. 말하자면 그는 내 이름이 데미안이란 걸 알고 있는데, D로 시작되는 내가 한참 뒤쪽의 S로 이름이 시작되는 애들 틈에 앉아 있으니 이상한 거지! 하지만 그 사실이 그의 의식에까지는 이르지 못해. 왜냐하면 내 의지가 거기 맞서면서 신부님이 그러지 못하도록 내가 항상 방해하니까. 신부님은 뭔가 이상하다는 걸 거듭 느끼고, 나를 바라보며 곰곰이 생각하지. 그 선량한 양반이 말이야. 하지만 그 경우에 내겐 아주 간단한 방법이 있어. 그때마다 아주 뚫어지게 그분의 눈을 쳐다보는 거야. 대부분 사람은 그걸 견디지 못해. 다들 불안을 느끼지. 네가 누군가에게서 뭔가 얻고자 마음먹고 불시에 그의 눈을 뚫어지게 쳐다보는데도 그 사람이

3 예수 옆에 달린 죄인

전혀 불안해하지 않으면 포기해! 그런 사람한테서는 아무것도 얻지 못해. 절대로! 하지만 그런 경우는 아주 드물어. 내가 아는 사람 중에 그게 통하지 않는 사람은 딱 한 명이었어."

"누군데?" 얼른 물어보았다.

그는 생각에 빠질 때면 하던 대로 약간 갸름하게 뜬 눈으로 나를 바라보았다. 그러더니 시선을 돌리고는 아무 대답도 하지 않았다. 나는 알고 싶은 마음이 굴뚝같았지만 다시 물어볼 수 없었다.

하지만 내 생각에, 그는 당시에 자기 어머니를 지칭한 것 같다. 그는 어머니와 아주 친밀하게 살고 있었지만, 내게 어머니 얘기를 한 적이 없고, 나를 집으로 데려간 적도 없었다. 나는 그의 어머니가 어떻게 생겼는지 전혀 몰랐다.

당시에 나는 때때로 데미안과 똑같이 해 보려고, 내가 꼭 이루었으면 하는 어떤 대상에 내 의지를 집중시켜 보았다. 내 생각엔 충분히 절실한 소망들이었다. 하지만 아무 일도 일어나지 않았고 제대로 되지도 않았다. 나는 데미안에게 그에 대한 얘기를 꺼낼 엄두를 못 냈다. 아마 내가 바라던 것이 무엇이었는지 그에게 털어놓지는 못했을 것이다. 그 역시 묻지 않았다.

그 사이에 종교 문제에 있어서 내 신앙심에는 여기저기 틈새가 벌어졌다. 하지만 전적으로 데미안의 영향을 받은 내 생각은, 철저히 무신론적 태도를 보이는 내 동급생들과는 많이 달랐다. 그런 애들이 몇몇 있었는데 종종 자기들 생각을 떠들고 다녔다. 신을 믿는 건 우스꽝스러운 일이며 인간의 품위를 떨어뜨리는 것이고, 삼위일체 이야기나 예수가 동정녀에게서 태어났다는 이야기는 그저 웃긴 얘기라거나, 오늘날 이런 되지도 않는 얘기를 떠들고 다니는 것은 수

치라는 식이었다. 나는 절대 그런 식으로 생각하지는 않았다. 비록 내가 회의에 빠져 있긴 했어도, 내 어린 시절의 모든 경험을 통해, 예를 들어 내 부모님이 영위했던 경건한 삶이 실제 그렇다는 것도 잘 알았고, 이러한 삶이 품위가 없는 것이 아니며 위선이 아니라는 점도 충분히 알았다. 오히려 종교적인 것에 대해 전과 다름없이 깊은 경외감을 가지고 있었다. 다만 데미안은 나로 하여금 성경의 이야기들과 교리들을 더 자유롭고 더 개인적으로, 더 유희적이며 더 풍부한 상상력으로 보고 해석하는 데 익숙해지도록 해 주었다. 적어도 나는 그가 알기 쉽게 얘기해 준 해석들을 언제나 즐겁고 기쁜 마음으로 좇았다. 물론 많은 것이 내게 너무 갑작스러웠다. 카인과 관련된 것 역시 그랬다. 그런데 데미안은 언젠가 견진성사 수업 시간에 그보다 더 대담한 견해로 나를 놀라게 했다. 선생님이 골고다에 관한 얘기를 하고 있었다. 구세주의 고난과 죽음에 대해 성경이 알려주고 있는 사실은 아주 어린 시절부터 내게 깊은 인상을 남겼는데, 어린아이였던 나는 아버지가 때로 수난의 금요일에 그리스도가 고난 당한 이야기를 낭독해 주실 때면, 진실한 마음으로 감동에 사로잡힌 채 이 고통에 가득 찬 아름답고도 창백하며 섬뜩한 세계, 하지만 엄청나게 생생한 겟세마네와 골고다의 세계 속에서 살았다. 그리고 바흐의 〈마태수난곡〉을 들을 때면 이 신비에 가득 찬 세계가 지닌, 음침하면서도 강력한 고난의 광채가 온갖 신비스러운 전율로 덮쳐 왔다. 지금도 나는 이 곡과 〈악투스 트라지쿠스Actus tragicus〉[1]에

I   바흐가 1707년경 작곡한 칸타타인 바흐작품번호 106번 〈하느님의 때가 최상의 때로다〉의 별칭.

             3 예수 옆에 달린 죄인

서 모든 시와 모든 예술적 표현의 정수를 발견한다.

그런데 수업이 끝날 무렵 데미안이 생각에 잠긴 얼굴로 내게 말했다. "싱클레어, 여기 뭔가 내 맘에 들지 않는 게 있어. 이 이야기를 한번 꼼꼼히 읽고 그걸 혀끝으로 음미해 봐. 거기엔 뭔가 김빠진 듯한 맛이 나는 게 있어. 그러니까 십자가에 달린 두 도둑 얘기 말이야. 언덕 위에 세 개의 십자가가 나란히 서 있는 모습이라니, 굉장하지! 하지만 이어서 순박한 도둑에 관해 팸플릿에나 실릴 법한 감상적인 이야기라니! 누가 봐도 범죄자로서 수치스러운 일을 저지른 자가, 감동을 받아 후회하고 개과천선하는 식의 눈물 짜는 축제를 벌이고 있어! 말해 봐. 무덤에서 두 발자국 떨어진 곳에서 하는 그런 후회가 대체 무슨 의미가 있단 말이야? 그것 역시 정말로 설교용 사이비 이야기나 다름없어. 진정성이라곤 없이 달콤하고 번지르르하게 감동의 기름을 친 지극히 교화적인 배경을 가진 이야기야. 만약 네가 지금 두 도둑 가운데 한 명을 친구로 골라야 하거나, 둘 중 누구를 더 신뢰할 수 있을지 고심해야 한다면, 그건 분명히 이 눈물 흘리는 개종자는 아니야. 아니, 다른 쪽이지. 그쪽이야말로 사내고, 개성을 지니고 있어. 그는 개종 같은 건 무시하고 있지. 그로선 그런 개종은 단순히 그럴듯한 헛소리에 지나지 않으니까. 그는 자신의 길을 끝까지 걸어가고, 이제까지 자신을 도와주었음에 틀림없는 악마와 관계를 끊겠다고 마지막 순간에 비겁하게 말하지 않는 거야. 그는 개성 있는 인간인 셈인데, 개성 있는 사람들은 성경 이야기에선 대개 손해를 보지. 아마 그도 역시 카인의 후예일 거야. 너도 그렇게 생각하지 않아?"

나는 너무 당황했다. 이 십자가처형 이야기를 아주 잘 알고 있다고 생각했었는데, 그제야 비로소 내가 얼마나 개성 없이, 얼마나 환상이나 상상력 없이 그 얘기를 듣고 읽어 왔는지 알게 되었다. 그럼에도 데미안의 새로운 생각은 치명적으로 들렸고, 내가 지켜야 한다고 믿어 왔던 내면의 개념들을 전복시키려고 위협했다. 아니다. 아무리 그래도 가장 신성한 것에 이르기까지 아무거나 멋대로 뒤집어 버릴 수는 없는 노릇이었다.

언제나 그랬던 것처럼 그는 내가 뭐라 말하기도 전에 곧바로 내 거부감을 알아차렸다.

"나도 알아." 그가 한 발 물러서며 말했다. "그건 오래된 이야기야. 심각해할 필요는 없어! 하지만 난 네게 뭔가 말해 주고 싶어. 여기엔 이 종교의 맹점을 아주 분명하게 알 수 있는 지점들 중 하나가 있다는 점이야. 구약과 신약의 이 유일신이 아주 탁월한 모습이긴 하지만, 그가 원래 제시해야 마땅할 모습은 아니라는 거야. 그 신은 선함과 고상함, 아버지다움, 아름다움이자 고귀함, 성찰적인 존재 그 자체야. 분명히 그렇지! 하지만 세상은 다른 것으로도 이루어져 있어. 그런데 그 다른 것들이 모두 그냥 악마에게 떠넘겨져서, 세상을 이루고 있는 이 부분 전부, 정확히 절반이 숨겨진 채 완전히 묵살되고 있는 거지. 특히 신을 모든 생명의 아버지라 추앙하면서도, 모든 생명의 기반이 되는 성생활에 대해선 그냥 묵살하고 악마의 소행이라거나 죄라고 설명하고 있는 거야! 나는 사람들이 이 신을 여호와라고 숭배하는 데에 전혀 반대하지 않아. 조금도. 하지만 난 우리가 모든 걸 숭배하고 성스럽게 여겨야 한다고 생각해. 이렇게 인위적으로 분리된 공식적인 절반만이 아니라 전체 세계를 말이지! 그러니까 우리는 신에 대한 예배와 더불어 악마에 대한 예배도 드려야 하는

3 예수 옆에 달린 죄인

거야. 난 그게 옳다고 생각해. 아니면 우리는 악마도 안에 품고 있는 하나의 신을 창조해야만 해. 세상에서 가장 자연스러운 일이 일어날 때 우리가 그 앞에서 눈을 감을 필요가 없도록 말이야."

평소의 그답지 않게 데미안은 격한 태도를 보였다. 하지만 그는 금방 미소를 지으며 더 이상 내게 강요하지 않았다.

하지만 내 내면에서 이 말들은, 내가 마음에 항상 담고 다니면서도 그것에 대해 아무에게도 언급하지 않았던, 내 전체 유년 시절의 수수께끼를 정확하게 꿰뚫었다. 그때 데미안이 신과 악마에 대해, 신적이고 공식적인 세계와 묵살된 악마적 세계에 대해 언급한 것은 정확히 나 자신의 생각이자 나 자신의 신화였고, 두 세계 혹은 밝은 세계와 어두운 세계로 나누어진 두 개의 반쪽짜리 세계에 대한 생각과 일치했다. 내 문제가 모든 사람의 문제이고 모든 삶과 생각의 문제라는 통찰이 마치 어떤 성스러운 그림자처럼 갑자기 나를 덮쳐 왔고, 나의 가장 독자적이고 개인적인 삶과 견해가 위대한 이념들의 영원한 흐름에 얼마나 깊이 관여하고 있는지 갑자기 느끼면서 알게 되었을 때, 두려움과 경외감이 나를 엄습했다. 그러한 통찰은 비록 확인을 받은 것 같은 기분 좋은 느낌을 갖게 했지만, 마냥 기쁘지는 않았다. 그것은 가혹했고 거친 맛이 났다. 그 안에는 일종의 책임감이, 더 이상 아이로 머물 수 없으며 혼자 서야 한다는 뉘앙스가 들어 있었다.

내 생애 처음으로 그처럼 깊숙한 비밀을 털어놓으며, 나는 친구에게 아주 어린 시절부터 지녀온 '두 세계'에 대한 내 생각을 말해 주었다. 그러자 그는, 이로써 내가 감정 깊숙한 곳에서 그에게 동의하고 있으며 그가 옳다고 여기고 있다는 것을 곧바로 알아차렸다.

하지만 이런 상황을 이용하는 것은 그의 방식이 아니었다. 그는 그 어느 때보다 내게 더 깊은 관심을 보이며 귀를 기울였고 내 눈을 들여다보았는데, 결국 나는 그의 시선을 피해야만 했다. 그의 눈빛에서 다시금 저 독특하고 동물 같은 무시간성과 가늠할 수 없는 나이를 보았기 때문이다.

"우리 그 얘긴 다음에 더 하자." 그가 내게 신경 써 주며 말했다. "내가 보기에 넌 다른 사람에게 말할 수 있는 것 이상으로 생각을 많이 하는 것 같아. 만약 정말로 그렇다면, 네가 생각한 대로 이제까지 직접 살아 보지도 못했다는 걸 너도 알 거야. 그리고 그건 바람직하지 않아. 우리가 삶으로 직접 살아 내는 생각만이 가치가 있어. 너는 네 '허락된 세계'가 단지 세상의 절반일 뿐이라는 걸 알고 있었어. 그런데 넌 신부님이나 선생님들이 하듯, 나머지 절반의 세계를 감추려고 애썼어. 넌 그 일에 성공하지 못할 거야! 한번 생각을 시작하면 아무도 그렇게는 못 해."

그의 말이 내 마음 깊숙이 와닿았다.

"하지만." 난 외치다시피 말했다. "그래도 실제로 그리고 정말로 금지된 일이나 추한 일들이 있다는 사실을 너도 부인할 수는 없을걸! 그리고 그런 일들이 일단 금지되면, 우리는 그런 건 포기해야 해. 살인이나 온갖 가능한 악덕이 있다는 걸 난 알아. 하지만 단지 그런 것이 존재한다고 해서 내가 나가서 범죄자가 되어야 할까?"

"오늘 그 얘길 끝낼 수는 없을 거야." 막스가 나를 달래며 말했다. "누구를 때려죽이거나 소녀를 겁탈하고 죽여선 안 되지, 안 되고 말고. 하지만 넌 대체 뭐가 '허락'되어 있고 '금지'되어 있다고 하는 건지를 통찰할 수 있는 지점에 아직 도달하지 못했어. 넌 겨우 진실의 일부를 감지했을 뿐이야. 다른 요소들이 올 거야. 그걸 믿어 봐! 예를 들어 넌 1년 전부터, 다른 어떤 충동보다 강한 하나의 충동을 네 안에 지니고 있어. 그건 '금지된 것'에 대한 충동이지. 그리스인이나 다른 많은 민족은 반대로 이 충동을 신성한 것으로 만들었고, 커다란 축제에서 그 충동을 기렸지. 그러니까 '금지된 것'은 영원한 것이 아니라 바뀔 수 있는 거야. 오늘날도 누구나 어떤 여자와 신부님 앞에 서서 결혼을 하기만 하면 바로 그 여자와 잘 수 있잖아. 다른 민족의 경우에는 달라. 오늘날까지도 말이야. 그러니까 우리 각자는 무엇이 허락되어 있고 금지되어 있는지, 그에게 금지된 것은 무엇인지 스스로 찾아내야 해. 한 번도 금지된 것을 하지 않은 사람이 대단한 악당일 가능성도 있어. 정반대의 이야기도 가능하지. 실제로 그건 단지 편안함의 문제야! 너무 안이해서 스스로 생각하고 스스로 판단을 내리지 못하는 사람은, 기존에 있는 금지 사항들에 그대로 자신을 맡겨 버려. 그게 쉬우니까. 다른 사람들은 스스로 자신의 내면에서 금지를 느끼지. 모든 명예로운 사람들이 매일 하는 일이 그들에겐 금지되고, 대개 금기시되는 다른 일들이 허락돼. 누구나 스스로 결정해야 하는 거야."

그렇게 많이 이야기한 것을 갑자기 후회하는 듯 그는 입을 다물었다. 그때 그가 어떤 심정이었는지, 그 당시에 이미 나는 느낌으로 어느 정도 알 수 있었다. 그러니까 그는 떠오르는 생각들을 그토록 기분 좋게, 그리고 겉보기에는 경솔하게 내뱉곤 했지만, 언젠가 그 자신이 말했던 것처럼 '그냥 말을 이어 가기 위한' 대화는 죽을 만큼 못 견뎌 했다. 그런 그가 내게서 진지한 관심과 더불어, 너무 과한 유희와 재치 있는 수다에 대한 너무 과한 즐거움과 같은 그런 것을, 간단히 말해 완벽한 진지함이 없다는 것을 감지했던 것이다.

내가 방금 써 놓은 마지막 말, 즉 '완벽한 진지함'이란 말을 다시 읽다 보니, 내가 아직 반쯤은 어린아이였던 시절에 막스 데미안과 함께 체험했던 아주 인상적인 장면이 떠오른다.

우리의 견진성사가 다가오고 있었고, 종교 수업 마지막 시간의 주제는 최후의 만찬이었다. 신부님에게는 이 주제가 중요했기 때문에 애를 썼고, 그 시간에는 약간의 신성한 분위기가 느껴져야 했다. 그런데 바로 이 마지막 교리문답 시간에 내 생각은 다른 곳을, 내 친구의 존재를 향하고 있었다. 교회공동체 안에 엄숙하게 받아들여지는 의식이라고 우리에게 설명된 견진성사가 다가오는 것을 보면서, 내겐 약 반년에 걸친 이 종교 교리문답의 가치가 여기서 배운 것에 있는 것이 아니라, 데미안의 곁에서 그의 영향을 받은 데에 있다는 생각이 밀려 오는 것을 떨쳐 버릴 수가 없었다. 이제 나는 교회가 아니라 완전히 다른 어떤 곳, 사상과 개성의 교단에 받아들여질 준비가 되어 있었다. 그 교단은 어떤 식으로든 지상에 존재함에 틀림없었고, 나는 그 대표자나 대리자가 내 친구라고 느꼈다.

나는 이런 생각을 억누르려고 애썼다. 앞선 모든 것에도 불구하고 견진성사 의식을 어느 정도는 엄숙하게 치르고 싶은 것이 내 진심이었는데, 이것은 나의 새로운 생각과는 별로 어울리지 않았다. 하지만 나는 내가 원하는 것을 하고 싶었다. 그 생각이 떠오르자, 그 생각은 가까이 다가온 교회 의식에 대한 생각과 점차 결부되었고, 나는 그 의식을 다른 친구들과는 다른 방식으로 치를 준비가 되었다. 그 의식은 나에겐, 내가 데미안으로 인해 알게 된 사고의 세계에 받아들여지는 것을 의미해야 했다.

　그 무렵 나는 데미안과 다시금 활기찬 논쟁을 벌였다. 교리문답 수업이 있기 직전이었다. 내 친구는 입을 다물고 있었고, 아주 조숙한 척 잘난 체하는 내 얘기에 흥미를 보이지 않았다.

　"우린 말을 너무 많이 하고 있어." 그는 평소답지 않게 진지한 모습으로 말했다. "말만 똑똑하게 하는 건 아무 가치가 없어. 아무 가치도. 자기 자신에게서 멀어질 뿐이지. 자신에게서 멀어지는 건 죄야. 우리는 마치 거북이처럼 자신 안으로 철저히 기어 들어갈 수 있어야 해."

　그리고 우리는 곧장 교실로 들어갔다. 수업이 시작되었고, 나는 수업에 열중하려고 애를 썼다. 데미안은 이런 나를 방해하지 않았다. 얼마 지나지 않아 나는 데미안이 앉은 옆자리에서 뭔가 독특한 기운을 느꼈다. 갑자기 자리가 비어 버린 듯 텅 빈 느낌 혹은 냉기가 도는 것과 비슷한 느낌이었다. 그런 느낌이 가슴을 조여 오기 시작했을 때 나는 몸을 돌려 옆을 보았다.

　그때 나는 내 친구가 평상시처럼 허리를 곧추세운 채 단정한 자세로 앉아 있는 것을 보았다. 하지만 그래도 그는 평상시와 아주 달라 보였다. 내가 알지 못하는 뭔가가 그에게서 나와 그를 둘러싸고 있었다. 나는 그가 눈을 감고 있다고 생각했는데, 직접 보니 눈을 뜨고 있었다. 하지만 그의 눈은 무엇을 주시하거나 보고 있는 것이 아니라, 내면이나 아주 먼 곳을 향해 고정되어 있었다. 그는 미동도 하지 않고 앉아 있었는데, 숨도 쉬지 않는 것 같았다. 그의 입은 나무나 돌로 깎아 놓은 듯했다. 얼굴은 창백했고, 돌처럼 핏기가 없었다. 갈색의 머리카락만 가장 생기를 띠고 있었다. 두 손은 그의 앞자리 긴 의자에 얹혀 있었는데, 어떤 물건이나 돌 혹은 과일처럼 생명력 없이 고요하며 미동도 없이 창백했지만, 그렇다고 축 늘어진 것은 아니었고, 숨겨진 강인한 생명을 감싸고 있는 단단하고 훌륭한 껍질 같았다.

그걸 보고 있자니 몸이 떨려 왔다. '그가 죽었어!'라고 생각한 나는 하마터면 그렇게 소리를 지를 뻔했다. 하지만 나는 그가 죽은 게 아니라는 것을 알고 있었다. 나는 홀린 듯한 시선을 그의 얼굴, 이 창백하고 돌 같은 가면에서 떼지 못했다. 그리고 느꼈다. 이게 데미안이었구나! 평상시에 나와 함께 걷고 얘기를 나누는 데미안은 그저 반쪽짜리 데미안에 불과했다. 잠시 어떤 역할을 하면서 맞춰 주고 호의로 함께해 준 그런 존재 말이다. 하지만 진짜 데미안은 지금과 같이 돌처럼 차가운 태고의 모습에, 동물 같고, 돌 같으며, 아름답고도 차가우며, 죽은 듯하면서 들어 본 적 없는 생명력으로 은밀하게 가득 찬 모습이었다. 그리고 그의 주위에 감도는 이 고요한 진공상태, 이 천공의 영기와 별이 떠도는 공간, 이 고독한 죽음!

지금 그가 그의 내면으로 완전히 침잠했다는 것을 느끼고 난 전율했다. 나는 한 번도 그렇게 고독에 빠진 적이 없었다. 나는 그와 아무 상관이 없었고, 그는 내가 닿을 수 없는 존재였으며, 세상 끝의 섬에 있는 것처럼 나와는 머나먼 존재였다.

나 말고 아무도 그의 이런 모습을 볼 수 없다는 것을 나는 이해할 수가 없었다! 모두가 봐야 했고, 모두가 전율을 느껴야 했다! 하지만 아무도 그에게 관심을 기울이지 않았다. 그는 조각처럼 앉아 있었는데, 우상처럼 뻣뻣하다고 생각될 정도였다. 파리 한 마리가 그의 이마에 앉더니 코와 입술을 지나 천천히 기어갔다. 그는 미동

3 예수 옆에 달린 죄인

도 하지 않았다.

어디에, 그는 그때 어디에 있었던 것일까? 무슨 생각을 했고, 무엇을 느꼈을까? 천국에 있었을까, 아니면 지옥에?

그에게 그런 질문을 할 수는 없었다. 수업이 끝날 무렵 그가 다시 살아나 숨 쉬는 모습을 보았을 때, 그리고 그의 시선이 나와 마주쳤을 때, 그는 예전 모습 그대로였다. 그는 어디서 온 것일까? 어디 있었던 것일까? 그는 피곤해 보였다. 그의 얼굴은 혈색을 되찾았고, 두 손은 다시 움직였지만, 갈색 머리카락은 이제 지친 듯 윤기를 잃었다.

그 후 며칠 동안 나는 침실에서 여러 번 새로운 연습에 몰두했다. 의자에 똑바로 앉아 시선을 고정하고 꼼짝도 하지 않은 채, 얼마나 내가 그렇게 견딜 수 있는지 그리고 그때 어떤 느낌이 드는지 기다려 보았다. 하지만 나는 그냥 피곤해질 따름이었고, 눈꺼풀에는 심한 경련이 일었다.

그런 뒤 곧바로 견진성사가 있었는데, 거기에 대해서는 아무런 중요한 기억도 남아 있지 않다.

이제 모든 것이 달라졌다. 유년기가 내 주위에서 산산이 부서져 내렸다. 부모님은 다소간 당혹스러워하며 나를 바라보았다. 누이들은 내게 아주 낯설어졌다. 일종의 각성상태가 나에게 익숙했던 느낌과 기쁨의 순수함을 앗아갔고 그 빛이 바래게 했다. 정원에는 향기가 없었고, 숲은 내 마음을 끌지 못했으며, 내 주위의 세상은 낡은 물건들을 떨이로 파는 것처럼 김빠지고 매력 없이 서 있었다. 책들은 그저 종이에 불과했고, 음악은 소음이었다. 그런 식으로 가을 나무 주위로 낙엽이 떨어지는데, 나무는 그것을 느끼지 못한다. 비가 혹은 햇빛이나 서리가 나무를 타고 흘러내리고, 나무의 내부에서 생명력이 천천히 내면 깊숙한 좁은 공간으로 물러간다. 나무가 죽는 것은 아니다. 기다릴 뿐.

방학이 끝나면 나는 처음으로 집을 떠나 다른 학교로 가는 것으로 결정되었다. 어머니는 이따금 전에 없이 다정하게 다가와 미리 작별을 고했고, 사랑과 고향에 대한 그리움 그리고 잊지 못할 것을 내 마음에 요술처럼 불어넣으려 애썼다. 데미안은 여행을 떠나고 없었다. 나는 혼자였다.

3 예수 옆에 달린 죄인

4

베아트리체

내 친구를 다시 보지 못한 채, 방학이 끝날 무렵 나는 성聖
○○시로 떠났다. 부모님 두 분 다 동행했고, 온갖 세심함으로 나를
챙기며 김나지움 선생이 운영하는 남학생 기숙사에 나를 맡겼다. 두
분이 나를 어떤 일에 빠져들게 했는지 알았더라면 놀란 나머지 몸
이 마비되었을 것이다.

여전히 문제가 되었던 것은, 시간이 흐르면서 내가 착한 아들
이나 쓸 만한 시민이 될 수 있는가 하는 것, 혹은 내 본성이 다른 길
로 뻗어 나갈 것인가 하는 점이었다. 아버지의 집과 거기 깃든 정신
의 그늘 속에서 행복을 느끼려 했던 내 마지막 시도는 오래 지속되
었고, 때로는 거의 성공한 듯했지만 결국 완전히 실패하고 말았다.

견진성사가 끝난 후 방학 동안에 내가 처음 느낀 기이한 공허
와 고독은(이 공허, 이 희박한 공기를 난 나중에 또 얼마나 맛보게 되었던
가!) 쉽사리 사라지지 않았다. 고향과 이별하는 일은 이상할 정도로
쉽게 이루어졌다. 실은 슬픔을 느끼지 않아 부끄러울 정도였다. 누

이들은 한없이 울었는데 나는 그럴 수가 없었다. 나는 나 자신이 놀라웠다. 언제나 감정이 풍부한 아이였고, 근본이 아주 착한 아이였으니까. 그런데 지금 나는 완전히 변했다. 외부 세계에 철저히 무관심하게 행동했고, 며칠씩 내면의 소리에 귀 기울이며 내 안 저 밑바닥에서 쏴쏴거리는 금지된 어두운 물이 흐르는 소리를 듣는 데만 몰두했다. 지난 반년 동안 비로소 아주 빠르게 성장한 탓에 훌쩍 커 비쩍 마른 미숙한 모습으로 세상을 들여다보았다. 소년다운 사랑스러움은 내게서 완전히 사라졌고, 그런 내 모습을 사람들이 좋아할 수 없다고 스스로 느꼈다. 나 역시 자신을 결코 사랑하지 않았다. 종종 막스 데미안이 몹시 그리웠다. 하지만 그를 증오한 때도 적지 않았다. 나는 추한 병처럼 짊어진 내 삶의 초라함을 그의 탓으로 돌렸다.

우리 기숙사에서 나는 처음에 사랑도 관심도 받지 못했다. 아이들은 처음에는 나를 놀리더니, 그다음엔 내게서 멀찍이 물러나 나를 음침한 놈이나 불편한 별종으로 취급했다. 나는 그 역할이 마음에 들어서 더 과장했고 원망하며 고독 속으로 빠져들어 갔다. 이고독은 겉보기에는 늘 아주 남자답게 세상을 경멸하는 것처럼 보였지만, 속으로는 자주 소모적인 우수와 절망 증세에 시달렸다. 학교에서 나는 예전에 고향에서 배웠던 지식을 야금야금 써먹었다. 우리반은 전에 다니던 학교보다 진도가 늦었던 것이다. 그런 탓에 나는 내 동급생들을 애 취급하며 약간 무시하는 버릇이 들었다.

1년여가 그런 식으로 흘러갔고, 방학을 맞아 처음 집에 간 것도 새로운 감흥을 주지 못했다. 나는 기꺼이 다시 집을 떠나 왔다.

어느덧 십일월 초가 되었다. 나는 날씨와 상관없이 짧은 산책을 하며 생각에 잠기는 습관이 들어 있었다. 나는 산책을 하면서 자주 희열과 같은 것을 느꼈는데, 그것은 우울과 염세 그리고 자기 경멸로 가득 찬 희열이었다. 그런 식으로 어느 날 저녁 축축하게 안개 낀 어스름 녘에 교외를 어슬렁거리고 있었다. 어떤 공원의 넓은 가로수길이 텅 빈 채 나를 불렀다. 길에는 온통 낙엽들이 수북이 쌓여 있었고, 나는 어두운 관능적 쾌락을 느끼며 두 발로 낙엽을 헤집고 있었는데 축축하고 씁쓸한 냄새가 났다. 멀리 있는 나무들이 마치 유령처럼 커다랗고 희미하게 안개 속에서 모습을 드러냈다.

길이 끝나는 곳에서 나는 망설이며 멈춰 섰고, 검은 나뭇잎을 응시하며 썩고 소멸해 가는 축축한 냄새를 탐욕스럽게 들이마셨다. 내 내면의 뭔가가 그 냄새에 반응하며 반가움을 표했다. 오, 삶에서는 얼마나 김빠진 맛이 났던가!

옆길에서 어떤 사람이 깃 달린 외투를 바람에 펄럭이며 다가왔다. 내가 자리를 뜨려는데 그가 나를 불러 세웠다.

"안녕, 싱클레어!"

그가 다가왔다. 그는 우리 기숙사에서 제일 나이가 많은 알폰스 벡이었다. 나는 그를 보는 것이 항상 즐거웠고, 그가 다른 후배들을 대하듯 비꼬는 태도로 내게 아저씨처럼 구는 것 말고는 어떤 반감도 가지고 있지 않았다. 그는 곰처럼 힘이 세다고 알려져 있었고, 기숙사 사감을 꽉 잡고 있을 뿐 아니라, 학교 안에서 나도는 여러 소문의 주인공이었다.

"너 대체 여기서 뭘 하고 있는 거야?" 그는 상급생들이 가끔 우리 중 한 명에게 친근하게 다가올 때 말하는 투로 상냥하게 말했다. "자, 어디 내기해 볼까. 너 시 쓰고 있는 거지?"!

"난 그런 짓 안 해." 나는 무뚝뚝하게 반박했다.

그는 웃음을 터뜨리더니, 내 옆에서 나란히 걸으며 이런저런 얘기를 늘어놓았다. 그것은 나에게 더 이상 익숙지 않은 일이었다.

"싱클레어, 내가 그런 걸 이해하지 못할까 봐 두려워할 필요는 없어. 누군가 이렇게 저녁에 안개 속을 거닌다면, 이렇게 가을 생각에 잠겨서 말이야. 그럼 뭔가 있는 거지. 그럴 때면 사람들은 시를 즐겨 써. 나도 이미 알아. 당연히 죽어 가는 자연에 대해서, 그리고 그런 자연과 비슷한 잃어버린 유년에 대해서 말이지. 하인리히 하이네를 봐."

"난 그렇게 감상적이지 않아." 나는 방어막을 쳤다.

"그럼, 그렇다고 하지 뭐! 하지만 내 생각에 이런 날씨엔 와인이나 뭐 그런 걸 한잔할 수 있는 조용한 곳을 찾는 게 좋을 것 같은데. 같이 갈래? 마침 나도 혼자거든. 혹시 싫은 거야? 네가 모범생 행세를 하겠다면, 이봐, 난 널 굳이 유혹하고 싶지는 않아."

잠시 후 우리는 교외의 자그마한 어느 술집에 앉아 질이 의심스러운 와인을 마시며 두꺼운 유리잔을 부딪쳤다. 처음에는 그다지 마음에 들지 않았지만, 어쨌든 뭔가 새롭기는 했다. 하지만 술이 익숙하지 않았던 나는 말이 아주 많아졌다. 마치 내 안에 있는 창문 하나가 벌컥 열리고 세상이 밀려 들어오는 것 같았다. 얼마나 오래, 얼마나 끔찍하게 오래 나는 내 영혼에 관해 아무 말도 하지 못했던가! 나는 이런저런 헛소리를 해댔고, 그러면서 카인과 아벨에 관한 이야기도 한턱내듯 끼워 넣었다!

벡은 만족스러워하며 내 얘기를 귀 기울여 들었다. 마침내 내 이야기를 들어 줄 누군가가 생겼다! 그는 내 어깨를 토닥였고, 나를 굉장한 녀석이라고 불렀다. 내 심장은, 말하고 싶고 전달하고 싶었지만 이제껏 막혀 있던 욕구를 탐닉하듯 쏟아내는 기쁨과, 인정받고 있고 나보다 나이 많은 사람에게 중요하게 여겨지고 있다는 기쁨에 한껏 부풀어 올랐다. 그가 나를 천재적인 녀석이라고 불렀을 때, 그 말은 마치 달콤하고 독한 와인처럼 내 영혼으로 흘러들었다. 세상은 새로운 색채로 타올랐고, 활기차게 솟아오르는 수백 개의 샘에서 생각들이 내게 흘러들었으며, 내 안에서는 정신과 불꽃이 활활 타올랐다. 우리는 선생님들과 친구들에 대해 얘기를 나눴는데, 내 생각엔 우리가 서로 잘 통하는 것 같았다. 우리는 그리스인들과 이교異教에 대해서도 얘기했는데, 벡은 내가 겪은 사랑의 모험에 대해 털어놓게 하려고 내내 애썼다. 그 점에 있어서 나는 함께 얘기할 수 있는 것이 없었다. 경험한 것이 없는 나는 얘기할 것도 없었다. 내가 내면에서 느끼고 구성하고 상상했던 것은 내 안에 자리 잡은 채 불타고 있었지만, 와인의 힘을 통해서도 풀려 나와 전달되지 못했다. 여자에 관해서는 벡이 훨씬 많이 알고 있었고, 나는 그 동화 같은 이야기들에 열렬히 귀 기울였다. 거기서 나는 믿을 수 없는 얘기를 들었는데, 전혀 불가능하게 여겨졌던 것이 평범한 현실 속으로 들어왔고 당연해 보였다. 아마 열여덟 살일 텐데 알폰스 벡은 이미 많은 경험을 쌓은 상태였다. 무엇보다 여자애들의 경우는 하나같이 똑같다는 게 그의 경험이었는데, 여자애들은 누가 아첨하거나 예의를 차리는 것 외에는 바라지 않더라고 했다. 그게 예쁘기는 하지만, 진짜는 따로 있다는 게 그의 얘기였다. 더 큰 성공은 부인들에게서 기대할 수 있으며, 부인들은 사리 판단이 아주 빠르다고 했다. 예를 들어 문구점을 운영하는 야겔트 부인의 경우 얘기가 통하고, 장부에 기록되지 않는 온갖 일들이 그녀의 가게 계산대 뒤에서 벌어졌다는 것이다.

나는 깊이 빠져든 채 몽롱한 상태로 앉아 있었다. 물론 그렇다고 내가 야겔트 부인을 사랑할 수는 없는 노릇이었지만, 어쨌든 그런 얘기는 들어 본 적이 없었다. 거기엔 적어도 나이 든 사람들의 경우에, 내가 꿈도 꿔 본 적 없는 셈이 흐르는 것 같았다. 일종의 불협화음이 거기 깃들어 있었고, 그 모든 것이 내가 사랑이라면 마땅히 그러해야 한다고 생각한 것보다 보잘것없는 일상적인 맛이 났다. 하지만 어쨌거나 그게 현실이었고, 그게 삶이며 모험이었다. 그런 것을 체험했고 당연하게 생각하는 사람이 내 옆에 앉아 있었다.

우리의 대화는 약간 가라앉았고 뭔가를 상실했다. 나 역시 더이상 천재적인 어린 녀석이 아니라, 어른의 말에 귀 기울이고 있는 그저 소년에 불과했다. 하지만 그래도 여전히 그것은, 지난 몇 달간의 내 삶에 비하면 근사했고 낙원 같았다. 그 외에도 내가 이제야 비로소 차츰 느끼기 시작한 것처럼, 술집에 앉아 있는 것부터 시작해 우리가 나눈 대화까지 모든 게 금지된 것, 엄격히 금지된 것이었다. 어쨌거나 나는 그 안에서 정신을 맛보았고, 혁명을 맛보았다.

나는 아직도 그날 밤을 아주 분명히 기억한다. 우리 둘이 차갑고 축축한 밤공기 속에서 희미하게 빛나는 가스등을 지나 느지막이 기숙사로 돌아갈 때 나는 처음으로 취해 있었다. 그것은 그다지 좋은 느낌은 아니었고 몸은 아주 괴로웠다. 하지만 동시에 그것은 여전히 뭔가 매력이랄까 감미로움 같은 것을 가지고 있었고, 반란이자 방종이었으며, 삶이자 정신이었다. 벡은 나를 피도 안 마른 애송이라고 대놓고 욕하면서도 끝까지 나를 책임졌다. 그는 나를 반쯤은 떼메고 기숙사로 데려와서는, 복도의 열린 창문을 통해 몰래 나를 밀어 넣고 자기도 그렇게 숨어 들어왔다.

하지만 죽은 듯 잠깐 잠들었다가 고통스러워하며 깨어나 정신이 들자 미칠 것 같은 통증이 몰려왔다. 나는 일어나 침대에 앉았다. 나는 낮에 입었던 셔츠를 아직 입고 있었고, 나머지 옷과 신발은 바닥에 널린 채였고 담배와 토사물 냄새가 났다. 그리고 두통과 메슥거림, 미칠 듯한 갈증 사이사이로, 내가 오랫동안 떠올려 본 적 없던 어떤 이미지가 마음에 떠올랐다. 나는 고향과 부모님의 집, 아버지와 어머니, 누이들과 정원을 보았고, 고향집의 조용한 내 침실과 학교 그리고 시장 광장을 보았으며, 데미안과 견진성사 수업 시간을 보았다. 그런데 이 모든 것이 환했고, 광채에 둘러싸여 있었으며, 모든 것이 놀랍고 신성하고 순수했다. 그리고 모든 것, 그 모든 것이 — 그때 나는 알았다 — 어제만 해도, 몇 시간 전만 해도 내게 속해 있었고 나를 기다렸다. 그런데 지금, 얼마 지나지도 않은 지금 이 순간 그 모든 것이 영락한 채 저주를 받았으며, 더 이상 내 것이 아니었고, 나를 추방하고는 역겨워하며 나를 바라보았다! 내가 저 머나먼 유년기의 황금정원까지 거슬러 올라간 시절부터 부모님에게서 경험한 모든 사랑스럽고 내적인 것들, 어머니의 모든 입맞춤과 모든 성탄절, 집에서 보낸 경건하고 밝은 모든 일요일 아침, 정원에 핀 모든 꽃, 이 모든 것이 황폐해졌고, 이 모든 것을 나는 발로 짓밟아 버렸던 것이다! 만약 그때 나를 체포하기 위해 온 자들이 나를 묶고는 인간 쓰레기이자 신전 모독자라는 죄목으로 나를 교수대로 끌고 갔다면, 나는 기꺼이 동의하고 순순히 따라갔을 것이며, 그것이 올바르고 잘

4 베아트리체

된 일이라고 생각했을 것이다.

그러니까 내 내면은 이런 모습이었다! 난 여기저기 떠돌며 세상을 경멸했다! 난 정신적으로 자부심을 느끼며 데미안과 생각을 공유했다! 그런데 겉으로 드러난 내 모습은 이랬다. 인간쓰레기이자 불결한 자로, 술에 찌든 채 지저분했고, 구역질나고 비열한 데다, 끔찍한 충동에 사로잡힌 거친 짐승이었다! 모든 것이 순수하고 빛나며 우아하게 사랑스러웠던 저 정원에서 온 나, 바흐의 음악과 아름다운 시를 사랑했던 내가 그런 꼴을 하고 있었다. 나는 여전히 구역질과 분노를 느끼며 자신의 웃음소리, 술에 취해 자제력이라곤 없이 경련하듯 터져 나오는 바보 같은 웃음소리를 들었다. 그게 바로 나였다!

하지만 그 모든 것에도 불구하고, 이러한 고통을 겪는 것은 거의 쾌락에 가까웠다. 내가 너무 오랫동안 맹목적으로 무감각하게 기어다녔고, 내 마음이 너무도 오래 말없이 궁색하게 구석에 쪼그리고 있었던 탓, 이러한 자책과 이러한 혐오, 영혼의 이 모든 끔찍한 감정조차 반가웠다. 그래도 그것은 감정이긴 했고, 그래도 불꽃이 타올랐으며, 그 안에서 심장이 떨렸으니 말이다! 혼란을 느끼며 비참함의 한가운데에서 나는 해방감이자 일종의 봄 같은 느낌을 받았다.

그러는 사이 겉으로 보기에 나는 열심히 내리막길을 걷고 있었다. 처음 술에 취한 후 얼마 지나지 않아 나는 또 술에 취했다. 우리 학교에는 술집에 들락거리며 행패를 부리는 학생들이 많았다. 나는 그 무리 중에서 가장 어린 축에 속했다. 하지만 곧 더 이상 그냥 끼워 주는 어린애가 아니라 주모자이자 스타가 되었고, 유명하고 대담한 술집 단골이 되었다. 나는 다시금 어두운 세계와 악마에게 전적으로 속한 자가 되었고, 이 세계에서 멋진 녀석으로 통했다.

그러면서도 기분은 비참했다. 나는 자기파괴적인 방종 상태에서 되는 대로 살아갔다. 친구들 사이에선 주동자이자 굉장한 녀석으로, 지독하게 과감하고 위트 있는 녀석으로 여겨졌지만, 내면 깊숙한 곳에서는 두려움 가득한 영혼이 잔뜩 겁을 먹은 채 떨고 있었다. 언젠가 일요일 오전에 술집을 나서면서, 방금 빗질한 머리를 하고 교회 갈 때 입는 정장을 차려입은 채 환하고 쾌활하게 거리에서 놀고 있는 아이들을 보았을 때 눈물이 흐르던 것을 나는 아직도 기억한다. 초라한 술집의, 흘린 맥주가 흥건한 지저분한 탁자 사이에서, 들어 본 적 없는 냉소로 친구들을 웃기거나 자주 놀라게 하면서도, 나는 내심 내가 비웃고 있는 모든 것에 경외심을 가졌고, 속으로는 울면서 내 영혼과 내 과거 앞에, 내 어머니와 신 앞에 무릎을 꿇고 있었다.

함께 몰려다니는 동료들과 결코 하나가 되지 못하고 그들 사이에서 고독을 느꼈고 그런 탓에 고통을 당했던 데는 그럴 만한 이유가 있었다. 나는 술집의 영웅이자 아주 거친 심장을 가진 조롱꾼이었고, 재치가 있었으며, 선생님이나 학교, 부모와 교회에 대해 내 생각을 말할 때면 용기를 과시했다. 음담패설도 태연히 들었고 스스로 그런 얘기를 대담하게 늘어놓기도 했다. 하지만 내 패거리들이 여자들한테 갈 때는 한 번도 같이 간 적이 없었다. 내가 말하는 대로라면 나는 뻔뻔한 향락주의자여야 했지만, 나는 혼자였고, 사랑을 향한 불타오르는 동경, 이룰 수 없는 동경에 가득 차 있었다. 어느 누구도 나보다 쉽게 상처를 받거나 부끄러워하는 사람은 없었다. 때때로

4 베아트리체

시민 집안의 젊은 아가씨들이 예쁘고 단정한 모습으로 화사하고 우아하게 내 앞에서 걸어가는 것을 볼 때면, 그녀들은 내게 멋지고 순수한 꿈일 따름이었고, 나보다 천 배는 훌륭하고 순수했다. 나는 한동안 야겔트 부인의 문구점에도 더 이상 갈 수 없었다. 그녀를 보면 알폰스 벡이 그녀에 대해 한 얘기가 떠올라 얼굴이 빨개졌기 때문이다.

새로운 패거리에 속해 있으면서도 계속 내가 외롭고 남다르다는 것을 알면 알수록, 난 그 무리에서 빠져나오지 못했다. 술을 퍼마시거나 허풍을 떠는 것이 내게 정말로 즐거운 일이긴 했는지 지금은 더 이상 모르겠고, 술 마시는 것에 익숙해져서 매번 고통스러운 결과를 느끼지 않아도 될 정도에 이르지도 못했다. 그 모든 것이 일종의 강제나 다름없었다. 나는 내가 할 수밖에 없는 일을 했다. 그것 외에 나는, 나라는 존재를 어떻게 해야 할지 전혀 몰랐다. 나는 오래 혼자 있는 것이 두려웠고, 부드럽고 부끄러우며 은밀한 감정이 자주 엄습해 오는 것에 항상 마음이 끌렸으면서도 겁이 났으며, 자주 내게 찾아오는 사랑에 대한 다감한 생각에 겁을 냈다.

내게 가장 아쉬운 것이 하나 있었다. 그건 친구였다. 내가 아주 좋아했던 두세 명의 동급생이 있긴 했다. 하지만 그들은 모범생에 속했고, 내 악덕은 이미 누구나 알고 있는 일이었다. 그들은 나를 피했다. 모두에게 나는, 발아래 견고한 지반이라곤 없는 가망 없는 무뢰한이었다. 선생님들은 나에 대해 많은 것을 알고 있었고 나는 여러 번 엄한 처벌을 받았다. 내가 결국 퇴학당하는 것이 사람들이 바라는 바였다. 나 역시 그것을 알고 있었다. 나는 이미 오래전부터 더 이상 착한 학생이 아니었고, 이러한 상태가 더 이상 오래 지속될 수는 없다고 느끼면서 힘겹게 나 자신을 속이고 회피하며 살아가고 있었다.

신이 우리를 고독하게 만들어 우리 자신에게로 이끌어 갈 수 있는 길은 많다. 이런 길을 신이 당시에 나와 함께 걸었다. 그건 마치 악몽 같았다. 더러움과 끈적거림 너머, 깨진 맥주잔과 냉소로 떠들며 지새운 밤들 너머로 내 모습이 보인다. 주문에 걸린 몽상가가 끊임없이 고통받으며 추하고 더러운 길을 기어가는 모습이. 우리가 공주에게로 가는 도중에 악취와 오물로 가득한 뒷골목의 시궁창에 처박힌 그런 꿈들이 있다. 내 형편이 그랬다. 이처럼 별로 우아하지 않은 방식으로 나는 고독해지도록 정해져 있었다. 그리고 나와 유년기 사이에, 냉혹하게 빛을 뿜고 있는 문지기들이 지키고 서 있는 에덴 동산의 닫힌 문을 세우도록 정해져 있었다. 그것은 나 자신에 대한 그리움의 시작이자 깨어남이었다.

사감 선생의 편지로 경고를 받은 아버지가 처음으로 성 ○○시에 나타나 예기치 않게 나와 마주쳤을 때만 해도 나는 놀라며 움찔했다. 하지만 그 겨울이 끝날 무렵 아버지가 두 번째로 나를 찾아왔을 때, 나는 이미 무감각했고 무덤덤했으며, 아버지가 나를 야단치든, 내게 사정하든, 어머니를 상기시키든 개의치 않았다. 아버지는 마침내 아주 화가 나서, 내가 달라지지 않으면 창피하고 치욕스럽게 나를 학교에서 퇴학시켜 감화원에 집어넣겠다고 말했다. 그러시든지! 당시 아버지가 떠났을 때 나는 미안한 마음이 들긴 했지만, 아버지는 아무것도 이루지 못했고, 내게 도달하는 길을 찾지 못했다. 잠깐 동안 나는 그게 아버지에겐 인과응보라고 느꼈다.

내가 장차 뭐가 될지는 내겐 아무 상관이 없었다. 특이하고 별로 아름답지 않은 나만의 방식으로, 술집에 앉아 의기양양한 태도를 취하면서 나는 세상과 투쟁했고, 그것이 내가 저항하는 방식이었다. 그러면서 나는 스스로를 망가뜨렸는데, 때때로 나는 이 상황을 다음과 같은 식으로 보았다. 세상이 나 같은 사람들을 필요로 하지 않는다면, 세상이 그들을 위해 더 좋은 자리나 더 고상한 과제를 준비하고 있지 않다면, 나 같은 사람들은 이런 식으로 망가지는 거라고 말이다. 그러면 세상만 손해일 터였다.

그해의 성탄절 방학은 정말로 불쾌했다. 나를 다시 본 어머니는 경악을 금치 못했다. 나는 그 사이 키가 훌쩍 컸고, 축 늘어진 데다가 눈가에 염증도 있는 깡마른 얼굴은 잿빛을 띤 채 황폐해 보였다. 이제 자라기 시작한 콧수염과 얼마 전부터 쓰게 된 안경은, 어머니에게 더 낯선 인상을 주었다. 누이들은 나를 피하며 낄낄댔다. 모든 것이 불쾌했다. 아버지와 서재에서 나눈 대화가 불쾌했고 씁쓸했으며, 몇몇 친척들과 나눈 인사도 불쾌했고, 무엇보다 성탄절 저녁이 불쾌했다. 내가 태어난 이후 줄곧 성탄절 저녁은 우리 집에서 가장 성대한 날이었다. 잔치 분위기와 사랑이 넘치는 저녁이자, 감사의 저녁이었고, 부모님과 나 사이의 유대가 새로워지는 저녁이었다. 이번에는 모든 것이 그저 짓누르는 듯했고 곤혹스러웠다. 늘 그랬듯이 아버지는 복음서에 있는 들판의 목자에 관한 부분, '그들이 거기서 자기 양 떼를 지키더니'라는 구절을 읽었고, 늘 그랬듯이 누이들은 기쁨에 차서 선물이 놓인 탁자 앞에 서 있었다. 하지만 아버지의 목소리에는 기쁜 기색이 없었고, 얼굴은 늙고 짓눌린 듯 보였으며, 어머니는 슬퍼 보였다. 그리고 내게는 선물과 축복의 인사, 복음서와 불 밝힌 성탄절 트리와 같은 모든 것이 한결같이 곤혹스럽고 원치 않는 것이었다. 렙쿠헨Lebkuchen[1]은 달콤한 냄새가 났고, 그보다 더 달콤한 추억들이 짙은 구름처럼 흘러나왔다. 전나무는 향기를 뿜으며, 더 이상 존재하지 않는 것들에 대해 말하고 있었다. 나는 그 저녁과 휴일들이 어서 지나가기를 바랐다.

겨우내 그런 상황이 지속되었다. 얼마 전에야 비로소 나는 교무위원회로부터 강력한 경고를 받았고 퇴학시키겠다는 위협도 받았다. 이제 더 이상 오래 걸리지 않을 터였다. 뭐, 나야 아무래도 좋았다.

특히 나는 막스 데미안에게 화가 단단히 나 있었다. 그렇게 지내는 동안 그를 한 번도 본 적이 없었다. 성 ○○시에서 학교 생활을 처음 시작할 때 그에게 두 번 편지를 썼지만 아무 답장도 받지 못했다. 그런 탓에 나는 방학 때도 그를 찾지 않았다.

가을에 알폰스 벡을 만났던 공원에서 초봄에 일어났던 일이다. 가시나무 울타리가 막 파릇파릇해지기 시작할 무렵에 어떤 소녀가 내 눈에 띄었다. 나는 온갖 불쾌한 생각과 근심에 가득 차 혼자 산책을 하고 있었다. 건강이 나빠진 데다 돈 때문에 계속 곤란한 상황이었기 때문이다. 친구들에게 상당한 빚을 졌고 집에서 얼마라도 받아내기 위해서는 꼭 써야 할 곳이 있는 것처럼 꾸며 대야 했으며, 상점 여러 군데에는 담배나 그와 비슷한 것들의 외상이 쌓여 가고 있었다. 이런 걱정이 아주 심각한 지경까지 이르진 않을 터였다. 머지않아 여기 있는 것도 끝이 나 내가 물에 뛰어들거나 감화원에 보

I 호두 같은 재료를 넣고 꿀과 향료로 맛을 내는 성탄절 쿠키의 일종.

내지면, 이런 사소한 일들도 더 이상 문제가 되지 않을 테니까. 하지만 나는 여전히 그런 불쾌한 일들과 눈을 맞대고 살아가고 있었고 그로 인해 시달리고 있었다.

그 봄날 나는 내 관심을 끄는 어떤 아가씨와 공원에서 마주쳤다. 그녀는 키가 크고 날씬한 데다, 우아한 옷차림을 하고 있었고, 영리한 소년의 얼굴을 하고 있었다. 그녀는 곧바로 내 마음에 들었는데, 그녀가 내가 좋아하는 타입에 속했던 것이다. 그녀는 내 상상력이 바삐 움직이게 만들었다. 나보다 그렇게 나이가 많은 것 같지는 않았지만, 나보다 훨씬 성숙했고 우아하고 몸매가 좋았으며, 이미 숙녀나 다름없었다. 하지만 얼굴에는 어딘지 오만하고 소년 같은 분위기를 풍겼는데, 그건 내가 아주 좋아하는 것이었다.

나는 내가 좋아하는 여자애와 가까워지는 데 성공한 적이 한번도 없었는데, 이 소녀도 마찬가지였다. 하지만 이전의 어떤 소녀보다 내게 더 깊은 인상을 남겼고, 그녀에 대한 사랑은 내 삶에 강력한 영향을 미쳤다.

갑자기 내 앞에 다시금 어떤 이미지가, 어떤 고상하고 숭배할 만한 이미지가 떠올랐다. 아, 그리고 경외와 숭배에 대한 소망은 내 내면의 욕구나 충동보다 더 깊고 격렬했다! 나는 그녀에게 베아트리체라는 이름을 붙여 주었다. 단테를 읽지는 않았지만, 내가 집에 복사본을 가지고 있는 어떤 영국 그림을 통해 그녀를 알고 있었다. 그 그림은 영국 라파엘전파Pre-Raphaelite[2]풍의 소녀 모습이었는데, 팔다

---

2 1848년 영국의 화가들이 결성한 개혁적인 문예파로, 사실적이고 자연스러운 화풍을 추구했다.

리가 아주 길고 날씬하며, 갸름하고 긴 얼굴에, 두 손과 표정에는 정신적인 특성이 깃들어 있었다. 나의 젊고 아름다운 아가씨에게도 그림 속 인물처럼, 내가 좋아하는 날씬하고 소년 같은 구석이 있었고 얼굴 표정에 정신이나 영혼이 깃들어 있긴 했지만, 그림 속의 그녀와 똑같지는 않았다.

나는 베아트리체와 한마디 말도 나눠 본 적이 없었다. 그럼에도 그녀는 당시에 내게 아주 심오한 영향을 끼쳤다. 그녀는 내 앞에 자신의 형상形像을 세웠고, 내게 성전 문을 열어 주었으며, 나를 사원 안의 기도자로 만들었다. 날이 갈수록 나는 술자리와 밤에 싸돌아다니는 일을 멀리했다. 나는 다시금 혼자 있을 수 있게 되었으며, 다시 즐겨 책을 읽었고, 산책을 다시 즐기게 되었다.

나의 갑작스러운 개종은 조롱을 사기에 충분했다. 하지만 이제 나는 사랑하고 경배할 무엇인가를 가지고 있었고, 다시금 어떤 이상을 가지게 되었으며, 삶은 다시 예감과 가지각색의 신비스러운 여명으로 가득 찼다. 그런 탓에 나는 조롱에 개의치 않았다. 비록 어떤 숭배하는 像의 노예이자 종의 신세에 불과했지만, 나는 다시금 내 고향에 돌아온 셈이었다.

저 시절을 생각할 때마다 나는 약간이나마 감동하지 않을 수가 없다. 다시금 나는 아주 열정적인 노력을 기울여, 망가진 생애의 한 시기가 남긴 폐허로부터 '밝은 세계'를 세우려고 노력했고, 어둡고 악한 것을 내 안에서 몰아내고 신들 앞에 무릎을 꿇고 철저히 밝은 빛 속에서 머물고자 하는 단 하나의 소망으로 살았다. 그렇기는 해도 지금의 이 '밝은 세계'는 어느 정도는 나의 창조물이었다. 그것은 더 이상 어머니에게로, 혹은 책임질 필요 없는 안전한 곳으로 다

4 베아트리체

시 도망가거나 기어드는 것이 아니었다. 그것은 책임감과 극기심을 가지고 나 스스로 창안하고 요청한 새로운 헌신이었다. 그동안 내가 고통당해 왔고 언제나 도망 다녔던 성적 문제는 이제 이 성스러운 불길 속에서 정신과 경건함으로 승화되어야 했다. 이제 더 이상 어두침침한 것, 추한 것은 있어서는 안 되었고, 신음하며 지새우는 밤이나 야한 그림들을 보며 가슴이 뛰는 일, 금지된 문 앞에서 몰래 엿듣는 일, 음탕한 짓거리도 마찬가지로 사라져야 했다. 이 모든 것 대신에 나는 베아트리체의 이미지를 가지고 나의 제단을 세웠다. 그리고 나를 그녀에게 바침으로써, 나는 나 자신을 정신과 신들에게 바치는 셈이었다. 어두운 힘들로부터 빼낸 삶의 부분을 나는 밝은 힘들에게 제물로 바쳤다. 내 목표는 쾌락이 아니라 순수함이었고, 행복이 아니라 아름다움과 정신성이었다.

베아트리체를 이처럼 숭배하는 것은 내 삶을 송두리째 바꿔 놓았다. 어제까지만 해도 조숙한 냉소주의자였던 나는, 이제 성자가 되겠다는 목표를 가진 신전의 수도사였다. 나는 이제까지 익숙해져 있던 불량한 삶을 벗어 버리고 모든 것을 바꾸려고 애썼으며, 모든 것에 순수함과 고귀함, 품위를 부여하려고 노력했고, 먹고 마실 때나 말하거나 옷을 입을 때도 그 생각을 했다. 나는 냉수욕으로 아침을 시작했는데, 처음에는 자신을 억지로 밀어붙여야만 했다. 나는 진지하고 품위 있게 행동했고, 자세를 똑바로 했으며, 발걸음도 한층 느리고 더 품위 있게 옮겼다. 보고 있는 사람에게는 우스꽝스러웠을 수도 있다. 하지만 내 마음속에서 그것은 순수한 예배였다.

나의 새로운 신념을 표현하기 위해 애썼던 그 모든 새로운 연습 가운데 한 가지가 내게 중요해졌다. 나는 그림을 그리기 시작했다. 그 발단이 된 것은, 내가 가지고 있던 영국판 베아트리체 그림이 저 소녀와 충분히 닮지 않았다는 점이었다. 나는 나를 위해 그녀를 그리려고 시도했다. 아주 새로운 기쁨과 희망을 가지고 내 방에 — 얼마 전부터 나는 혼자 쓰는 방을 갖게 되었다 — 아름다운 종이와 물감, 붓을 모아 들였고, 팔레트와 유리잔, 도자기 접시, 연필을 정돈해 두었다. 내가 사 놓았던 조그만 튜브에 든 품질 좋은 수성 물감이 나를 매혹했다. 그중에는 크롬옥시드 그린이라는 선명한 초록 물감이 있었는데, 그것이 처음으로 작은 흰 접시 위에서 빛을 발하던 모습이 지금도 눈에 선하다.

나는 조심스럽게 그리기 시작했다. 얼굴을 그리기는 어려워서 먼저 다른 것으로 시험해 보려고 했다. 장식물과 꽃 그리고 내가 상상한 풍경화 소품, 예배당 옆의 나무 한 그루, 사이프러스나무들이 줄지어 서 있는 로마식 다리를 그렸다. 때로는 이런 유희적 행위에 완전히 빠져들었고, 형형색색의 색연필이 든 상자를 가진 아이처럼 행복해했다. 하지만 결국에는 베아트리체를 그리기 시작했다.

몇 장은 완전히 망쳐 버렸다. 때때로 거리에서 마주쳤던 그 소녀의 얼굴을 떠올리려 하면 할수록 더 잘되지 않았다. 결국 그런 방식으로 그리길 포기하고, 그냥 내가 상상한 것을 손 가는 대로 따라 얼굴 하나를 그리기 시작했다. 시작만 해 놓고 물감과 붓의 흐름을 따라가는 식이었다. 그렇게 나온 것은 내가 꿈꾸던 얼굴이었고, 그다지 불만족스럽지는 않았다. 하지만 나는 곧 그녀의 얼굴을 그리려는 시도를 계속 이어 갔고 새로 그릴 때마다 의미가 조금씩 분명해졌다. 실제 모습 그대로는 아니었지만 그 유형에 점점 근접해 갔다.

나는 꿈꾸는 듯 붓으로 선을 그리고 면을 채워 나가는 데 점점 익숙해졌다. 그렇게 그린 것들은 어떤 모범을 따른 것이 아니라 유희하듯 더듬으며 무의식에서 나온 것이었다. 어느 날 나는 마침내 거의 의식하지 못한 채, 그 어느 때보다 내게 더 강력하게 말을 걸어오는 얼굴 하나를 완성했다. 그것은 저 소녀의 얼굴은 아니었고, 더 이상 그런 모습이어서도 안 되었다. 뭔가 다른 것, 뭔가 비현실적인 것이었지만 그렇다고 가치가 덜한 것은 아니었다. 그것은 소녀의 얼굴이라기보다는 소년의 얼굴처럼 보였고, 머리카락은 내가 좋아하는 예쁜 소녀처럼 밝은 금발이 아니라, 붉은빛이 감도는 갈색이었다. 턱은 다부지고 견고했지만 입은 붉은 꽃이 핀 듯했다. 전체적으로 약간 경직되고 가면 같은 느낌이 들었지만 인상적이었고 신비한 생명력으로 가득 차 있었다.

내가 완성된 그림 앞에 앉았을 때 그것은 내게 기이한 인상을 주었다. 일종의 신상神像이나 성스러운 가면처럼 보였다. 반은 남성적이고 반은 여성적이며, 나이를 가늠할 수 없고, 꿈꾸는 듯하면서도 동시에 의지가 강한 듯했으며, 남모르게 생기에 차 있으면서도 뭔가 경직되어 보였다. 이 얼굴은 내게 뭔가 할 말이 있는 듯했다. 그것은 내게 속해 있었지만 내게 요구 조건들을 제시했다. 그리고 누군지는 모르겠지만 어떤 사람과 닮아 있었다.

이제 그 그림은 한동안 내 모든 생각을 따라다니며 내 삶과 함께했다. 나는 그것을 서랍에 숨겨 두었다. 누가 그 그림을 훔쳐보고 나를 비웃게 할 수는 없었다. 하지만 나의 작은 방에 혼자 있을 때면 곧장 그 그림을 꺼내서 교제를 나누다시피 했다. 저녁이면 마주 보이는 침대 위 벽지에 핀으로 꽂아 두고 잠들 때까지 바라보았으며,

아침이 되면 제일 먼저 거기에 시선을 던졌다.

　바로 그 시기에 나는 어렸을 때 항상 그랬던 것처럼 다시 많은 꿈을 꾸기 시작했다. 내 생각엔 몇 년 동안 내가 전혀 꿈을 꾸지 않은 것 같았다. 이제 다시 꿈들이, 아주 새로운 종류의 이미지들이 찾아왔다. 그리고 자주 내가 그린 그림이 그 꿈에 등장했다. 살아서 말했고, 내게 친밀하거나 적대적인 태도를 보였으며, 때로는 잔뜩 찌푸린 얼굴로, 때로는 한없이 아름답고 조화로우며 고귀한 모습으로 나타났다.

　그리고 어느 날 아침 그런 꿈에서 깨어났을 때 나는 그것이 무엇인지 불현듯 알게 되었다. 그것은 믿기 힘들 정도로 친숙하게 나를 바라보았고, 마치 내 이름을 부르는 것 같았다. 그것은 어머니처럼 나를 잘 알고 있는 것 같았고, 오랜 세월 동안 내내 내게 호의를 가지고 바라보고 있었던 것 같았다. 두근거리는 가슴으로 나는 그 그림을 뚫어지게 쳐다보았다. 숱이 많은 갈색 머리카락, 반쯤은 여성적인 입, 유난히 밝은(그림이 저절로 그렇게 말라 있었다) 강인한 이마를 보면서, 나는 차츰 뭔가 알 것 같은 느낌, 다시 발견한 것 같은 느낌이 들었다.

　나는 침대에서 벌떡 일어나, 그림 앞에 바짝 다가서서, 크게 뜬 채 응시하고 있는 초록빛이 감도는 눈을 똑바로 들여다보았다. 오른쪽 눈이 왼쪽 눈보다 약간 치켜 올라가 있었다. 그런데 갑자기 이 오른쪽 눈이 찡긋거렸다. 가볍고 미세하게, 하지만 분명하게. 그리고 이 찡긋거림으로 인해 나는 이 그림의 정체를 알아차렸다…….

　어떻게 내가 그제야 발견할 수 있었단 말인가! 그것은 데미안의 얼굴이었다.

나중에 나는 그 그림을 내 기억 속에 있는 데미안의 실제 모습과 거듭 비교해 보았다. 비슷하긴 했지만 똑같지는 않았다. 하지만 그래도 그건 데미안이었다.

어느 초여름 저녁 무렵, 서쪽으로 나 있는 내 방 창으로 기울어져 가는 태양 빛이 붉게 비쳐 들고 있었다. 방 안은 어둑어둑해졌다. 그때 베아트리체 혹은 데미안의 그림을 십자형 창살에 핀으로 고정한 후 석양빛이 어떤 식으로 비쳐 드는지 봐야겠다는 생각이 떠올랐다. 얼굴은 윤곽이 흐릿해졌지만, 주위가 불그스름해진 두 눈과 환한 이마 그리고 강렬한 붉은 빛의 입술이 종이 위에서 깊이 있고도 야성적으로 불타올랐다. 나는 그 빛이 사라진 후에도 한참 동안 그림을 마주한 채 앉아 있었다. 그러자 차츰 그것이 베아트리체도 데미안도 아닌 나 자신이라는 느낌이 들었다. 그 그림은 나와 닮지 않았고 ─ 그래서도 안 되었다. 나는 그렇게 느꼈다 ─ 하지만 그것은 내 삶을 형성해 온 것이었고, 나의 내면이자 나의 운명 혹은 나의 수호신이었다. 언젠가 내가 다시 친구를 가지게 된다면 그 친구의 모습이 저러할 것이다. 언젠가 애인이 생긴다면 그 모습이 저러할 것이다. 내 삶이 저럴 것이며, 내 죽음이 저럴 것이다. 이것은 내 운명의 울림이며 리듬이었다.

그 몇 주간 나는 내가 이전에 읽었던 어떤 책보다 내게 깊은 인상을 남긴 책을 한 권 읽기 시작했었다. 이후로도 내게 그런 인상을 남긴 책은 거의 없었다. 있다면 니체 정도였을까. 그것은 편지와 격언이 들어 있는 노발리스의 책이었다. 많은 부분을 이해하지 못했지만, 그럼에도 그 모든 것이 말로 표현할 수 없을 정도로 나를 끌어당겼고 사로잡았다. 그중 한 구절이 그때 떠올랐다. 나는 펜을 들어 그림 밑에 그 구절을 적었다. '운명과 기질은 하나의 개념에 대한 두 가지 이름이다.' 그 말을 나는 그때 이해했던 것이다.

내가 베아트리체라고 이름 붙인 소녀와는 여전히 자주 마주쳤다. 이제 더 이상 아무런 흥분을 느끼지 못했지만, 부드러운 동질감과 감정이 깃든 예감은 늘 가지고 있었다. 너는 나와 연결되어 있어. 정확히 말하면 너 말고 네 그림이 그렇지. 너는 내 운명의 한 부분이야.

막스 데미안을 향한 나의 동경이 다시 강렬해졌다. 나는 그에 대해 아무것도 모르고 있었다. 수년째 아무것도. 방학 중에 딱 한 번 그와 마주치긴 했었다. 내가 이 짧은 만남을 내 기록에서 빼놓았다는 것을 이제야 알겠다. 그렇게 한 것이 부끄러움과 허세 때문이었다는 것도. 그때 일을 보충해야만 하겠다.

그러니까 한번은 방학 때, 내가 술집을 전전하던 시절의, 항상 약간은 피곤하고 권태로운 얼굴을 하고 산책용 지팡이를 돌리면서 나이 든 소시민들의 예나 지금이나 변함없는 내가 경멸해 마지않는 얼굴을 보며 고향 시내를 어슬렁거리고 있을 때, 옛 친구가 나를 향해 오고 있었다. 그를 보자마자 나는 움찔했다. 그리고 번개처럼 나는 프란츠 크로머를 떠올리지 않을 수 없었다. 나는 데미안이 이 얘기는 정말 잊어버렸기를 바랐다! 데미안에게 이런 빚을 지고 있다는 게 너무 불편했다. 사실 어린 시절의 바보 같은 이야기이긴 했지만, 그래도 빚은 빚이었다…….

그는 내가 인사할 마음이 있는지 기다리는 것처럼 보였다. 내가 가능한 한 태연하게 인사를 건네자 그가 내게 손을 내밀었다. 그의 악수에는 변한 것이 없었다! 굉장히 힘 있고 따뜻하면서도 차갑고, 남자다웠다!

그는 내 얼굴을 주의 깊게 들여다보더니 말했다. "너 많이 컸구나, 싱클레어." 내가 보기에 그는 하나도 변하지 않은 것 같았다. 언제나 그랬듯이 나이가 들어 보이면서 동시에 젊어 보였다.

그는 나와 동행했는데, 우리는 함께 산책하며 그저 그런 일들에 관한 얘기를 나누었을 뿐, 그 당시의 우리 상황에 대해서는 한마디도 하지 않았다. 한때 내가 그에게 여러 번 편지를 썼지만 한 번도 답장을 받지 못했다는 사실이 떠올랐다. 아, 그가 정말 멍청한 그 편지들도 잊어버렸으면 좋으련만! 데미안은 그 일에 대해서는 아무 말도 하지 않았다!

그때는 아직 베아트리체도 없었고 그림도 없었다. 나는 아직 나의 황폐한 시절 한가운데 있었다. 교외에서 나는 그에게 함께 술집에 가자고 청했다. 그는 함께 갔다. 나는 허세를 떨며 와인을 한 병 시키고는 잔에 따른 후, 그와 잔을 부딪치고, 대학생들이 술 마시는 법을 아주 잘 알고 있다는 걸 과시하며 단번에 첫 잔을 비웠다.

"너 술집에 자주 가는구나?" 그가 물었다.

"아, 그렇지 뭐." 나는 나른하게 대답했다. "달리 할 게 뭐가 있겠어? 결국은 그게 제일 재미있는 건데."

"그렇게 생각해? 그럴 수도 있지. 거기에도 뭔가 아주 멋진 점이 있긴 해. 도취, 그러니까 바쿠스적인 것 말이야! 하지만 내가 보기엔, 술집에 죽치고 앉아 있는 대부분 사람의 경우에 그런 건 완전히 사라지고 없어. 내겐 그렇게 술집을 들락거리는 게 정말 속물적인 거라는 생각이 들어. 하룻밤 정도 타오르는 횃불을 들고 제대로 멋지게 취해 황홀감에 빠지는 거야 좋지! 하지만 그렇게 계속해서 한

잔 두 잔 홀짝거리는 건 진짜가 아니잖아? 예를 들어 파우스트가 저녁마다 단골 술집에 죽치고 앉아 있는 게 넌 상상이 돼?"

나는 술을 마시며 적의에 차서 그를 바라보았다.

"그래, 하지만 누구나 파우스트는 아니잖아." 나는 짧게 말했다.

그는 약간 멈칫하더니 나를 바라보았다.

그러더니 예전처럼 신선하고 우월한 태도를 보이며 웃었다.

"자, 뭐 하러 그런 일로 싸우겠어? 어쨌거나 술꾼이나 탕아의 삶이, 흠잡을 데 없는 시민의 삶보다 아마 더 활력이 넘치긴 할 거야. 게다가 ― 언젠가 읽은 적이 있는데 ― 탕아의 삶은 신비주의자가 되기 위한 가장 좋은 준비 과정 중 하나래. 예언자가 될 사람들은 언제나 성 아우구스티누스 같은 사람들이기도 하고. 그 사람도 한때는 향락주의자에다 방탕아였어."

나는 미심쩍었고 그에게 훈계를 듣고 싶지 않았다. 그래서 냉담하게 말했다. "그래, 누구나 자기 취향대로 사는 거지! 솔직히 말해서 난 예언자나 뭐 그런 게 되는 건 아무 관심 없어."

데미안은 뭔가 아는 듯 약간 찡그린 눈으로 나를 쏘아보았다.

"이봐, 싱클레어." 그가 천천히 말했다. "너한테 듣기 싫은 소리를 할 생각은 없었어. 그건 그렇고, 네가 무슨 목적으로 지금 술을 마시고 있는 건지 우린 둘 다 모르고 있어. 네 속에서 네 삶을 만들어 가는 것은 이미 그걸 알고 있지. 그런 사실을 아는 건 아주 좋은 거야. 모든 걸 알고, 모든 걸 원하며, 모든 걸 우리 자신보다 더 잘 해내는 누군가가 우리 안에 있다는 사실을 말이지. 미안하지만, 이제 집에 가 봐야 해."

우리는 짧게 작별 인사를 나눴다. 나는 기분이 몹시 상한 채 앉은 자리에서 술을 남김없이 비웠다. 그리고 집에 가려고 나서는데, 데미안이 술값을 이미 계산했다는 것을 알게 되었다. 그게 나를 더 화나게 했다.

내 생각은 이제 다시 이 별것 아닌 일에 머물러 있었다. 온통 데미안 생각뿐이었다. 그리고 저 교외의 술집에서 그가 한 말들이 이상하게도 잊히지 않고 새록새록 계속 떠올랐다. "모든 걸 아는 누군가가 우리 안에 있다는 사실을 아는 건 아주 좋은 거야!"

나는 창문에 걸린 채 이제 빛이 다 사라져 버린 그림을 바라보았다. 하지만 나는 두 눈이 여전히 불타오르고 있는 것을 보았다. 그것은 데미안의 시선이었다. 혹은 내 안에 있는 시선, 모든 것을 다 아는 그런 시선이었다.

내가 데미안을 얼마나 그리워했는지 모른다! 나는 그에 대해 아는 것이 전혀 없었고, 연락을 취해 만날 수도 없었다. 내가 아는 건, 그가 아마 어딘가에서 대학에 다니고 있다는 것, 그리고 그가 김나지움을 졸업한 후 그의 어머니가 우리 도시를 떠났다는 것뿐이었다.

나는 내 안에서 막스 데미안에 대한 기억을, 크로머와 얽힌 이야기에 이르기까지 샅샅이 더듬어 나갔다. 당시에 그가 내게 했던 얘기 가운데 얼마나 많은 것들이 다시 들려왔던가! 그리고 그 모든 것이 얼마나 여전히 의미 있고, 내가 당면한 문제이며, 나와 관련된 것이었던가! 그다지 기분 좋게 끝나지 않았던 마지막 만남에서 그가 탕아와 성자에 대해 얘기했던 것도 갑자기 선명하게 눈앞에 떠올랐다. 나한테도 같은 일이 일어나지 않았던가? 나 또한 취한 채 진흙

탕 속에서 무감각하고 방탕하게 살아오지 않았던가? 내 안에서 정반대의 것, 즉 순수함에 대한 갈망과 성스러운 것에 대한 동경이 삶의 새로운 충동을 통해 생생해질 때까지?

그런 식으로 계속 기억을 따라갔다. 이미 밤이 찾아왔고 밖에는 비가 내리고 있었다. 내 기억 속에서도 빗소리가 들려왔다. 그것은 언젠가 밤나무 아래서 데미안이 프란츠 크로머에 대해 캐묻고 내 첫 비밀들을 알아맞히던 때의 일이었다. 통학하는 길에 나눈 대화들, 견진성사 수업 시간 같은 것들이 하나둘 떠올랐다. 그리고 마침내 내가 막스 데미안과 맨 처음 만났던 기억이 떠올랐다. 그때 무슨 일이 있었지? 얼른 기억나지 않았지만 시간을 두고 찬찬히 그 생각에 완전히 빠져들었다. 그러자 그 일도 기억이 났다. 그가 내게 카인에 대한 자신의 생각을 말해 준 뒤에 우리는 우리 집 앞에 서 있었다. 그때 그는 우리 집 현관문 위에 역삼각형 형태로 끼워져 있는 쐐기돌에 새겨진, 낡고 닳은 문장에 대해 얘기했었다. 그는 그것이 흥미를 끈다고 했고, 그런 것들에 관심을 가져야 한다고도 했었다.

그날 밤 나는 데미안과 그 문장에 대한 꿈을 꾸었다. 문장은 모습이 계속 바뀌었다. 데미안이 그것을 손에 들고 있었는데 때로는 작고 회색이었다가, 때로는 엄청나게 크고 다채로운 색을 띠었다. 하지만 데미안은 그래도 그것이 언제나 동일한 것이라고 내게 말했다. 그런데 마지막에 그는 내게 그 문장을 먹으라고 권했다. 그것을 삼켰을 때 나는 소스라치게 놀랐다. 삼킨 문장의 새가 내 안에서 살아나서 나를 가득 채우고는 안에서 나를 쪼아 먹기 시작하는 것을 느꼈다. 죽음의 공포에 가득 찬 나는 벌떡 일어나며 잠에서 깼다.

정신이 또렷해졌다. 한밤중이었는데 방으로 비가 들이치는 소리가 들렸다. 나는 일어나서 창문을 닫으려다가 바닥에 놓인 희끄무레한 빛이 나는 무언가를 밟았다. 아침에야 나는 그것이 내가 그린 그림이라는 것을 알았다. 그것은 젖은 채 바닥에 놓여 있었는데 불룩하게 부풀어 올라 있었다. 나는 그것을 말리기 위해 잘 펴서 압지 사이에 넣어 두꺼운 책 속에 끼워 놓았다. 다음 날 다시 살펴보니 그림은 말라 있었다. 하지만 그림이 달라져 있었다. 빨간 입술은 창백해졌고 약간 얇아져 있었다. 이제 완전히 데미안의 입 모양이었다.

나는 새로운 그림을 그리기 시작했다. 그것은 문장 속의 새 그림이었다. 그 새가 원래 어떤 모습이었는지 더 이상 분명히 기억나지 않았고, 내가 아는 한 그중 어떤 부분은 가까이에서도 잘 알아볼 수가 없었다. 오래된 데다, 그 위에 여러 번 덧칠이 되어 있었기 때문이다. 그 새는 서 있었던 것 같기도 하고 앉아 있었던 것 같기도 했는데 꽃 위, 바구니나 둥지, 혹은 나무의 우듬지였던 것 같다. 나는 거기에 신경 쓰지 않고 기억에 분명히 떠오르는 것부터 시작했다. 어떤 욕구였는지는 잘 모르겠지만 나는 곧장 강렬한 색으로 시작했다. 새의 머리는 내 그림에서 금빛 도는 노란색이었다. 그때그때의 기분에 따라 계속 그려 갔고 며칠 만에 완성했다.

그것은 날카롭고 용맹스러운 매의 머리를 한 맹금류였다. 파란색 하늘을 배경으로 새의 몸은 어두운색의 지구 안에 반쯤 감춰져 있었는데, 마치 커다란 알에서 빠져나오려는 것 같았다. 오래 보면 볼수록 그 그림은 내 꿈에 나왔던 화려한 문장과 비슷해 보였다.

데미안이 어디 있는지 알았더라도 난 그에게 편지를 쓰지는 못했을 것이다. 하지만 내가 당시에 모든 일에 그랬던 것처럼 꿈같은 예감에 사로잡혀, 전달되든 말든 매를 그린 그 그림을 데미안에게 보내기로 결심했다. 나는 그림 위에 내 이름을 비롯해 아무것도 쓰지 않았다. 그림의 가장자리를 조심스럽게 자르고 커다란 종이봉투를 사서는 내 친구의 예전 주소를 그 위에 적었다. 그리고 그것을 부쳤다.

시험이 다가오고 있어서 그 어느 때보다 학교 공부를 열심히 해야 했다. 내가 갑자기 무례한 행실을 그만둔 후로 선생님들은 나를 다시 너그럽게 받아 주었다. 그렇다고 모범생이 된 것은 아니었지만, 반년 전만 해도 모두가 내 퇴학 처분을 당연히 여겼었다는 것을 나나 다른 누구도 더 이상 떠올리지 않게 되었다.

아버지는 이제 어떤 비난이나 위협도 하지 않고 예전과 같은 어조로 내게 다시 많은 편지를 썼다. 그렇기는 해도 나는 아버지나 그 누구에게 내 변화가 어떻게 이루어졌는지 설명하려는 마음은 들지 않았다. 이 변화가 부모님이나 선생님들의 소망과 일치했던 것은 단순한 우연이었다. 이러한 변화는 나를 다른 사람들 곁으로 데려가지 않았고, 나를 누구와도 가깝게 하지 않았으며, 나를 더 고독하게 만들었을 뿐이다. 이 변화는 어딘가 다른 곳을, 데미안을, 먼 운명을 향하고 있었다. 물론 나 자신도 그것을 모르고 있었다. 그 한가운데 있었으니까. 베아트리체로 시작된 일이었지만, 얼마 전부터 나는 내가 그린 그림과 데미안에 대한 생각과 더불어 전혀 비현실적인 세계에 살고 있었고, 그녀 역시 내 시야와 생각에서 완전히 사라져 버렸다. 내 꿈들과 내 기대들 그리고 내 내면의 변화에 대해 나는 누구에게나 한마디도 할 수 없었을 것이다. 설령 내가 그렇게 해 보려는 생각을 했다 해도.

그러니 내가 어떻게 그런 마음을 먹을 수 있었겠는가?

5
새는 분투하며 알에서 나온다

내가 그린 꿈속의 새는 이리저리 날면서 내 친구를 찾아다녔다. 그리고 아주 놀라운 방식으로 내게 답이 왔다.

한번은 수업 사이의 쉬는 시간이 끝나고 우리 교실의 내 자리에서 내 책에 쪽지 하나가 끼워져 있는 것을 발견했다. 그것은 반 친구들이 때로 수업 중에 몰래 서로 쪽지를 주고받을 때 접혀 있는 것과 같이 접혀 있었다. 누가 그런 쪽지를 보냈는지 놀라울 따름이었다. 이제까지 반 친구들과 그런 식으로 소통해 본 적이 없었다. 나는 아무려나 내가 끼지 않을 어떤 애들 장난을 같이하자는 것이겠거니 생각하고는, 읽지도 않은 채 쪽지를 앞에 있는 책에 꽂아 두었다. 수업 중에야 비로소 그 쪽지가 우연히 다시 내 손에 들어왔다.

쪽지를 만지작거리다가 무심코 펼친 나는 거기에 몇 마디 적혀 있는 것을 보았다. 그 내용을 슬쩍 보던 나는 한 단어에 사로잡혀서 깜짝 놀라 제대로 읽어 보았다. 그 사이 내 심장은 마치 엄청난 추위라도 느낀 듯 운명 앞에서 오그라들었다.

"새는 분투하며 알에서 나온다. 알은 세계다. 태어나고자 하는 자는 하나의 세계를 부수어야 한다. 새는 신에게로 날아간다. 그 신의 이름은 아브락사스다."

이 글을 여러 번 읽고 난 후 나는 깊은 상념에 빠졌다. 의심할 여지가 없었다. 그것은 데미안의 답장이었다. 나와 그 말고는 그 새에 대해 알 만한 사람은 없었다. 그가 내 그림을 받았던 것이다. 그는 이해했고, 내가 해석할 수 있도록 도와준 셈이다. 하지만 그 모든 것이 어떻게 연관된 것일까? 그리고 ― 무엇보다 그것이 나를 괴롭혔는데 ― 아브락사스가 대체 뭐란 말인가? 나는 그런 걸 들어 본 적도 없고 읽어 본 적도 없었다. "그 신의 이름은 아브락사스다!"

수업 내용을 전혀 듣지 못한 채 수업이 끝났다. 다음 시간이 시작되었다. 오전의 마지막 수업이었다. 이제 막 대학을 졸업한 젊은 보조교사가 담당하는 과목이었는데, 아주 젊은 데다 되지도 않은 권위를 우리에게 내세우지 않는다는 사실만으로도 우리 마음에 들었다.

우리는 폴렌 박사의 지도에 따라 헤로도토스를 읽었다. 이 강독은 내 흥미를 끄는 몇 안 되는 과목 중 하나였다. 하지만 이번에 나는 수업에 집중하지 못했다. 나는 기계적으로 책을 펼쳤지만 번역을 따라가지 않고 내 생각에 빠져 있었다. 그건 그렇고 나는 데미안이 예전에 종교 수업 시간에 내게 했던 얘기가 얼마나 옳았는지 이미 여러 번 경험한 상태였다. 정말로 강렬하게 원하는 것은 이루어졌다. 수업 시간에 나만의 생각에 아주 강하게 몰두해 있을 때면 나는 조용히 있을 수 있었고 선생님도 나를 건드리지 않았다. 그랬다. 정신이 산만하거나 졸고 있을 때면 어느새 선생님이 옆에 와 있곤

했다. 나도 그런 일을 경험했다. 하지만 정말로 생각에 잠겨 있고, 정말로 몰두해 있으면 안전했다. 그리고 빤히 쳐다보는 것도 이미 시험해 보았는데, 믿을 만하다는 걸 알게 되었다. 데미안과 함께하던 시절에는 성공하지 못했었는데 지금은 시선과 생각으로 아주 많은 것을 이룰 수 있다는 것을 자주 느꼈다.

그 시간에도 나는 자리에 앉아 그런 식으로 헤로도토스와 학교로부터 멀리 떠나 있었다. 그런데 그때 불현듯 선생님의 목소리가 번개처럼 내 의식 속으로 파고들었고 나는 깜짝 놀라 깨어났다. 선생님의 목소리가 들렸고, 그는 바로 내 옆에 서 있었다. 나는 그가 내 이름을 불렀겠거니 하고 이미 생각하고 있었다. 하지만 그는 나를 쳐다보지 않고 있었다. 나는 안도의 숨을 내쉬었다.

그때 다시 그의 목소리가 들렸다. 그 목소리는 크게 "아브락사스"라고 말하고 있었다.

나는 설명의 첫 부분을 놓친 상태였는데, 폴렌 박사는 그 설명을 이어 갔다. "우리는 저 종파들과 고대의 신비주의 교단들의 견해를, 합리주의적 시각의 측면에서 묘사된 것처럼 단순하게 생각해서는 안 됩니다. 우리가 생각하는 의미의 학문이라는 것을 고대에는 전혀 몰랐습니다. 그 대신 철학적-신비주의적 진실을 아주 고도로 발달된 방식으로 다루었지요. 마술과 유희가 부분적으로는 거기에서 만들어졌는데, 이것들이 사기와 범죄로 이어지는 경우도 종종 있었어요. 하지만 마술도 고상한 유래와 심오한 사상을 가지고 있었습니다. 내가 앞서 예로 든 아브락사스에 대한 가르침도 그런 경우입니다. 사람들은 이 이름을 그리스의 주문과 연결해 언급하고 있고, 때때로 그 이름을 야만족들이 오늘날도 믿고 있는 어떤 마법을 부리는 악마의 이름이라고 여기고 있습니다. 하지만 아브락사스는 훨씬 많은 의미를 지닌 것 같습니다. 예를 들어 우리는 이 이름을 신적인 것과 악마적인 것을 결합시키는 상징적 과제를 가진 어떤 신성의 이름이라고 생각할 수도 있습니다."

이 자그마한 체구를 지닌 학자는 열정적이고 세련되게 말을 이어 갔지만, 아무도 깊은 관심을 보이지 않았다. 아브락사스라는 이름이 더 이상 언급되지 않았기 때문에 내 관심도 곧 다시 내면으로 가라앉았다.

'신적인 것과 악마적인 것을 결합시키는'이란 말이 귀에 남아 계속 울렸다. 여기에 연결시킬 수 있는 것이 있었다. 데미안과 우정을 나누던 시기가 끝나 갈 무렵 데미안과 했던 얘기로 인해 익숙한 내용이었다. 당시에 데미안은, 우리가 숭배하는 하나의 신을 우리가 가지고 있지만 그 신은 임의로 나눈 절반의 세계(그것은 공식적이고 허락된 '밝은' 세계였다)를 의미할 뿐이라고 말했었다. 하지만 우리는 전체 세계를 숭배할 수 있어야 하며, 따라서 동시에 악마이기도 한 하나의 신을 갖든지, 아니면 신에게 드리는 예배 외에 악마에 대한 예배도 만들어야 한다고도 했다. 그런데 아브락사스가 바로 신이면서 악마인 그러한 존재였다.

한동안 나는 아주 열심히 그 흔적을 찾아 보았지만 별 진전이 없었다. 나는 아브락사스를 찾아서 온 도서관을 샅샅이 훑어보기도 했지만 성과가 없었다. 그렇긴 해도 우선은 손에 돌멩이밖에 남는 것이 없는 그런 진리만을 발견하게 되는, 직접적이고 의도적인 추적에 나라는 존재가 이토록 강력하게 매달려 본 적은 이제까지 없었다.

내가 한동안 내내 진심으로 그렇게나 몰두했던 베아트리체의 모습은 이제 점차 수면 밑으로 사라져 갔다. 아니 그렇다기보다는 천천히 내게서 멀어져 차츰 지평선에 가까워졌고, 점점 멀어져 그림자 같아지고 희미해졌다. 그 모습은 더 이상 내 영혼을 만족시키지 못했다.

내가 마치 몽유병자처럼 살아가며 실상은 내 안에 고치처럼 자아 넣은 현존 속에서, 이제 뭔가 새로운 것이 빚어지기 시작했다. 삶에 대한 동경, 아니 사랑에 대한 동경이 내 안에서 피어났던 것이다. 그리고 내가 한동안 베아트리체에 대한 숭배를 통해 해소할 수 있었던 성적 충동이 새로운 이미지와 목표를 요구했다. 여전히 그 소망이 충족되진 않고 있었고, 그 동경을 기만하거나 친구들이 자신들의 행복을 찾던 소녀들로부터 무언가를 기대한다는 것은 내게 그 어느 때보다 불가능했다. 나는 다시 맹렬히 꿈을 꾸었다. 그것도 밤이 아니라 낮에 더 많이. 상상된 것들, 이미지들 혹은 소망들이 내 안에서 솟아올라 외부 세계로부터 나를 멀어지게 한 탓에 내 실제 주변보다 내 내면의 이 이미지들, 이 꿈들 혹은 그림자들과 더 현실적이며 더 생생한 관계를 맺으며 살았다.

어떤 특정한 꿈 혹은 항상 반복되는 환상적 유희가 내게 의미심장해졌다. 이 꿈, 내 삶에 있어서 가장 중요하고 가장 지속적으로 영향을 끼친 이 꿈은 대략 다음과 같은 것이었다. 나는 부모님의 집으로 돌아왔다. 현관문 위에는 문장 속의 새가 파란 바탕 위에 노랗게 빛나고 있었다. 집에서 어머니가 나를 향해 나왔다. 하지만 내가 집에 들어서서 그녀를 안으려고 보니, 그것은 어머니가 아니라 한 번도 본 적 없는 크고 강력한 어떤 존재였고, 막스 데미안이나 내가 그린 그림과 닮았지만 뭔가 달랐으며, 강력함에도 불구하고 아주 여성스러웠다. 이 존재는 나를 끌어당겨서는 사랑을 담아 전율을 일으킬 정도로 나를 꼭 껴안았다. 기쁨과 공포가 뒤섞였는데, 이 포옹은 신에 대한 예배인 동시에 범죄였던 것이다. 나를 껴안은 이 존재는 내 어머니와 내 친구 데미안을 너무 많이 상기시켰다. 이 존재의 포옹은 모든 경외심에 반하면서도 동시에 지극한 축복이었다. 나는 때로 깊은 행복감에 젖은 채 이 꿈에서 깨어났고, 때로는 마치 끔찍한 죄라도 지은 듯 죽음에 대한 공포와 양심의 가책을 겪으며 깨어났다.

이와 같은 아주 내적인 이미지와, 찾고 있는 신에 대해 외부로부터 다가온 신호 사이에 존재하는 어떤 결합은, 그저 천천히 그리고 무의식적으로만 이루어졌다. 하지만 그 결합은 점점 밀접해졌고 내밀해졌으며, 나는 예감에 가득 찬 바로 이 꿈에서 내가 아브락사스를 불러냈다는 것을 느꼈다. 기쁨과 공포, 남자와 여자가 뒤섞이고, 가장 성스러운 것과 가장 소름끼치는 것이 얽혀 있고, 가장 부드러운 순수함을 통해 심각한 죄악이 태동되는 양상, 내가 꾼 사랑의 꿈의 이미지가 그러했고, 아브락사스 역시 그러했다. 사랑은 더 이상 내가 처음에 겁에 질려 느꼈던 것과 같이 동물적인 어두운 충동이 아니었다. 그리고 사랑은 내가 베아트리체의 그림에 바쳤던 것과 같이 경건한 정신적 숭배도 더 이상 아니었다. 사랑은 그 둘 다였고, 둘 다이면서 그것을 훨씬 뛰어넘는 것이었다. 그것은 천사의 이미지이면서 사탄이었고, 남자와 여자가 일체화된 것이었으며, 인간이자 동물이었고, 가장 고상한 선함과 극단적 악함이었다. 이러한 삶을 살아가는 것이 내게 정해진 운명인 것처럼 보였고, 그것을 맛보는 것이 내 숙명 같았다. 나는 그 운명을 동경하는 동시에 그 운명을 두려워했다. 하지만 그 운명은 항상 거기 있었고, 늘 내 위에 드리워져 있었다.

내년 초면 나는 김나지움을 떠나 대학에 가야 했는데 나는 아직 어느 대학에서 무슨 공부를 해야 할지 모르고 있었다. 내 입술 위로는 수염이 약간 자랐고, 나는 다 자란 한 명의 성인이었다. 그런데도 완전히 무기력했고 목표도 없었다. 한 가지는 분명했다. 내 내면의 소리, 즉 꿈속의 이미지 말이다. 나는 그것이 인도하는 대로 무조건 따라가야 한다고 느꼈다. 하지만 그러기는 어려웠고, 나는 그 일을 날마다 거부했다. 나는 내가 혹시 미친 건 아닌가 하는 생각이 자주 들었다. 혹시 내가 다른 사람들과 다른 건 아닐까? 하지만 나는 다른 사람들이 할 수 있는 건 모두 할 수 있었다. 약간만 성실히 노력하면 플라톤을 읽을 수 있었고, 삼각법 과제를 풀거나 화학적 분석도 따라갈 수 있었다. 하지만 내가 할 수 없는 것이 한 가지 있었다. 다른 사람들이 하는 것처럼, 내 내면에 어둡게 숨어 있는 목표를 끄집어내서는 눈앞 어딘가에 그려 보이는 일이었다. 그들은 자신들이 교수나 판사, 의사나 예술가가 되고 싶은지, 그것이 얼마나 걸리며 어떤 장점들이 있을지 정확히 알고 있었다. 그걸 나는 할 수 없었다. 아마 나도 언젠가 그런 존재가 될지도 모른다. 하지만 그걸 내가 어떻게 안단 말인가. 아마 나도 수년간 찾고 또 찾아야 할지도 모른다. 그런데도 아무것도 되지 못하고 어떤 목표에도 도달 못 할지 모른다. 혹시 나도 어떤 목표에 도달할 수도 있지만, 그것이 어떤 악하고 위험하며 끔찍한 것일 수도 있다.

나는 그저 내 안에서 저절로 우러나오는 삶을 살아 보려고 했을 뿐이다. 그것이 대체 왜 그토록 어려웠을까?

나는 종종 내 꿈속에 나타난 강력한 사랑의 형상을 그려 보려고 했다. 하지만 한 번도 성공하지 못했다. 성공했다면 그 그림을 데미안에게 보냈을 것이다. 그는 어디에 있는 것일까? 나는 알지 못했다. 내가 알고 있었던 것은 그가 나와 연결되어 있다는 사실 뿐이었다. 언제 내가 그를 다시 볼 수 있을까?

베아트리체 시절에 몇 주, 몇 달간 지속되었던 기분 좋은 평온함은 이미 사라진 지 오래였다. 당시에 나는 어떤 섬에 도착해서 평화를 찾았다고 생각했었다. 하지만 그다음에는 항상 이런 식이었다. 어떤 상태가 내 마음에 들거나 어떤 꿈이 나를 기분 좋게 하자마자 그것은 금방 시들해지고 허무해졌다. 나중에 탄식해 봐야 아무 소용 없었다! 당시에 나는 종종 나를 완전히 사납고 광포하게 만드는 진정되지 않는 요구와 긴장감에 가득 찬 기대의 불꽃 속에서 살고 있었다. 꿈속에 등장하는 사랑하는 사람의 이미지를 나는 종종 너무나도 생생하게 눈앞에서 보았는데, 그 모습은 내 손보다 훨씬 또렷했다. 나는 그 이미지와 대화를 나누었고, 그 앞에서 울었으며, 그것을 저주했다. 나는 그것을 어머니라고 불렀고, 눈물을 흘리며 그 앞에 무릎 꿇었다. 나는 그것을 애인이라 불렀고, 모든 것을 채워 주는 성숙한 키스를 기대했으며, 그것을 악마 혹은 창녀, 뱀파이어 혹은 살인자라고 불렀다. 그것은 나를 부드럽기 그지없는 사랑의 꿈들과 거칠고 음탕한 방향으로 유혹했다. 그것에게는 너무 선하거나 너무 훌륭한 것이란 없었고, 너무 나쁘거나 천한 것도 없었다.

그해 겨우내 나는 말로 표현하기 힘든 내면의 폭풍 속에서 살았다. 외로움에는 이미 오래전에 익숙해져서 그것이 나를 힘들게 하진 않았다. 나는 데미안과, 매와 함께 살았고, 내 운명이자 내 애인이었던 꿈속의 거대한 형상의 이미지와 더불어 살았다. 그 속에서 살기엔 충분했다. 모든 것이 크고 넓은 세계를 보고 있었고, 모든 것이 아브락사스를 암시했기 때문이다. 하지만 이 꿈들이나 내 생각들 가운데 어떤 것도 내 뜻을 따르지 않았고, 그 어떤 것도 불러낼 수 없었으며, 내 마음대로 그것에 색채를 부여할 수도 없었다. 그것들은 다가와서 나를 사로잡았고, 나는 그것들의 지배를 받았으며, 그것들에 의해 살아갔다.

아마도 겉으로 보기에 난 무해했을 것이다. 나는 사람들을 두려워하지는 않았다. 학교 친구들도 그것을 알게 되었고, 은밀한 존경심을 가지고 나를 대했는데, 이것이 종종 나를 미소 짓게 만들었다. 마음만 먹으면 나는 대부분 친구 속을 아주 잘 꿰뚫어 볼 수 있었고, 그렇게 함으로써 때때로 그들을 놀라게 했다. 다만 난 그럴 생각이 거의 혹은 전혀 없었다. 나는 항상 내 일에, 나 자신에게만 몰두했다. 그리고 나는 동경에 가득 차, 이제 마침내 한 번쯤 생의 일부분을 살아 보기를, 내 안의 무언가를 세상에 줄 수 있기를, 세상과 관계를 맺고 세상과 싸워 나가기를 갈망했다. 때때로 저녁때 거리를 돌아다니다가 불안한 마음에 한밤중까지 집에 돌아갈 수 없을 때면 이런 생각을 하곤 했다. 곧 이제 내 애인이 나와 마주칠 것임에 틀림없다고, 다음 모퉁이를 지나고 있다고, 다음번 창문에서 나를 부를 거라고. 때로는 이 모든 것이 참을 수 없을 정도로 고통스럽게 느껴져서 자살하려는 생각이 든 적도 있었다.

나는 당시에 특이한 피난처를 하나 발견했다. 사람들 말대로 하자면 '우연히'. 하지만 그런 우연이란 세상에 없다. 무언가를 꼭 필요로 하는 사람이 자신에게 필요한 것을 발견한다면, 그것을 그에게 주는 것은 우연이 아니라 바로 그 자신이다. 그 자신의 욕구와 필요가 그를 그리로 이끌고 간 것이다.

시내를 이리저리 돌아다니다가 교외의 어떤 조그만 교회에서 흘러나오는 오르간 연주를 두세 번 들은 적이 있었는데, 그렇다고 거기 멈춰 선 적은 없었다. 다음번에 거기를 지나다가 나는 그 연주를 또 듣게 되었는데 바흐의 곡이라는 것을 알았다. 문으로 가 보았지만 잠겨 있었다. 골목에는 지나다니는 사람이 거의 없었고, 나는 교회 옆에 놓인 갓돌 위에 앉아 외투 깃을 세우고 귀를 기울였다. 크진 않았지만 좋은 오르간이었고 연주도 훌륭했다. 본인의 의지와 고집을 아주 개인적으로 독특하게 표현하고 있었는데 마치 기도처럼 들렸다. 내가 받은 느낌은 이랬다. 연주하고 있는 남자는 이 곡에 어떤 보물이 숨겨 있다는 것을 알고 있고, 마치 자기 목숨인 양 이 보물을 구하고 두드리고 애쓰고 있는 것 같았다. 나는 기술적 의미에서는 음악에 대해 아는 것이 그다지 많지 않았지만, 이런 식의 영혼의 표현은 어릴 적부터 본능적으로 이해했고 음악적인 것을 당연한 어떤 것으로 내 안에서 느꼈다.

연주자는 이어서 현대적인 곡도 연주했는데 레거Max Reger[1]의 곡인 것 같았다. 교회는 거의 어둠에 잠겨 있었는데 아주 희미한 불빛만이 바로 옆 창문에서 새 나오고 있었다. 나는 연주가 끝날 때까지 기다렸고, 오르간 연주자가 밖으로 나오는 게 보일 때까지 이리저리 거닐었다. 그는 아직 젊은 축이었는데 그래도 나보다는 나이가 많았고 작지만 다부진 체격이었다. 그는 힘차면서도 동시에 불만스

---

[1] 1873~1916. 독일의 낭만주의 작곡가이자 오르간 연주자이며 음악교육가.

러운 걸음걸이로 서둘러 멀어져 갔다.

그때부터 때때로 나는 저녁 시간에 그 교회 앞에 앉아 있거나, 그 앞에서 왔다 갔다 했다. 한번은 문이 열려 있는 것을 발견하고는 신도석에 앉아 오르간 연주자가 위층에서 희미한 가스등을 켜 놓고 연주하는 동안 반 시간가량을 떨면서 행복한 마음으로 들은 적도 있었다. 그가 연주하는 음악에서 내가 들은 것은 단지 그 자신만이 아니었다. 내겐 그가 연주하는 모든 것이 서로 연결되어 있고, 비밀스러운 연관성을 가진 것처럼 느껴지기도 했다. 그가 연주하는 모든 것은 신앙심에 차 있고 헌신적이며 경건했지만, 교회 신도들이나 성직자들처럼 경건한 것이 아니라 중세의 순례자나 탁발승처럼 경건했고, 세상의 모든 종파를 넘어선 세계의 감정에 앞뒤 가리지 않고 헌신하는 식으로 경건했다. 바흐 이전의 거장들과 옛 이탈리아 작곡가들의 작품이 자주 연주되었다. 그들 모두 같은 것을 이야기하고 있었고, 그들 모두 저 연주자 역시 영혼에 간직하고 있는 것을 말하고 있었다. 동경, 세상을 가장 내밀하게 포착하기, 그리고 아주 격렬하게 그 세상으로부터 떨어져 나오기, 자신의 어두운 영혼에 열렬하게 귀 기울이기, 헌신이 주는 도취와 경이로운 것에 대한 깊은 호기심을.

한번은 오르간 연주자가 교회에서 떠날 때 그를 몰래 뒤쫓아 간 적이 있었는데, 그때 나는 그가 한참 변두리에 있는 작은 선술집으로 들어가는 것을 보았다. 나는 참지 못하고 그를 따라 들어갔다. 나는 여기서 처음으로 그를 똑똑히 보았다. 그는 검은 펠트모자를 쓰고 포도주 한 잔을 앞에 놓은 채 조그만 홀의 구석에 있는 테이블에 앉아 있었는데, 그의 얼굴은 내가 생각한 그대로였다. 못생긴 데다 약간은 야성적이고 탐색하는 듯하며 고집스럽고, 자기 생각이 확고하며 의지에 가득 차 있었는데, 그러면서도 입가는 부드럽고 어린아이 같았다. 남성적 강인함은 모두 눈과 이마에 몰려 있었고, 얼굴 아래쪽은 여리고 아직 완결되지 않은 듯하며, 절제되지 않은 모습에 부분적으로는 연약해 보이기까지 했다. 우유부단함이 가득한 턱은 이마와 시선에 항변이라도 하듯 아이와 같은 모습으로 거기 있었다. 자부심과 적개심이 가득한 어두운 갈색 눈이 내 마음에 들었다.

나는 말없이 그의 건너편에 앉았다. 술집 안에는 우리 말고는 아무도 없었다. 그는 마치 쫓아내려는 듯 나를 쏘아보았다. 하지만 나는 꿈쩍도 하지 않고 의연히 그를 바라보았다. 마침내 그가 언짢은 듯 투덜대며 말했다. "대체 왜 그렇게 재수 없게 노려보고 있는 거요? 나한테 원하는 게 뭐요?"

"당신한테 원하는 거 없어요." 내가 말했다. "하지만 당신에 대해 이미 많은 걸 알고 있어요."

그가 이마를 찌푸렸다.

"아, 당신 음악광인 게로군? 음악에 열광하는 걸 난 역겹게 생각하는데."

나는 끄떡도 하지 않았다.

"당신이 연주하는 걸 자주 들었어요. 저 외곽에 있는 교회에서." 내가 말했다. "덧붙이자면 난 당신을 귀찮게 하려는 건 아니에요. 당신에게서 혹시 뭔가 특별한 걸 찾아낼 수 있을지도 모른다고 생각했어요. 그게 뭔지는 나도 잘 모르지만. 하지만 내 말을 귀담아 듣지는 말아요! 당신의 연주를 교회에서 듣는 것으로 족하니까."

"하지만 난 항상 문을 잠가 놓는데."

"최근에 그걸 잊어버렸더군요. 그래서 안에 앉아 있었죠. 다른 때는 밖에 서 있거나 갓돌 위에 앉아 있지요."

"그래요? 다음번엔 안으로 들어오도록 해요. 더 따뜻할 테니. 그냥 문을 두드리기만 하면 됩니다. 하지만 세게 두드려요. 내가 연주하지 않을 때 말이오. 자 이제 말해 봐요. 무슨 말을 하려고 했죠? 아주 젊은데, 학생 아니면 대학생 정도. 혹시 음악가요?"

"아니요. 음악 듣는 걸 좋아합니다. 하지만 당신이 연주하는 그런 종류의 무조건적인 음악만 들어요. 듣고 있으면 한 인간이 천국과 지옥을 뒤흔든다고 느껴지는 그런 음악 말이에요. 음악이 내겐 너무 좋은데, 내 생각엔 그것이 별로 도덕적이지 않아서 그런 것 같아요. 다른 모든 것은 도덕적이죠. 나는 도덕적이지 않은 무언가를 찾고 있어요. 나는 도덕적인 것에 짓눌려 항상 고통만 당했죠. 잘 표현할 수가 없군요. 신이면서 동시에 악마인 그런 신이 있다는 걸 아세요? 그런 신이 있다는 얘길 들었습니다."

그 음악가는 챙이 넓은 모자를 머리 뒤로 약간 밀고는, 머리를 흔들어 짙은 머리카락을 넓은 이마에서 털어 냈다. 그러면서 뚫어질 듯 나를 바라보며 탁자 위로 몸을 숙여 내 쪽을 향했다.

작고 긴장된 목소리로 그가 물었다. "당신이 지금 말한 그 신이름이 뭐요?"

"유감이지만 그 신에 대해선 거의 아무것도 몰라요. 사실 아는 건 이름뿐이죠. 그 신의 이름은 아브락사스예요."

음악가는 마치 누가 우리를 엿듣기라도 한다는 듯 주위를 의심에 찬 눈초리로 둘러보았다. 그리고 내게 바싹 다가앉으며 속삭였다. "내 그럴 줄 알았지. 당신 누구요?"

"난 김나지움 학생이에요."

"아브락사스에 대해선 어디서 들은 거지?"

"우연히요."

그가 탁자를 내리치는 바람에 그의 잔에서 술이 흘러넘쳤다.

"우연이라고! 빌어먹을 놈의 말 같지도 않은 소리는 하지도 말아, 젊은 양반! 아브락사스는 우연히 알게 되는 게 아니야. 알아두라고. 내가 아브락사스에 대해 좀 더 얘기해 주지. 그 신에 대해 아는 게 좀 있으니까."

그는 말을 멈추고 자기 의자를 다시 뒤로 밀었다. 내가 기대에 가득 차 그를 보자 그가 인상을 썼다.

"여기서 말고! 다음번에. 이거나 받아요!"

그렇게 말하면서 입고 있던 외투 주머니를 뒤지더니 군밤 몇 개를 꺼내 내게 던졌다.

나는 아무 말도 하지 않고 받아먹었고 아주 만족스러운 기분이 들었다.

"자!" 잠시 후 그가 속삭였다. "그 신에 대해선 어디서 알게 되었소?"

나는 망설이지 않고 사실대로 털어놓았다.

"난 혼자였고 어쩔 줄 모르고 있었어요." 나는 설명했다. "그때 옛날 친구가 기억났죠. 내 생각엔 아는 게 아주 많은 친구였어요. 내가 뭔가를 그렸는데, 그건 지구를 뚫고 밖으로 나오는 새 한 마리였어요. 그 그림을 친구에게 보냈죠. 얼마쯤 지나 내가 그 일에 대해 까맣게 잊고 있을 때 쪽지 한 장이 손에 들어왔어요. 거기엔 이렇게 쓰여 있었죠. '새는 분투하며 알을 깨고 나온다. 알은 세계다. 태어나고자 하는 자는 하나의 세계를 부수어야 한다. 새는 신에게로 날아 간다. 그 신의 이름은 아브락사스다.'"

그는 아무 대꾸도 하지 않았고 우리는 밤을 까서 포도주 안주 로 먹었다.

"한 잔 더 할까요?" 그가 물었다.

"고맙지만 됐어요. 술을 즐겨 마시는 편이 아니어서요."

그가 약간 실망한 듯 웃었다.

"좋으실 대로! 나는 그쪽이랑 달라. 좀 더 여기 있을 테니, 그만 가 봐요!"

다음번에 오르간 연주가 끝난 후 그와 함께 걷고 있을 때 그는 별로 말이 없었다. 그는 나를 데리고 오래된 골목길에 있는 어떤 낡 고 웅장한 집으로 들어가더니, 약간 어두침침하고 오래 손보지 않은 커다란 방으로 올라갔다. 거기엔 음악과 관련된 것이라곤 피아노밖 에 없었고 대신 커다란 책장과 책상이 그 방에 뭔가 학자풍의 분위 기를 선사하고 있었다.

"책이 참 많은데요!" 내가 감탄하며 말했다.

"그중 일부는 내가 살고 있는 여기 아버지 집의 서재에서 가져 온 거요. 그래, 젊은 친구, 난 부모님 집에서 살고 있어. 하지만 자네 를 부모님께 소개할 수는 없어. 여기 이 집에서는 내가 사귀는 사람 들이 그다지 인정을 못 받아. 말하자면 난 잃어버린 아들이거든. 내 아버지는 엄청난 존경을 받는 분이지. 이 도시에서 아주 유명한 목 사이자 설교가거든. 그리고 나로 말하자면, 궁금해할 것 같으니 바 로 알려주자면, 그분의 재능 있고 촉망받는 아드님이지. 탈선해서 약 간은 돌아 버린 상태긴 하지만. 나는 신학생이었는데 국가고시를 치기 직전에 이 고루한 전공을 때려치웠지. 그렇긴 해도 나 혼자 하고 있는 공부를 생각하면, 사실 난 여전히 그 전공에 머물러 있는 거나 다름없어. 사람들이 상황에 따라 어떤 신들을 고안해 냈는지 하는 점이 내게는 여전히 가장 중요하고 흥미로운 일이니까. 그 외에 나는 지금 음악가이고, 곧 변변찮은 오르간 연주자 자리를 하나 얻게 될 것 같소. 그렇게 되면 난 다시 교회로 돌아가는 셈이 되겠군."

나는 서가에 꽂혀 있는 책들의 책등을 훑어보았다. 자그마한 탁상 등의 희미한 빛이 비쳐 알아볼 수 있는 곳에는 그리스어와 라틴어, 히브리어 제목의 책들이 보였다. 그 사이에 그는 벽 쪽의 어두침침한 바닥에 누워 뭔가에 몰두하고 있었다.

"이리 와요." 잠시 후 그가 불렀다. "우리 이제 철학을 좀 해 봅시다. 무슨 말인가 하면, 입을 다물고 바닥에 엎드려 생각을 하는 거요."

그는 성냥을 켜서 자기 앞에 있는 벽난로 속의 종이와 장작에 불을 붙였다. 불꽃이 솟아올랐고 그는 아주 조심스럽게 불씨를 돋우고 장작을 더 집어넣었다. 나는 그의 옆으로 가서 너덜너덜하게 헤진 양탄자에 엎드렸다. 그는 불을 응시했는데, 그 불은 나 역시도 끌어당겼다. 우리는 그렇게 말없이 한 시간가량 가물거리는 장작불 앞에 엎드려 있었고, 불꽃이 타오르고, 쉭쉭거리고, 가라앉고, 휘어지고, 가물거리며 꺼져 가다가, 경련하듯 파드득거리고는 마침내 조용히 사그라 들어 잉걸불로 바닥에서 열기를 품고 있는 것을 보았다.

"불을 숭배하는 것은, 인간이 만든 것 중에서 그럭저럭 쓸 만한 것이었어." 한번은 그가 혼잣말로 중얼거렸다. 그 외에는 우리 둘다 아무 말도 하지 않았다. 나는 뚫어질 듯 불을 응시했고, 꿈과 고요 속으로 침잠한 채 연기 속에서 여러 형상을 보았고, 재 속에서 어떤 그림들을 보았다. 한순간 나는 소스라치게 놀랐다. 내 옆의 동료가 송진 한 조각을 잉걸불 속에 던져 넣었고 작고 가느다란 불꽃이 솟구쳐 올랐는데, 나는 거기서 노란 매의 머리를 가진 그 새를 보았던 것이다. 사위어 가는 벽난로의 불 속에서 금빛으로 빛나는 실오라기들이 그물처럼 얽히며 문자들과 그림들이 나타났고 얼굴들과 동물들, 식물들, 벌레들 그리고 뱀들에 대한 기억들이 떠올랐다. 정신이 들어 옆을 보니 그는 주먹 위에 턱을 괸 채 완전히 몰두해서 열광적으로 재를 응시하고 있었다.

"이제 가야겠어요." 내가 나지막이 말했다.

"그래요. 그럼 가시오. 또 봅시다!"

그는 일어나지 않았다. 램프가 꺼져 있었고 나는 더듬거리며 가까스로 어두운 방, 그리고 어두운 복도와 계단을 지나, 마법에 걸린 듯한 오래된 집에서 나와야만 했다. 나는 거리에 멈춰 서서 그 오래된 집을 올려다보았다. 불빛이 새어 나오는 창문은 한 군데도 없었다. 놋쇠로 된 작은 명패가 문 앞에 있는 가스등의 빛을 받아 반짝이고 있었다.

"피스토리우스, 주임목사." 나는 명패에 쓰인 것을 읽었다.

저녁을 먹고 집에 와 혼자 내 작은 방에 앉아 있을 때야, 내가 피스토리우스에게서 아브락사스나 그 밖의 어떤 것에 대해서도 들은 것이 없다는 사실과, 우리가 채 열 마디도 나누지 않았다는 사실이 떠올랐다. 하지만 나는 그의 집을 방문한 것이 매우 만족스러웠다. 게다가 그는 옛 오르간곡 가운데 아주 뛰어난 작품인 북스테후데Dietrich Buxtehude[2]의 〈파사칼리아〉를 다음번에 들려주겠다고 약속했다.

오르간 연주자 피스토리우스는, 내가 그의 음울한 은둔자의 방에서 그와 함께 벽난로 앞의 바닥에 누워 있을 때 나도 모르는 새에 첫 번째 수업을 해 준 셈이었다. 불을 들여다본 것은 내게 좋은 영향을 끼쳤다. 그것은 내가 내 안에 항상 가지고 있었지만 한 번도 제대로 돌본 것이 없던 성향들을 강화하고 확인해 주었다. 나는 그에 대해 부분적으로나마 점차 분명히 알게 되었다.

아주 어렸을 때부터 이미 나는 언제나 자연의 기이한 모양들을 유심히 보는 버릇을 가지고 있었다. 단순히 관찰하는 것이 아니라, 그것들 고유의 마법, 얽히고설킨 그것들의 심오한 언어에 푹 빠져 보았다. 땅 위로 드러나 목질화木質化된 긴 나무뿌리, 핏줄처럼 돌 속에 퍼져 있는 색색의 선들, 물 위에 떠 있는 기름의 얼룩, 유리에 난 금들. 그와 비슷한 모든 것이 시시때때로 내게 커다란 마력을 행사했다. 무엇보다 물과 불, 연기와 구름, 먼지가 그랬는데, 더욱 특별했던 것은 내가 눈을 감을 때면 눈앞에서 떠도는 색색의 반점들이었다. 피스토리우스를 처음 방문한 후 며칠 동안 이러한 것들이 다시 내 기억에 떠올랐다. 이후 내가 느낀 어느 정도의 활력과 기쁨, 나 자신에 대한 감정의 고양은 오로지 활활 타오르는 불을 오래 응시한 덕분이었다는 것을 알게 되었기 때문이다. 불을 바라보는 것은 이상하게도 기분 좋고 풍요로운 느낌을 주었다!

---

2 1637~1707. 오르간 연주자이자 작곡가. 당시 덴마크령에서 태어나 독일 북부 도시 뤼벡에서 주로 활동했다.

그때까지 내가 내 삶의 원래 목표에 이르는 과정에서 했던 몇 안 되는 경험에 이 새로운 경험이 추가되었다. 그런 모양들을 관찰하는 것이나 자연의 비이성적이고 얽히고설킨 기이한 형태들에 몰두하는 것은, 이런 모양들을 존재하게 한 의지와 우리의 내면이 일치한다는 느낌이 우리 안에 생기도록 해 준다. 우리는 금방, 그 형상들이 우리 자신의 기분이라고, 우리 자신의 창조물이라고 여기고 싶은 유혹을 느낀다. 우리는 우리와 자연 사이의 경계가 흔들리고 녹아 없어지는 것을 보고, 우리의 망막에 비친 그 이미지들이 외부의 인상에 기인한 것인지 아니면 내부의 인상에서 온 것인지 잘 모를 것 같은 그 기분을 알게 된다. 그 어디서도 이러한 연습을 할 때처럼 그렇게 간단하고 쉽게, 우리가 얼마나 대단한 창조자이며 세계를 부단히 창조해 나가는 데 우리의 영혼이 얼마나 쉴 새 없이 참여하고 있는지 발견할 수는 없다. 아니 그렇다기보다, 우리 내면과 자연 속에서 활동하고 있는 것은 분리할 수 없는 같은 신성이다. 그러므로 외부 세계가 멸망한다면 우리 중 누군가는 그 세계를 다시 건설할 수 있을 것이다. 산과 강, 나무와 잎사귀, 뿌리와 꽃과 같은 자연의 모든 피조물은 우리 안에 그 원형이 이미 만들어져 있고, 우리의 영혼에서 유래하기 때문이다. 이 영혼의 본질은 영원이며, 우리는 그 본질을 알지 못하지만, 대개 그 본질을 사랑의 힘과 창조의 힘으로서 느끼게 된다.

몇 년이 지나고 나서야 나는 이러한 나의 관찰이 어떤 책에서 확인되고 있다는 것을 알게 되었다. 그건 레오나르도 다 빈치의 책이었는데, 그는 많은 사람이 침을 뱉어 놓은 벽을 바라보는 것이 얼마나 훌륭하고 깊은 감동을 주는지에 관해 말하고 있었다. 축축하게 젖은 담장의 얼룩들 앞에서 그는 피스토리우스와 내가 불 앞에서 느꼈던 것과 같은 느낌을 받았던 것이다.

다음번에 우리가 만났을 때 오르간 연주자는 내게 한 가지 설명을 해 주었다.

"우리는 우리 개개인의 경계를 언제나 너무 좁게 설정해 버린다네! 우리는 언제나 우리가 개인적인 것으로 구별하거나 다르다고 인식하는 것만 우리의 개성으로 여기지. 하지만 우리는 세계를 이루는 전체 요소로 이루어져 있어. 누구나 말이지. 그리고 물고기나 그보다 훨씬 이전의 존재에까지 이르는 진화의 계보를 우리 몸이 그 안에 지니고 있는 것처럼, 한때 인류의 영혼에 살았던 모든 것을 우리는 우리 영혼에 가지고 있다네. 그리스인이건 중국인이건, 혹은 아프리카 토인이건, 그들에게 일찍이 존재했던 모든 신들과 악마들은 모두 우리 안에 함께 존재해. 가능성으로 소망으로 탈출구로 거기 있는 거지. 어떤 교육도 받은 적 없는 그저 평범한 아이 한 명만 살아남고 인류가 멸망한다 해도, 이 아이는 사물들이 거쳐 온 전체 과정을 다시 발견하게 될 것이고, 신들과 악마들, 낙원과 계명, 구약과 신약에 걸쳐 모든 것을 다시 만들 수 있을 걸세."

"그래 좋아요." 내가 이의를 제기했다. "하지만 그러면 개개인의 가치는 대체 어디 있는 거죠? 우리가 모든 것을 우리 안에 이미 완결된 상태로 가지고 있다면 왜 우리는 여전히 노력하고 있는 건가요?"

"잠깐!" 피스토리우스가 격하게 외쳤다. "자네가 세계를 그저 내면에 간직하고 있는가, 아니면 그 사실을 알고 있는가 하는 건 큰 차이라네! 어떤 미친 사람이 플라톤을 연상시키는 생각을 내놓을 수도 있고, 헤른후트파가 운영하는 학교에 다니는 경건한 꼬마가 영지주의파나 조로아스터파에 나타나는 심오한 신화적 연관성을 창조적으로 생각해 내기도 하지. 하지만 그들은 그런 내용에 대해서는 아무것도 모른다네! 그걸 모르는 한 그들은 나무나 돌과 마찬가지거나 기껏해야 짐승에 불과해. 하지만 이러한 인식의 빛이 처음으로 동터 오기 시작하면 그때 그는 인간이 되는 거지. 당신은 설마 저기 거리에서 돌아다니는 두 발 달린 족속들을 단지 그들이 직립보행을 하고 자기 자식을 아홉 달 동안 배 속에 넣고 다닌다는 이유만으로 전부 인간이라 여기지는 않겠지? 자네도 알 거야. 그들 가운데 얼마나 많은 이들이 물고기나 양이며, 벌레나 거머리인지, 얼마나 많은 이가 개미이며 벌인지! 그야 그들 각자의 내면엔 인간이 될 가능성이 있긴 하지만 그들이 그 가능성을 예감할 때, 그리고 그들이 그 가능성을 일부라도 인식하는 법을 배울 때야 비로소 그 가능성들은 그의 것이 되는 걸세."

우리의 대화는 대략 이런 식이었다. 이 대화가 내게 완전히 새로운 것, 혹은 아주 놀라운 것을 가져다주는 경우는 드물었다. 하지만 모든 대화는, 심지어 가장 평범한 대화조차 내 안의 같은 지점을 나직한 망치질로 계속 두드렸다. 모든 대화가 나를 형성해 나가는 데 도움이 되었고, 모든 대화가 내 몸의 허물을 벗는 데, 알 껍질을 깨뜨리는 데 도움을 주었다. 그리고 대화를 할 때마다 나는 머리를 조금 더 높이, 조금 더 자유롭게 들어 올렸고, 마침내 나의 노란 새는 산산이 부서진 세계의 껍질 밖으로 자신의 아름다운 맹금류의 머리를 쑥 내밀었다.

우리는 자주 우리가 꾼 꿈 얘기를 나누기도 했다. 피스토리우스는 그 꿈들을 해석할 줄 알았다. 한 가지 독특한 예가 기억에 남는다. 나는 내가 날아가는 꿈을 꾸었는데, 그건 내 뜻대로 그런 것이 아니라 말하자면 휙 들려 공중으로 내던져진 식이었다. 이렇게 날아가는 느낌은 기분을 고양시켰지만 내 뜻과 상관없이 엄청난 높이로 쏠려 가는 것을 보자 곧 두려움으로 변했다. 그때 나는 마음을 안심시켜 주는 사실을 발견했다. 숨을 멈추거나 다시 쉼으로써 상승과 하강을 조절할 수 있었던 것이다.

그 꿈에 대해 피스토리우스는 말했다. "자네를 날게 해 준 그 도약은 누구나 가지고 있는 우리의 위대한 인류 유산이야. 그건 모든 힘의 뿌리와 연결되어 있다는 느낌이지. 하지만 그때 누구에게나 곧 두려움이 생기게 돼! 그건 엄청나게 위험하거든! 그래서 대부분의 사람은 기꺼이 나는 걸 포기하고 법에 정해진 대로 인도人道 위를 걸어 다니는 걸 택하는 걸세. 하지만 자네는 그렇지 않아. 자네는 계속 날고 있어. 유능한 젊은이답게 말이야. 그리고 보다시피 자네는 놀라운 걸 발견하고 있어. 차츰 그 주인이 되는 법과, 자네를 휩쓸고 있는 저 거대한 보편적인 힘에, 작고 섬세한 독자적인 힘, 그러니까 하나의 기관, 하나의 방향키가 주어진다는 사실을 말이야! 멋진 일이지. 그게 없으면 우리는 속수무책으로 공중에 던져질 거야. 예를 들면 미친 사람들이 그렇듯이. 그들에겐 인도 위를 걷는 사람들보다 더 심오한 예감들이 주어져 있지만, 거기에 맞는 열쇠나 방향키가 없어서 바닥을 모르는 곳으로 떨어져. 하지만 싱클레어 자넨 해내고 있어! 그런데 어떻게 그런 건지 말해 보게. 아직 잘 모르겠다고? 자네는 그걸 새로운 기관, 호흡조절기로 하고 있는 거야. 자, 이제 알겠지. 자네의 영혼이 그 깊은 곳에서 얼마나 '개인적'이지 않은지 말이야. 이 조절기를 자네의 영혼이 발명한 건 아니니까! 그건 새로운 게 아니야! 그건 빌려온 거고, 수천 년 전부터 존재해 온 걸세. 그 조절기는 물고기의 평형기관, 즉 부레지. 그리고 실제로 지금도 그런 종류의 특이한 물고기가 몇 종류 살아남아 있어. 이들의 부레가 동시에 폐 역할도 하면서 경우에 따라 숨 쉬는 데 이용되기도 하지. 그러니까 자네가 꿈에서 비행용 기포로 사용한 허파와 정확히 일치하는 거야!"

심지어 그는 동물학 책 한 권을 가져와서 그 고풍스러운 물고기들의 이름과 그림을 보여 주었다. 그때 나는 특이한 전율과 더불어 초기의 진화 단계 때 있던 어떤 기능이 내 안에서 살아 움직이는 것을 느꼈다.

6
야곱의 싸움

    나는 특이한 음악가인 피스토리우스로부터 아브락사스에 관해 들은 것을 요약해서 다시 설명할 능력은 없다. 하지만 내가 그에게서 배운 가장 중요한 것은 나 자신에게로 가는 길에서 한 걸음 더 나아간 것이었다. 당시 열여덟 살가량이었던 나는 평범하지 않은 청년이었다. 수많은 점에서 조숙했지만 다른 수많은 점에서는 아주 뒤처져 있었고 무기력했다. 때때로 자신을 다른 사람들과 비교할 때면 자주 우쭐해하며 자부심을 느꼈지만, 그만큼 기가 죽은 채 굴욕감에 빠지기도 했다. 때로 자신을 천재로 생각했고, 때로는 반쯤 미쳤다고 생각했다. 나는 동년배들이 누리는 즐거움과 삶을 함께할 수가 없었다. 그리고 마치 내가 그들로부터 절망적으로 고립되어 있고, 마치 삶이 내게 닫혀 있기라도 하듯, 나 자신을 비난과 근심 속에서 소진시켰다.

    스스로가 별난 어른이었던 피스토리우스는 나 자신을 존중하고 용기를 잃지 않는 법을 가르쳐 주었다. 그는 내 말들과 꿈들, 내

141

상상과 생각 속에서 항상 가치 있는 것을 찾아냈고, 그것들을 항상 진지하게 받아들이고 진심을 가지고 언급함으로써 내게 본을 보여 주었다.

"자네가 내게 말했지." 그가 말했다. "음악이 도덕적이지 않아서 좋아한다고 말이야. 이의는 없어. 하지만 자네 자신 역시 도덕주의자가 되어서는 안 돼! 자신을 다른 사람과 비교해서는 안 되지. 자연이 자네를 박쥐로 만들어 놓았다면 스스로를 타조로 만들려고 해서는 안 되지. 자네는 때때로 스스로를 이상하다고 생각하고, 대부분의 사람과 다른 길을 가고 있다고 자신을 비난하지. 그런 식의 태도는 버려야 해. 불 속이나 구름을 보게. 그리고 어떤 예감들이 떠오르고 자네 영혼의 목소리가 얘기하면 자신을 그것들에게 맡기고, 그게 선생님이나 아빠 혹은 어떤 신의 뜻에 맞거나 그들 마음에 드는지부터 묻지는 마! 그런 질문을 던지면서 사람들은 스스로를 망치니까. 사람들은 그런 식으로 인도人道로 올라서고 시대에 뒤진 화석 같은 사람이 되는 거야. 이봐 싱클레어, 우리의 신은 아브락사스라 불리고, 신인 동시에 사탄이야. 그는 밝은 세계와 어두운 세계를 동시에 자신 안에 가지고 있지. 아브락사스는 자네가 어떤 생각을 하고, 어떤 꿈을 꾸든 거기에 이의를 제기하지 않아. 그 점을 절대 잊지 말게. 하지만 자네가 언젠가 흠잡을 데 없고 정상적인 존재가 되면 아브락사스는 자네를 떠날 거야. 자네를 떠나서, 자신의 사상을 푹 익힐 새로운 그릇을 찾아나서는 거지."

내 모든 꿈 가운데 내가 가장 지속적으로 꾸었던 것은 저 어두운 사랑의 꿈이었다. 자주, 아주 자주 나는 그 꿈을 꾸었다. 나는 새가 그려진 문장을 지나 우리 옛집으로 들어가 어머니를 끌어안으려고 했는데, 내가 안은 것은 어머니가 아니라 반은 남성이고 반은 어머니 같은 커다란 여인이었다. 그 앞에서 두려움을 느꼈지만 불타는 듯한 욕망이 나를 그녀에게로 이끌었다. 나는 이 꿈만은 내 친구에게 절대 얘기해 줄 수 없었다. 그에게 다른 모든 것은 털어놓았지만 이 꿈은 남겨 두었다. 그 꿈은 나만의 은신처였고, 나만의 비밀이었으며, 나만의 도피처였다.

답답한 마음이 들 때면 난 피스토리우스에게 북스테후데의 〈파사칼리아〉를 연주해 달라고 부탁했다. 나는 저녁 무렵 어두운 교회 안에 앉아서는, 내면으로 가라앉아 스스로를 엿듣는 듯한 이 특이하고 경건한 음악에 넋을 잃고 빠져들었다. 이 음악은 언제나 내 마음을 편안하게 해 주었고, 내 영혼의 목소리들을 더 인정할 수 있도록 준비시켜 주었다.

때때로 우리는 오르간 소리가 이미 다 사라진 뒤에도 잠시 교회에 앉아서 높은 고딕식 창을 통해 희미한 빛이 비쳐 들다가 사라지는 것을 보았다.

"웃긴 얘기지." 피스토리우스가 말했다. "내가 한때 신학도였고 거의 목사가 될 뻔했단 사실이 말이야. 하지만 그건 내가 범한 그저 형식상의 잘못에 불과해. 목사의 삶을 사는 건 내 천직이고 내 목표지. 다만 난 아브락사스를 알기 전에 너무 일찍 만족해서 여호와에게 나 자신을 맡겨 버렸어. 아, 모든 종교는 아름다워. 종교는 영혼이야. 기독교적인 성찬을 행하든, 메카로 순례를 가든 마찬가지지."

"하지만 그렇다면 그냥 목사가 되어도 상관없었을 것 같은데요." 내가 말했다.

"아닐세, 싱클레어, 아니야. 그러려면 난 거짓말을 해야만 했을 거야. 우리의 종교는 마치 종교가 아닌 것처럼 행해지고 있지. 종교가 마치 무슨 지적인 일인 것처럼 말이야. 어쩔 수 없는 경우라면 아마 가톨릭 신앙을 가질 수는 있었을지 몰라도 신교 목사는, 그건 아니야! 정말로 믿음을 가진 어떤 사람들은 — 난 그런 사람들을 알고 있네만 — 자구字句 하나하나에 매달려. 그런 사람들에게 그리스도가 내겐 인격적 존재가 아니라 어떤 영웅이나 신화라고 말할 수는 없을 거야. 인류가 스스로를 영원의 벽에 그려 놓고 보고 있는 어떤 커다란 그림자상이라고 말이야. 그리고 어떤 지혜로운 말을 듣거나 의무를 다하기 위해, 혹은 아무것도 소홀히 하지 않으려는 등등의 이유로 교회에 가는 다른 사람들에게 대체 내가 무슨 말을 할 수 있었겠나? 그들을 개종시켜야 한다고 생각해? 하지만 난 그럴 마음이 전혀 없어. 목사는 개종시키려고 해서는 안 되고, 그저 신자들 사이에서, 자신과 같은 사람들 사이에서 살아가려 하고, 우리가 우리의 신들을 만들어 내는 그러한 감정을 지니고 그것을 표현하는 자가 되고자 하는 법이야.”

그는 잠시 말을 멈추었다. 그러더니 이어 갔다. “우리의 새로운 믿음, 우리가 그것을 위해 지금 아브락사스라는 이름을 부여한 그 믿음은 아름다운 거야, 친구. 그 믿음은 우리가 가진 가장 좋은 거지. 하지만 그건 아직 젖먹이에 불과해! 아직 날개가 돋아나지도 않았어. 아, 외로운 종교, 그건 아직 진정한 종교가 아니야. 종교란 공동의 것이어야 하고 예배와 도취, 축제와 신비 의식을 가져야 해……”

그는 생각에 잠겨 내면으로 침잠했다.

“신비 의식은 혼자서나 소규모 인원으로도 행할 수 있지 않을

까요?" 내가 망설이다 물었다.

"그럴 수 있지." 그가 고개를 끄덕였다. "난 오래전부터 그렇게 해 왔다네. 사람들이 알면 몇 년간 감옥에 가야 할지도 모르는 그런 예배를 드려 왔어. 하지만 그게 아직 진짜가 아니라는 걸 난 알고 있네."

갑자기 그가 내 어깨를 치는 바람에 놀라서 흠칫했다. "이봐." 그가 다그치듯 말했다. "자네도 신비 의식을 가지고 있지. 자네가 내게 털어놓지 않고 있는 꿈들이 분명히 있다는 걸 난 알아. 그걸 알고 싶은 건 아닐세. 하지만 이 말은 해 둠세. 그 꿈대로 살고, 그 꿈들을 연주하며, 그 꿈들에 제단을 세우게! 그게 아직 완벽한 건 아니지만 그리로 가는 하나의 길이라네. 우리가 언젠가 자네와 나 그리고 몇몇의 다른 사람들이 세상을 새롭게 바꿀 수 있을지는 두고 보면 알게 되겠지. 하지만 우리는 우리의 내면에서 세상을 매일 새롭게 만들어야 해. 그렇지 않으면 우리는 형편없는 존재일 뿐이지. 생각해 보게! 자네는 열여덟 살이야, 싱클레어. 자넨 거리의 창녀들에게 달려가진 않아. 자네는 사랑의 꿈들, 사랑의 소망들을 가지고 있음에 틀림없어. 아마도 그것들은 자네가 두려움을 느끼는 그런 것일 수도 있겠지. 두려워하지 말게나! 그것들은 자네가 가진 가장 좋은 거야! 날 믿어도 좋아. 내가 자네 나이만 할 때 내 사랑의 꿈들을 억누른 탓에 나는 많은 걸 잃었다네. 그래선 안 돼. 아브락사스를 안다면 더이상 그렇게 해서는 안 되는 거야. 우리 안의 영혼이 원하는 것은 그 어떤 것도 두려워해서는 안 되고, 그 어떤 것도 금지된 것으로 생각해서도 안 돼."

나는 소스라치게 놀라며 이의를 제기했다. "하지만 머리에 떠오른다고 해서 모든 걸 다 할 수는 없어요! 누군가를 싫어한다고 해서 그 사람을 죽일 수는 없는 거잖아요."

그가 내 쪽으로 가까이 다가왔다.

"경우에 따라서는 그래도 돼. 다만 대부분의 경우에 그것이 잘못된 일이긴 하지만 말이야. 나 역시, 자네 머릿속에 떠오른 모든 것을 그냥 행동에 옮겨야 한다고 말하는 건 아니야. 그렇진 않아. 하지만 나름대로 좋은 의미를 가진 이 착상들을 몰아내거나 이런저런 도덕적 이유를 대면서 해로운 것으로 만들어선 안 된다네. 자신이나 다른 사람을 십자가에 못 박는 대신 우리는 엄숙한 생각을 하며 포도주잔을 비우면서 희생의 신비를 생각할 수 있지. 또 그러한 행동을 하지 않더라도 우리는 자신의 충동과 사람들이 유혹이라고 하는 것들을 존경과 사랑으로 다룰 수 있어. 그러면 그것들은 제 나름의 의미를 드러내지. 그러면 그 모든 것이 의미를 갖게 되는 거야. 언젠가 자네에게 다시 정말 정신 나간 것 같거나 죄스러운 생각이 떠오르거든 말일세, 싱클레어, 만약 자네가 누군가를 죽이고 싶다거나 엄청나게 추잡한 일을 행하고 싶다거나 하거든, 자네 안에서 그렇게 상상하는 존재가 아브락사스라고 잠깐 생각해 보게! 자네가 죽이고 싶어 하는 그 사람은 실재하는 아무개 씨일 리가 없고, 틀림없이 그저 일종의 위장에 불과할 걸세. 우리가 누군가를 미워하면, 우리는 그의 모습을 보며 실은 우리 자신 안에 있는 무언가를 미워하는 거야. 우리 자신 안에 존재하지 않는 것은 우리를 흥분시키지 못하는 법이거든."

이제까지 피스토리우스가 그렇게 내 마음 깊숙한 곳을 건드리는 말을 한 적은 없었다. 나는 대답할 수 없었다. 하지만 가장 강력하고도 특별하게 나를 감동시켰던 것은 이 격려의 말이 내가 몇 년 동안 가슴에 간직하고 다녔던 데미안의 말과 그대로 일치한다는 사실이었다. 둘은 서로에 대해 전혀 모르는데 내게 같은 말을 하고 있었다.

"우리가 보고 있는 것들은." 피스토리우스가 나직이 말했다. "우리 안에 있는 것과 같은 것들이야. 우리가 내면에 가지고 있는 것 외에는 어떤 현실도 존재하지 않아. 그런 탓에 많은 사람이 그렇게 비현실적으로 사는 걸세. 외부에 있는 이미지들을 현실이라 여기고 내면에 있는 자신의 세계는 아무런 말도 못 하게 하니까. 그러면서도 행복하게 느낄 수는 있지. 하지만 언젠가 다른 것을 알게 되면, 사람들이 흔히 가는 길을 따라가는 선택은 더 이상 할 수 없게 돼. 싱클레어, 대부분의 사람이 가는 길은 쉽고 우리의 길은 어렵다네. 우리 그 길을 가 보세."

며칠 뒤 그를 기다리다가 두 번이나 허탕을 치고 나서 나는 그를 저녁 늦게 길거리에서 마주쳤다. 그는 혼자서 차가운 밤바람을 맞으며 떠밀리듯 모퉁이를 돌아 오고 있었는데 완전히 취해 비틀거리고 있었다. 나는 그를 부를 마음이 들지 않았다. 그는 나를 쳐다보지도 않은 채 내 옆을 스쳐 지나갔다. 그는 마치 미지의 곳에서 들려오는 어떤 어두운 부름을 좇고 있는 듯 고독에 잠긴 불타오르는 듯한 눈으로 뚫어지게 앞을 보고 있었다. 나는 한 블록쯤 따라갔다. 그는 보이지 않는 줄에 매여 끌려가고 있는 듯했고, 광적이면서도 흐트러진 걸음걸이로 마치 유령처럼 걷고 있었다. 나는 슬픔에 잠겨 집으로, 구원받지 못한 내 꿈들에게로 돌아왔다.

"저렇게 그는 지금 자기 안의 세계를 새롭게 하고 있는 거야!"

6 야곱의 싸움

나는 그렇게 생각하면서, 동시에 그런 생각이 저열하며 도덕적이라
는 느낌이 들었다. 내가 그의 꿈들에 대해 뭘 안단 말인가? 그는 아
마도 그렇게 취해 있으면서도, 내가 두려워하며 걷고 있는 것보다 더
확고한 길을 가고 있을 터였다.

　　수업 시간 중간의 쉬는 시간에 때로, 나는 같은 반 아이 한 명
이 나를 가까이하고 싶어 한다는 낌새를 느꼈다. 내가 한 번도 관심
을 가진 적이 없던 아이였다. 붉은빛이 도는 가느다란 금발에, 작고
연약해 보이는 야윈 남자아이였는데, 눈빛과 행동에 뭔가 독특한 점
을 가지고 있었다. 어느 날 저녁 내가 집에 가고 있을 때 그가 골목
길에 숨어 기다리고 있다가 나를 지나가게 하더니, 내 뒤를 따라와
우리 집 대문 앞에 멈춰 섰다.

　　"나한테 뭐 원하는 게 있어?" 내가 물었다.

　　"그냥 너랑 한번 얘기를 나눠 보고 싶어서." 그가 수줍어 하며
말했다. "미안하지만 나랑 잠깐만 걸어 줘."

　　나는 그를 따라 걸으며, 그가 몹시 흥분한 상태로 뭔가 잔뜩
기대하고 있다는 걸 눈치챘다. 그의 두 손이 떨고 있었다.

　　"너 심령술 하니?" 그가 갑자기 물었다.

　　"아니, 크나우어." 나는 웃으며 말했다. "그런 건 한 번도 해 본
적 없는데. 어떻게 그런 생각을 하게 된 거야?"

　　"그러면 접신술을 하는구나?"

　　"그것도 아니야."

　　"아, 그렇게 숨기지 마! 네가 뭐라 하든 난 네가 뭔가 특별하다
는 걸 아주 잘 감지하고 있으니까. 네 눈이 그걸 말해 주고 있어. 난

네가 틀림없이 유령들과 소통하고 있다고 생각해. 단순한 호기심에서 물어보는 게 아니야. 싱클레어, 절대 그렇지 않아! 나 자신이 일종의 탐구자야, 알겠어? 그리고 난 너무 외로워."

"어디 말해 봐!" 나는 그를 격려해 주었다. "나는 유령에 대해선 아무것도 모르지만 내 꿈들 속에서 살고 있어. 그런데 네가 그걸 느꼈나 보구나. 다른 사람들도 꿈속에서 살지만 그건 자신들의 꿈이 아니야. 그게 차이지."

"그래, 아마 그렇겠지." 그가 속삭이듯 말했다. "다만 사람들이 그 속에서 살아가고 있는 꿈이 어떤 것인지가 문제지. 너 혹시 백마법白魔法에 대해 들어 본 적 있어?"

나는 들어 본 적이 없다고 했다.

"그걸 배우면 자기 자신을 마음먹은 대로 지배할 수 있는 거야. 죽지 않을 수도 있고 마법을 부릴 수도 있지. 그런 연습해 본 적 없어?"

어떻게 연습하는 건지 내가 호기심을 가지고 물어보자 그는 처음에는 말을 하지 않으려고 하더니, 내가 가려고 돌아서자 그때야 털어놓았다.

"예를 들면 잠을 청할 때나 집중하고 싶을 때 난 그런 연습을 해. 가령 어떤 단어나 이름, 아니면 어떤 기하학적 도형 같은 걸 하나 생각하는 거야. 그러고는 내가 할 수 있는 한 아주 세게 그걸 내 머리 속에 밀어 넣는다고 생각해. 그리고 그게 내 머릿속에 있다는 상상을 하려고 애를 써. 그게 그 안에 있다는 느낌이 들 때까지 말이야. 그런 다음 그게 목 안에 있다고 생각하지. 그러고는 내가 그것으로 가득 찰 때까지 계속 그런 식으로 생각해 나가는 거야. 그러면 나는 아주 견고해져서 그 어떤 것도 내 평온을 뺏지 못해."

그가 무슨 얘기를 하는지 어느 정도는 이해했다. 하지만 그가 또 뭔가 다른 걸 마음에 두고 있다는 걸 분명히 느꼈다. 그는 이상하게 흥분해 서두르고 있었다. 나는 그가 편하게 물어보도록 분위기를 만들었다. 그러자 곧 자신의 원래 관심사를 털어놓았다.

"너도 당연히 금욕하고 있지?" 그가 불안해하며 물었다.

"그게 무슨 말이야? 성적인 걸 말하는 거야?"

"그래, 그래. 난 2년 전부터 금욕생활을 하고 있어. 그 가르침을 알게 된 후로 말이야. 그전에 나는 부도덕한 삶을 살았어. 무슨 말인지 알 거야. 그러니까 넌 여자랑 자 본 적이 없는 거지?"

"없어." 내가 말했다. "내게 맞는 사람을 만나지 못했거든."

"네가 생각하기에 너한테 맞는 여자를 찾게 되면 그 여자랑 잘 거야?"

"그래, 물론이지. 그 여자가 반대하지 않는다면." 나는 약간 조롱조로 말했다.

"오, 그렇다면 넌 잘못된 길을 가고 있는 거야! 내면의 힘들은 철저히 금욕할 때만 키워 나갈 수 있어. 난 그렇게 했지, 2년 동안. 2년 하고도 한 달 조금 더! 그건 아주 어려운 일이야! 때로 나는 더 이상 견딜 수 없을 지경이야."

"이봐, 크나우어, 난 금욕이 그 정도로 엄청나게 중요하다고 생각하지는 않아."

"나도 알아." 그가 방어막을 치며 말했다. "모두가 그런 식으로 얘기하지. 하지만 네가 그렇게 얘기하리라곤 생각지도 못했어. 한층 고귀한 정신적인 길을 가려는 사람은 정결을 지켜야 해. 반드시!"

"그래, 그럼 그렇게 해! 하지만 자신의 성을 억누르는 사람이 어째서 다른 사람보다 '더 정결'하다는 건지 난 이해할 수가 없는데. 그러면 넌 모든 생각과 꿈속에서도 성적인 것을 차단할 수 있는 거야?"

그는 절망적인 눈빛으로 나를 바라보았다.

"아니, 바로 그게 안 돼! 맙소사, 그래도 그래야만 해. 난 밤이면 꿈을 꾸는데, 나 자신에게도 얘기할 수 없는 내용의 꿈들이야! 끔찍한 꿈들이지!"

피스토리우스가 내게 해 줬던 말이 기억났다. 하지만 내가 그의 말을 아무리 옳다고 느낀다 해도 그 말을 그대로 옮길 수는 없었다. 나 스스로의 경험에서 우러나오지 않은 충고나, 나 자신도 아직 그 충고를 따를 만큼 성숙했다고 느끼지 못하는 그런 충고를 해 줄 수는 없었다. 나는 말문이 막혔고, 누군가 내게 충고를 구하는데 아무 말도 해 줄 수 없다는 사실에 참담한 기분이 들었다.

"난 안 해 본 게 없어!" 내 옆에서 크나우어가 한탄했다. "할 수 있는 건 다 해 봤어. 냉수욕도 해 보고, 눈도 뒤집어써 보고, 체조랑 달리기도 해 봤지. 하지만 다 소용없어. 매일 밤 난 생각도 해서는 안 되는 그런 꿈에서 깨어나. 게다가 끔찍한 건 그로 인해 내가 정신적으로 배웠던 모든 것이 사라져 간다는 거야. 잠들거나 집중하는 일을 더 이상 끝까지 해내지 못하겠고 자주 온밤을 뜬눈으로 지새워. 이제 더 이상 오래 견딜 수가 없어. 만약 내가 결국 이 싸움을 끝까지 치러 낼 수 없거나, 포기하고 다시 불순한 인간이 되면, 난 전혀 투쟁하지 않았던 사람들보다 더 나빠지는 거야. 무슨 말인지 알겠지?"

나는 고개를 끄덕였다. 하지만 아무 대꾸도 할 수 없었다. 나는 그가 지루해지기 시작했고, 그의 분명한 곤경과 절망이 내게 더 이상 깊은 인상을 주지 못한다는 사실 때문에 스스로에게 놀랐다. 내게 든 감정은 그저 '난 널 도울 수 없어'라는 것이었다.

"그러니까 넌 나한테 해 줄 말이 아무것도 없는 거니?" 그가 마침내 지친 모습으로 슬프게 말했다. "아무 말도? 그래도 틀림없이 어떤 방법이 있을 거야! 넌 대체 어떻게 하는데?"

"난 너한테 해 줄 말이 아무것도 없어, 크나우어. 그런 경우에 우리는 서로에게 아무런 도움도 줄 수 없어. 내 경우에도 도와주는 사람이 없었어. 너 스스로에 대해 생각해 보려고 애써야 해. 그러고 나서 정말로 네 본질로부터 나오는 것을 해야만 해. 다른 방법은 없어. 네가 너 스스로를 발견할 수 없다면 넌 유령 같은 것도 찾아낼 수 없을 거야. 내 생각엔 그래."

실망한 채 갑자기 말을 멈춘 그 작은 친구는 날 바라보았다. 그러더니 그의 시선이 갑자기 증오에 차 불타올랐다. 그는 내게 잔뜩 찌푸린 얼굴로 화를 내며 소리쳤다. "아, 내가 보기에 넌 근사한 성자야! 너 역시 너만의 죄악을 가지고 있어. 난 알아! 현자처럼 행동하지만, 안 보이는 데서는 너도 나나 다른 모든 사람과 똑같이 오물에 매달려 있어! 넌 돼지야. 나랑 똑같은 돼지. 우리 모두는 돼지라고!"

나는 그를 세워 둔 채 자리를 떴다. 그는 두세 걸음 따라오더니 멈춰 섰고, 방향을 바꾸더니 뛰어서 그 자리를 떠났다. 난 동정과 혐오가 뒤섞인 느낌이 들며 속이 메슥거렸다. 집에 돌아와 내 작은 방에 내 그림 몇 장을 주위에 세워 놓고 마음속 깊이 동경에 가득 차

나 자신의 꿈들에 몰두하자 비로소 그 느낌으로부터 벗어날 수 있었다. 그러자 곧바로 내 꿈이 다시 떠올랐다. 현관문과 문장이 등장하는 꿈, 어머니와 낯선 여인의 꿈이. 그러자 그 여인의 생김새가 너무도 생생히 눈앞에 모습을 드러내 바로 그날 저녁 그녀의 그림을 그리기 시작했다.

매일 몇 시간씩 꿈을 꾸듯 무의식적으로 그린 후 며칠이 지나 이 그림이 완성되었을 때, 저녁 무렵 나는 그것을 벽에 걸어 놓고 탁상용 램프를 그 앞에 가져다 놓고는 결판이 날 때까지 싸워야 하는 어떤 유령이기라도 한 듯 그 앞에 섰다. 그건 전에 그렸던 모습과도 비슷했고, 내 친구 데미안과도 닮았고, 어떤 면에서는 나 자신과도 닮은 얼굴이었다. 한쪽 눈이 다른 쪽 눈보다 확연히 올라가 있었고, 그 시선은 운명에 가득 차 내면에 몰두한 채 나를 지나쳐 어딘가를 응시하고 있었다.

그 앞에 서자 내적인 긴장으로 인해 가슴 속까지 서늘해졌다. 나는 그 그림에 질문을 던졌고 비난했으며, 그림을 애무했고 그림에게 기도했다. 나는 그 그림을 어머니라 불렀고, 애인이라 불렀으며, 창녀 혹은 매춘부라 불렀고, 아브락사스라고도 불렀다. 그 사이사이에 피스토리우스의 말이 — 아니 데미안의 말이었던가? — 떠올랐다. 언제 그런 말을 들었는지 기억할 순 없었다. 하지만 그 말을 다시 듣는 것 같았다. 그것은 야곱이 신이 보낸 천사와 싸우는 것에 관한 이야기였다. 정확히는 '나를 축복하기 전까진 당신을 보내 주지 않겠다'라는 말이었다.

불빛에 비친 그림 속 얼굴은 내가 부를 때마다 매번 달라졌다. 밝게 빛나다가, 검고 어두워졌으며, 생기가 없는 두 눈 위로 창백한 눈꺼풀이 덮였다가, 다시 눈을 떠 타오르는 듯한 시선을 반짝였다. 그것은 여자였고 남자였으며 소녀였고 어린아이였으며 동물이었고 얼룩으로 희미해졌다가 다시 크고 분명해졌다. 마지막에 나는 강력한 내면의 부름에 따라 두 눈을 감았고, 이제 내 안에서 더 힘차고 강해진 모습의 그 그림을 보게 되었다. 나는 그 앞에 무릎을 꿇고 싶었지만, 그것은 내 내면에 너무나도 깊숙이 들어앉아서, 난 그것이 온전히 나 자신이 되기라도 한 것처럼 더 이상 나 자신과 분리시킬 수 없었다.

그때 나는 초봄에 폭풍이 몰아치는 듯한 어둡고 무거운 소리를 들었고, 두려움과 체험의 형언할 수 없는 새로운 느낌에 몸을 떨었다. 별들이 내 앞에서 반짝 빛을 내다가 꺼져 갔고, 다 잊힌 최초의 유년기, 아니 세상에 존재하기 전 생성 초기 단계에까지 이르는 기억들이 내게 몰려왔다가 흘러가 버렸다. 하지만 내 전 생애를 가장 은밀한 것까지 반복하는 것처럼 보였던 그 기억들은, 어제와 오늘에서 끝난 것이 아니라 계속 나아갔고, 미래를 비쳐 보였으며 지금의 나를 낚아채 새로운 삶의 형태들 속으로 밀어 넣었다. 그 새로운 삶의 이미지들은 엄청나게 밝고 눈이 부실 정도였지만, 나는 나중에 그중 어느 것도 제대로 기억해 낼 수 없었다.

그날 밤 나는 깊은 잠에서 깨어났다. 난 옷을 입은 채였고, 침대를 가로질러 누워 있었다. 나는 불을 켰고, 뭔가 중요한 것을 기억해 내야 할 것 같은 느낌이 들었지만, 지난 몇 시간 동안의 일이 아무것도 생각나지 않았다. 불을 켜자 차츰 기억이 돌아왔다. 나는 그림을 찾았지만, 그것은 벽에 없었고 책상 위에도 없었다. 그때 내가 그것을 불태워 버린 것 같다는 생각이 어렴풋이 떠올랐다. 아니면 내 손바닥 위에서 그 그림을 태워 재를 먹었던 건 단순히 꿈이었을까?

경련을 일으키는 듯한 커다란 불안감이 나를 내몰았다. 나는 모자를 쓰고, 마치 어떤 강제에 이끌린 듯 집과 골목을 빠져나와, 폭풍에 휘몰린 듯 거리들을 지나고 광장들을 가로질러 걷고 또 걸었다. 나는 내 친구의 어두운 교회 앞에서 귀를 기울이기도 하고, 무엇을 찾는지도 모른 채 어두운 충동에 사로잡혀 찾고 또 찾았다. 나는 사창가가 있는 교외를 지나갔는데 거기엔 여기저기 아직 불이 켜져 있었다. 더 외곽 쪽에는 신축 건물들과 벽돌 더미들이 있었는데 군데군데 회색빛 눈으로 덮여 있었다. 마치 몽유병자처럼 낯선 강제적 힘에 이끌려 이 황량한 곳을 지날 때, 언젠가 나를 괴롭히던 크로머가 정산을 하자며 맨 처음 날 끌고 갔던 고향의 신축 건물이 떠올랐다. 여기 이곳에 비슷한 건물이 깜깜한 밤중에 내 앞에 서 있었고 시커먼 문구멍이 나를 향해 입을 벌리고 있었다. 그 구멍이 나를 안으로 끌어당겼는데 피하려던 나는 모래와 잔돌에 걸려 비틀거렸다. 충동이 더 강한 탓에 난 들어갈 수밖에 없었다.

판자들과 깨진 벽돌들을 넘어 나는 비틀거리며 그 황량한 공간으로 들어섰다. 축축한 냉기와 돌들이 음울한 냄새를 풍겼다. 모래 더미 하나가 희뿌연 점처럼 놓여 있었는데 그 외엔 온통 캄캄했다.

그때 소스라치게 놀란 목소리가 나를 불렀다. "맙소사, 싱클레어. 어디서 나타난 거야?"

그러면서 내 옆의 어둠 속에서 어떤 사람이 마치 유령처럼 몸을 일으켰다. 작고 비쩍 마른 사내였다. 나는 아직도 머리가 쭈뼛 곤

두선 채 그가 내 학교 친구인 크나우어라는 걸 알아차렸다.

"여길 어떻게 온 거야?" 흥분해서 어찌할 바를 모르는 듯 그가 물었다. "어떻게 날 찾아낼 수 있었어?"

나는 이해하지 못했다.

"나는 너를 찾으려던 게 아니었어." 얼떨떨한 채 말했다. 한마디 한마디 말하는 게 힘들었고 죽은 듯 꽁꽁 언 무거운 입술에서 간신히 흘러나왔다.

그는 나를 뚫어지게 쳐다보았다.

"찾은 게 아니라고?"

"응, 무언가 나를 이리 끌어당겼어. 네가 나를 불렀니? 네가 나를 부른 게 틀림없어. 대체 여기서 너 뭘 하고 있는 거야? 이 밤중에."

그는 자신의 가냘픈 팔로 나를 억세게 껴안았다.

"그래, 밤이지. 곧 아침이 올 게 분명하고. 오, 싱클레어, 네가 나를 잊지 않고 있었다니! 날 용서해 줄 수 있겠어?"

"대체 뭘?"

"아, 내가 아주 못되게 굴었잖아!"

그제야 우리가 나눴던 대화가 기억났다. 사오일 전이었던가? 내게는 그때부터 한 생애가 지나간 것 같았다. 하지만 지금 갑자기 모든 것을 알게 되었다. 우리 사이에 벌어진 일뿐만 아니라 내가 왜 이리로 오게 되었는지, 그리고 크나우어가 여기 이 외진 곳에서 뭘 하려 했는지까지.

"그러니까 너, 죽으려고 했던 거야, 크나우어?"

그는 추위와 두려움에 몸을 떨고 있었다.

"응, 그러려고 했어. 그게 가능했는지는 모르겠지만. 아침이 될 때까지 기다려 보려 했지."

나는 그를 밖으로 데리고 나왔다. 하루의 첫 시간을 밝히는 햇살이 잿빛 대기 속에서 말할 수 없이 차갑고 무심하게 희미한 빛을 비추고 있었다.

나는 그의 팔을 붙들고 한 블록 정도를 데리고 갔다. 내 안에서 이런 말이 터져 나왔다. "이제 집으로 가. 그리고 아무한테도 말하지 마! 넌 잘못된 길로 간 거야. 잘못된 길로! 게다가 우리는 네가 생각하고 있는 것처럼 돼지가 아니야. 우리는 인간이라고. 우린 신들을 만들고 그들과 싸우지. 그러면 그들은 우리를 축복해."

아무 말 없이 우리는 계속 걷다가 헤어졌다. 집에 도착했을 때는 날이 완전히 밝아 있었다.

그 시절 성 ○○시에서 내게 주어진 가장 좋은 것은 피스토리우스가 오르간을 칠 때 그 곁에 있거나 그와 함께 벽난로 앞에 있는 시간이었다. 우리는 아브락사스에 관한 그리스어 텍스트를 같이 읽었고, 그는 베다 경전을 번역한 부분들을 읽어 주었으며, 신성한 음절인 '옴Om'[1]을 발음하는 법을 가르쳐 주었다. 그러는 동안 내 내면을 북돋아 주던 것은 이러한 학식이 아니라 오히려 그 반대의 것이었다. 나를 기쁘게 했던 것은 나 자신 안에서 앞으로 나아가는 법을 발견하는 것이었고, 나 자신의 꿈들과 생각들 그리고 예감들을 차츰 더 신뢰하게 된 것이었으며, 내 안에 간직하고 있는 힘을 점점 더 잘 알게 된 것이었다.

I 힌두교의 거룩한 음절로, 이것을 발음하는 것은 브라만의 '세계 혼'을 표현하는 것으로서 명상할 때 쓰인다.

나는 갖가지 방식으로 그와 소통했다. 내가 그저 그를 강렬하게 생각하기만 하면, 어김없이 그가 내게 직접 찾아오거나 인사를 보내 왔다. 마치 데미안과 그랬던 것처럼, 나는 그가 곁에 없는데도 그에게 뭔가를 물어볼 수 있었다. 그냥 그만을 눈앞에 떠올리고 생각을 집중해 내 질문을 그에게 보내면 되었다. 그러면 질문에 실었던 모든 영혼의 힘이 대답이 되어 내게 돌아왔다. 다만 내가 상상했던 것은 피스토리우스라는 인물이나 막스 데미안이라는 인물 그 자체가 아니었다. 그것은 내가 불러내야만 했던, 내가 꿈꾸고 내가 그린 이미지였고, 남자이면서 동시에 여자인 내 수호신의 꿈속 이미지였다. 이제 그 이미지는 더 이상 내 꿈이나 내가 그린 그림 속이 아니라, 나 자신의 소망상이자 고양된 모습으로서 내 안에 살고 있었다.

자살에 실패한 크나우어가 나와 맺게 된 관계는 기이하기도 했고 때론 우습기도 했다. 내가 그에게 보내진 그날 밤 이후로, 그는 마치 충직한 하인이나 개처럼 내게 딱 붙어서 자신의 삶을 내 삶과 결합시키려 했고 맹목적으로 나를 좇았다. 아주 기이한 질문이나 소원을 가지고 그는 날 찾아왔고, 영혼을 보고 싶어 했으며, 카발라[2]를 배우고 싶어 했다. 그는 내가 이 모든 것에 대해 아는 게 전혀 없다고 아무리 얘기해도 믿지 않았다. 그는 내가 온갖 능력을 다 가지고 있다고 굳게 믿었다. 그런데 신기하게도 그는 자주 내 안에서 어떤 매듭이 풀려야 하는 바로 그 순간에 기이하고 멍청한 질문을 가지고 내게 찾아왔고, 그의 변덕스러운 착상과 관심사가 내게는 자

<hr>

2 헤브라이어로 중세 유대교의 신비주의적 전승을 의미.

주 문제 해결을 위한 신호이자 자극이 되었다. 때로 그가 성가시게 생각되어 횡포 부리듯 내쫓기도 했지만 나는 그 역시 내게 보내진 존재라는 것을 감지했다. 그뿐만 아니라 그 역시 내가 그에게 준 것의 두 배를 내게 돌려주는 존재이기도 했다. 그 역시 내겐 일종의 인도자이거나 하나의 길이었다. 그가 내게 들고 왔던, 자신의 구원을 기대하던 근사한 책들과 글들은 내가 그 순간 알아챌 수 있었던 것보다 더 많은 가르침을 내게 주었다.

이 크나우어란 친구는 나중에 나도 모르는 새에 내 인생의 노정에서 사라졌다. 그와는 대결할 필요가 없었다. 하지만 피스토리우스와는 그럴 필요가 있었다. 성 ○○시에서 내 학창 시절이 끝나갈 무렵, 나는 이 친구와 다시 한번 독특한 일을 경험했다.

아무리 평범한 사람이라도, 살면서 한 번 혹은 몇 번은 경건과 감사와 같은 미덕들과 갈등에 빠지기 마련이다. 누구나 한 번은 자신을 아버지나 선생님과 갈라 놓는 발걸음을 내디뎌야 하며, 누구나 고독의 가혹함을 약간이라도 느껴 보아야 한다. 비록 대부분의 사람이 그것을 겨우 조금 견디다가 다시 곧 그 밑으로 기어들어 가지만 말이다. 내 경우엔 부모님과 그들의 세계, 내 아름다운 유년기의 '밝은' 세계로부터 격렬한 투쟁을 거쳐 떨어져 나온 것이 아니라, 거의 눈치채지 못할 정도로 천천히 멀어졌고 낯설어졌다. 그것은 유감스러운 일이었고, 고향을 방문할 때면 자주 씁쓸한 느낌을 가지게 했다. 하지만 그것은 마음속 깊이 파고들진 않았고 견딜 만한 수준이었다.

하지만 우리가 습관에 의해서가 아니라 자발적으로 사랑과 존경을 바쳤던 곳, 우리가 정말 마음이 내켜서 제자나 친구가 되었던 곳, 그곳에서는 우리의 마음을 이끌고 가던 흐름이 우리를 사랑하는 대상으로부터 떼어내려고 한다는 것을 우리가 갑자기 알게 되었을 때, 쓰라리고 두려운 순간이 찾아온다. 그럴 때면 친구와 스승을 거부하는 모든 생각은 독침으로 자기 심장을 겨누며, 그럴 때면 방어하기 위해 내뻗는 일격이 모두 자기 얼굴을 맞힌다. 그때 자기 내면에 어떤 정당한 도덕을 지니고 있다고 생각하고 있던 사람에게는, 수치스러운 욕설이나 낙인처럼 '배신'이나 '배은망덕'이란 말이 떠오르며, 그러면 놀란 심장은 두려움에 가득 차 유년기의 미덕이 있는 사랑스러운 골짜기로 뒤돌아 도망간다. 그리고 이러한 단절 역시 일어나야 하며 이러한 유대도 끊어져야만 한다는 것을 믿지 못한다.

시간이 흐름에 따라 점차 내 친구 피스토리우스를 무조건 인도자로 인정하는 것에 대한 일종의 반감이 내 안에서 생겨났다. 청년기의 가장 중요한 몇 달 동안 내가 했던 체험은 그와의 우정과 그의 충고, 그의 위로와 그의 친근함이었다. 그를 통해 신이 내게 얘기했었다. 그의 입을 통해 내 꿈들이 해명되고 해석되어 다시 내게 돌아왔었다. 그는 내게 자신에 대한 용기를 선사했었다. 아, 그런데 지금 나는 그에 대한 저항감이 점차 커져 가는 것을 느끼고 있었다. 그의 말에선 너무 많은 가르침이 들려왔고, 나는 그가 그저 내 일부만 제대로 이해하고 있다는 느낌이 들었다.

우리 사이엔 어떤 다툼이나 극적인 사건도 없었고, 어떤 단절이나 절교 같은 것도 없었다. 나는 그에게 그저 한마디, 도무지 악의라고는 없는 말을 했을 뿐이다. 하지만 바로 그때가 우리 사이의 환상이 다채로운 파편으로 산산조각 나는 순간이었다.

그 예감이 이미 얼마 동안 나를 짓누르고 있었는데, 그것은 어느 일요일 그의 낡은 서재에서 분명한 느낌이 되었다. 우리는 불 앞의 바닥에 엎드려 있었고, 그는 자신이 연구하고 있는 비밀의식과 종교 형태에 대해 얘기했다. 그는 그런 것들에 대해 곰곰이 생각하고 있었고, 그것들이 미래에 가능한 방식에 대해 몰두하고 있었다. 하지만 내게는 이 모든 것이 삶에 중요한 것이라기보다는 그저 진기하고 재미난 일로 보였고, 그의 말이 일종의 현학적인 것, 지나간 세계의 폐허 속을 권태롭게 뒤지고 있는 것처럼 들렸다. 그러자 갑자기 나는 이 모든 방식, 이러한 신화숭배, 전승된 신앙의 형태를 가지고 모자이크처럼 짜 맞추는 이러한 놀이에 거부감을 느꼈다.

"피스토리우스." 나는 나 자신도 당황스럽고 깜짝 놀랄 만큼 불쑥 솟아나는 악의를 가지고 갑자기 말했다. "다시 한번 당신의 꿈 얘기를 해 주세요. 당신이 밤에 꾸었던 진짜 꿈 말이에요. 당신이 지금 얘기하고 있는 건 너무, 너무 끔찍한 골동품 냄새가 나요!"

그는 이제까지 내가 그런 식으로 말하는 걸 들어 본 적이 없었다. 말하는 순간 나는 수치심과 놀라움이 뒤섞인 채 번개같이, 내가 그를 향해 쏘아 그의 심장을 맞힌 화살이 바로 그의 무기고에서 가져온 것이라는 사실을 느꼈다. 그가 때때로 반어적으로 자기를 비난하던 말을, 이제 내가 못되게 더 날카롭게 만들어 그를 향해 쏘았던 것이다.

그는 당장 그 낌새를 알아챘고 곧장 입을 다물었다. 나는 불안한 마음으로 그를 바라보았다. 그리고 그의 얼굴이 끔찍하게 창백해지는 것을 보았다.

무겁고 긴 침묵의 시간이 흐른 후 그는 새 장작을 불 위에 얹고는 나직하게 말했다. "자네 말이 전적으로 맞아, 싱클레어. 자네는 똑똑한 친구지. 더 이상 골동품 같은 것으로 자네를 괴롭히지는 않겠네."

그는 아주 침착하게 말했지만, 나는 그의 목소리에서 상처의 고통을 잘 감지할 수 있었다. 내가 무슨 짓을 했단 말인가!

난 눈물이 날 것 같았다. 진심으로 그에게 몸을 돌려 용서를 빌고 싶었고, 그에 대한 나의 사랑과 애정 깊은 감사를 확인시켜 주고 싶었다. 감동적인 말들이 떠올랐다. 하지만 난 그 말을 할 수가 없었다. 나는 엎드린 채 불을 들여다보며 침묵을 지켰다. 그 역시 아무 말도 하지 않았고, 우리는 그렇게 그냥 엎드려 있었다. 불은 점점 줄어들어 사그라들었다. 불꽃이 튈 때마다 다시는 돌아올 수 없는 어떤 친밀하고 아름다운 것이 다 타서 날아가 버리는 느낌이 들었다.

"당신이 나를 오해하고 계실까 봐 두려워요." 마침내 내가 잔뜩 짓눌린 채 건조하고 쉰 목소리로 말했다. 멍청하고 의미 없는 말들이 마치 신문연재소설을 낭독하는 것처럼 기계적으로 내 입에서 흘러나왔다.

"나는 자네 말뜻을 아주 잘 이해했어." 피스토리우스가 나직하게 말했다. "자네 말이 맞아." 그는 잠시 기다렸다가 천천히 말을 이어 갔다. "누군가 다른 사람에 대해 옳다고 할 수 있는 만큼은 말이지."

아니, 그렇지 않아요. 내가 틀렸어요! 나는 속으로 외쳤다. 하지만 나는 아무 말도 할 수 없었다. 나는 내가 뱉은 사소한 한마디로 그의 근원적인 약점, 그의 괴로움과 상처를 가리켜 보였다는 것을 알았다. 나는 그 스스로가 의심하고 있음에 틀림없는 지점을 건드렸다. 그의 이상은 '골동품 냄새'가 났다. 그는 과거를 탐색하는 사람이었으며 일종의 낭만주의자였다. 그리고 갑자기 나는 마음 깊이 느꼈다. 피스토리우스가 내게 했던 역할과 그가 내게 준 것, 바로 그것을 그는 자신에게 줄 수 없었으며 자기에게 그런 존재가 될 수도 없었다. 그가 나를 이끌어 간 길은 인도자인 그조차 넘어서야 하는 길, 그를 떠나야만 하는 길이었다.

어떻게 그런 말이 나오게 되었는지는 아무도 모른다! 난 나쁜 의도로 그렇게 말한 것은 아니었고, 파국이 있으리라곤 예감도 못했다. 말하는 순간에도 내가 뭘 말하는지 전혀 알지 못했던 무언가를 내뱉었던 것이고, 사소하고 위트 있으면서도 약간은 짓궂은 어떤 생각을 그냥 말한 것뿐이었다. 그런데 그것이 운명이 되었다. 내가 신중하지 못하게 조금은 야비한 짓을 했는데, 그것이 그에게는 심판이 되어 버렸던 것이다.

아, 그 순간 난 그가 화를 내며 자신을 방어하기를, 내게 소리를 지르기를 얼마나 원했던가! 그는 그중에 아무것도 하지 않았다. 그 모든 것을 나는 속으로 스스로 해야만 했다. 할 수만 있었다면 그는 웃음을 지었을 것이다. 그가 그러지 못하는 것을 보면서, 나는 내가 그에게 얼마나 심한 상처를 입혔는지 너무나 잘 알 수 있었다.

그리고 피스토리우스는 건방지고 배은망덕한 제자인 나의 일격을 말없이 받아들이고 침묵한 채 내가 옳다고 해 줌으로써, 그리고 나의 말을 운명으로 인정함으로써, 내가 나 자신을 증오하도록 만들었고, 나의 사려 없는 태도를 몇 천 배나 커 보이게 만들었다. 공격할 때 나는 방어할 수 있는 강한 사람을 때린다고 생각했었다. 그런데 알고 보니 그는 조용하게 참아 내는 사람, 말없이 항복하고 마는 무방비 상태의 사람이었다.

한참 동안 우리는 꺼져 가는 불 앞에 엎드린 채 있었다. 그 불 속에서 빛나는 모든 형상과 꺼져 가는 재가 구부러지는 모습은 행복하고 아름답고 충만한 시간들을 내 기억 속에 불러일으켰고, 내가 피스토리우스에게 진 의무의 빚을 점점 크게 쌓아 올렸다. 결국 나는 그것을 더 이상 참을 수 없었다. 나는 일어나서 나왔다. 한동안 나는 그의 방문 앞에, 어두운 계단 위에, 그리고 다시 오랫동안 그의 집 밖에 서 있었다. 혹시 그가 내 뒤를 따라오지 않을까 기다리며. 그러고 나서 나는 계속 걸어갔다. 몇 시간 동안 시내와 교외, 공원과 숲을 지나 저녁까지 돌아다녔다. 그리고 그때 처음으로 내 이마에 새겨진 카인의 표식을 느꼈다.

그저 서서히 나는 생각을 되짚어 보게 되었다. 내가 한 모든 생각들의 의도는 나를 비난하고 피스토리우스를 변호하는 것이었다. 그런데 결과는 늘 그 반대였다. 나는 천 번이라도 내 성급한 말을 후회하고 돌이킬 준비가 되어 있었다. 하지만 그래도 그 말은 사실이었다. 이제야 피스토리우스를 이해할 수 있었고, 그의 꿈의 전모를 내 눈앞에 세워 볼 수 있었다. 그 꿈은 사제가 되는 것이었고, 새로운 종교를 선포하며, 찬양과 사랑과 경배의 새로운 형식들을 부여하며, 새로운 상징들을 세우는 것이었다. 하지만 그의 힘은 여기에 미치지 못했고 그것이 그의 사명도 아니었다. 그는 이미 존재했던 것에 너무 친숙해져 있었고, 이전의 것을 너무 자세히 알고 있었으며, 이집트와 인도에 대해, 미트라[3]와 아브락사스에 대해 너무 많은 것을 알고

---

3 페르시아의 밀교나 조로아스터교에서 유래한 종교 혹은 그 신을 가리키는 이름. 현재는 그 기원이 로마제국의 밀교였다는 주장도 있다.

있었다. 그의 사랑은 이 지상에 이미 선을 보였던 이미지들에 묶여 있었는데, 그러면서도 마음속 깊은 곳에서는, 새로운 것은 새롭고 달라야 한다는 것과, 신선한 대지에서 솟아 나와야 한다는 것, 수집품이나 도서관에 있는 것으로 창조되어서는 안 된다는 것을 스스로 잘 알고 있었다. 아마도 그의 사명은 그가 나에게 했던 것처럼 사람들을 자신에게 이르도록 도와주는 것이었을는지도 모른다. 한 번도 들어 보지 못했던 새로운 신들을 그들에게 제시하는 것은 그의 사명이 아니었다.

그러자 그때 어떤 인식이 갑자기 내게 격렬한 불꽃처럼 화드득 타올랐다. 그것은 누구에게나 하나의 '사명'이 있지만, 그 누구도 그 사명을 스스로 선택하거나, 고쳐 쓰거나, 제멋대로 다룰 수 없다는 인식이었다. 새로운 신들을 가지려는 것은 잘못된 것이었고, 세상에 무언가를 제공하겠다고 하는 것도 전적으로 잘못된 것이었다! 깨달음을 얻은 인간에게는 단 한 가지 의무 외에는 그 어떤 의무도 절대절대 절대 없었다. 그 의무란 스스로를 탐색하고, 내면이 확고해지며, 길이 어디로 나 있든 자신의 길을 더듬어 나아가는 것이었다. 그것은 나에게 깊은 동요를 안겨 주었다. 그리고 그것이 이 체험이 내게 준 열매였다. 자주 나는 미래의 이미지들과 유희를 벌였고, 혹여 내게 주어져 있을 법한 역할들, 시인이나 혹은 예언자의, 혹은 화가나 다른 어떤 역할을 꿈꾸었다. 그 모든 것이 아무것도 아니었다. 나는 시를 짓거나 설교하기 위해서 혹은 그림을 그리기 위해 존재하는 것이 아니었다. 나뿐만 아니라 그 누구도 그런 걸 하기 위해 존재하는 것이 아니었다. 그 모든 것은 그저 곁다리로 생겨나는 것이었다. 모든 사람이 진정으로 해야 하는 일은 오직 하나, 자기 자신에게 이르는 것이었다. 누구든 시인이나 미친 자로 끝날 수도 있었고, 예언자나 범죄자로 끝날 수도 있었다. 그건 우리가 관심을 기울일 일이 아니었다. 그렇다. 그건 결국 중요하지 않았다. 우리 모두가 관심을 가져야 할 것은 어떤 임의의 운명이 아니라 자기 자신의 운명을 발견하는 것이고, 그 운명을 내면에서 온전히 그리고 중단하지 않은 채 끝까지 살아 내는 것이었다. 그 밖의 다른 모든 것은 어중간한 것이었고, 도망가려는 시도이자 대중의 이상으로 후퇴해 달아나는 것이었으며, 적응이자 스스로의 내면에 대한 두려움이었다. 두렵고도 성스럽게 새로운 이미지가 내 앞에서 떠올랐다. 수백 번 예감했고, 아마 이미 자주 언급했었지만 그제야 비로소 체험하게 된 것이었다. 나는 자연이 던져 놓은 존재였다. 새로운 것일 수도 있고 무無일 수도 있는 불확실함 속으로 던져진 존재. 원초적 심연으로부터 이렇게 던져진 것을 끝까지 마무리하고, 그 의지를 내 안에서 느끼며 그 의지를 온전히 내 것으로 만드는 것, 그것만이 나의 사명이었다. 오직 그것만이!

나는 이미 숱한 고독을 맛본 상태였다. 이제 나는 더 깊은 고독이 있다는 것과, 그것으로부터 도망칠 수 없다는 사실을 예감했다.

나는 피스토리우스와 화해하려는 어떤 시도도 하지 않았다. 우리는 여전히 친구였지만 관계가 변해 있었다. 단 한 번 우리는 그 일에 관한 얘기를 나누었다. 아니, 사실 말을 한 것은 그 자신뿐이었다. 그는 이렇게 말했다. "난 사제가 되길 원해. 그건 자네도 알지. 난 우리가 그처럼 많은 예감을 가지고 있는 새로운 종교의 사제가 너무나도 되고 싶었지. 난 결코 그렇게 될 순 없을 거야. 난 그걸 알고 있고, 스스로 그걸 백 퍼센트 인정하진 않았지만, 이미 오래전에 알고 있었어. 기껏해야 난 다른 사제 역할을 하게 될 거야. 아마도 오르간 건반 위에서나, 아니면 어떤 다른 방식으로. 하지만 난 내가 아름답고 성스럽다고 느끼는 오르간 음악과 비밀의식, 상징과 신화와 같은 것에 항상 둘러싸여 있을 것임에 틀림없어. 난 그런 게 필요하고 그것들로부터 떠나고 싶지 않아. 그게 내 약점이지. 왜냐하면 때로 난 말이지, 싱클레어, 때론 내가 그런 소망을 가져서는 안 된다는 것과 그런 소망이 사치이자 약점이라는 걸 알아. 내가 아무 요구도 하지 않고 그냥 완전히 운명에 몸을 맡겨 버리는 게 더 위대하고 옳은 일일지도 모르지. 하지만 난 그럴 수가 없어. 그게 내가 할 수 없는 유일한 거라네. 혹시 자네라면 언젠가 그렇게 할 수 있을지도 모르지. 그건 어려운 일이야. 이 세상에서 정말로 어려운 유일한 일일세, 젊은 친구. 나는 자주 그렇게 해 보려는 꿈을 꿨지. 하지만 난 할 수가 없어. 그 앞에선 두려워 몸이 떨릴 지경이라네. 난 그렇게 완전히 벌거벗은 상태로 고독하게 서 있을 수가 없어. 나 역시 약간의 따뜻함과 먹을 것을 필요로 하고 때때로 비슷한 부류의 사람들과 가까이 있다는 걸 느끼고 싶어 하는 불쌍하고 연약한 개라네. 자기 자신의 운명 외에는 정말로 아무것도 원하지 않는 사람에겐, 더 이상 자신과 비슷한 사람이란 없어. 그는 철저히 혼자이고, 그의 주위엔 차가운 우주 공간만이 있을 뿐이지. 자네 아나? 그게 바로 겟세마네 동산의 예수라네. 스스로 기꺼이 십자가에 못 박힌 순교자들이 있었지만, 그들도 영웅은 아니었고, 자유를 얻지도 못했어. 그들도 자신들에게 친숙하고 고향 같은 뭔가를 원했으니까. 그들에겐 많은 모범이 있었고 여러 이상이 있었지. 오로지 운명만을 원하는 사람은 모범도 없고 이상도 더 이상 없으며, 사랑하는 것이나 위안이 되는 것도 없어! 그리고 사실 우리는 이런 길을 가야만 해. 그러니까 나나 자네 같은 사람들은 정말로 고독한 거야. 하지만 우리는 아직 서로가 있고, 남들과 다릅네, 반항합네, 특별한 것을 원합네 하며 은밀한 만족감을 가지고 있어. 그 길을 온전히 가려면 이런 것도 떨쳐 내야 해. 혁명가가 되려 하거나, 어떤 모범 혹은 순교자가 되려 해서도 안 돼. 그 길은 예측이 불가능하니까."

그랬다. 그 길은 예측이 불가능했다. 하지만 꿈꿀 수는 있었고, 미리 느껴 볼 수도 있었으며, 예감할 수도 있었다. 아주 고요한 시간이 찾아왔을 때 몇 번인가 난 그걸 얼마간 느낀 적이 있었다. 그럴 때면 난 내 내면을 주시했고, 내 운명의 이미지가 응시하며 크게 뜬 두 눈을 바라보았다. 그 두 눈은 지혜로 가득 찬 듯도 했고, 광기로 가득 찬 것 같기도 했다. 사랑을 발하고 있는 듯도 했고, 깊은 악의를 내비치고 있는 듯도 했다. 아무려나 상관없었다. 그중 어느 것도 선택할 수 없었고, 원할 수도 없었다. 그저 자신만을, 자신의 운명만을 원할 수 있었다. 피스토리우스는 인도자로서 나를 그리로 한 구간 이끌고 가는 데 기여한 셈이었다.

그 당시에 나는 마치 눈이 먼 것처럼 헤매고 돌아다녔다. 내 내면에는 폭풍이 몰아치고 있었고, 내딛는 모든 발걸음이 위험이었다. 내 앞에는 심연의 어둠만이 보였는데, 이제까지의 모든 길이 그 안으로 이어져 가라앉고 있었다. 그리고 내 안에서 나는 인도자의 모습을 보았다. 그 모습은 데미안과 비슷했는데, 그 두 눈엔 내 운명이 자리 잡고 있었다.

나는 종이에 이렇게 적었다. '한 인도자가 나를 떠났어. 나는

캄캄한 어둠 속에 서 있어. 혼자서는 한 발짝도 나아갈 수 없어. 도와줘!'

나는 그것을 데미안에게 보내려 했다. 하지만 그만두었다. 그렇게 하려고 할 때마다 그것은 어린애 같고 무의미해 보였기 때문이다. 하지만 나는 짧은 기도문을 외워서 자주 속으로 중얼거렸다. 그 기도문은 매시간 나와 함께했다. 나는 기도가 무엇인지 예감하기 시작했다.

내 학창 시절이 끝났다. 아버지가 이미 정해 놓은 바에 따르면, 나는 휴가 여행을 떠났다가 대학에 가야만 했다. 뭘 전공해야 할지 난 몰랐다. 철학을 한 학기 듣기로 했다. 다른 어떤 전공을 들었어도 난 똑같이 만족했을 것이다.

6 야곱의 싸움

7

에바 부인

방학 때 나는 몇 년 전 막스 데미안이 어머니와 살았던 집에 한 번 가 보았다. 어떤 나이 든 부인이 정원에서 산책하고 있어서 나는 말을 걸었고, 그 집이 그녀의 소유라는 것을 알게 되었다. 나는 데미안 가족에 대해 물어보았다. 그녀는 그 가족을 잘 기억하고 있었다. 하지만 지금 그들이 어디 사는지는 몰랐다. 내 관심을 눈치챈 그녀는 나를 집 안으로 데리고 들어가더니, 가죽 표지로 된 앨범을 뒤져서는 내게 데미안 어머니의 사진을 한 장 보여 주었다. 그녀의 모습은 내 기억에 더 이상 남아 있지 않았다. 하지만 그 작은 사진을 보았을 때 나는 심장이 멎는 듯했다. 그것은 내 꿈속의 이미지였다! 바로 그녀였다. 큰 키를 지닌, 거의 남성적인 여성의 모습, 아들과 비슷하면서도 모성적인 생김새, 엄격함과 깊은 열정이 느껴지는 용모, 아름답고 유혹적이며, 아름다우면서도 가까이할 수 없는 모습, 수호신이자 어머니, 운명이자 연인. 바로 그녀였다!

내가 그런 식으로 나의 꿈속 이미지가 지구상에 살고 있다는 것을 알게 되었을 때, 그것은 마치 광포한 기적처럼 나를 온통 훑고 지나갔다! 내 꿈속 이미지와 닮았고, 내 운명의 생김새를 한 그런 여인이 존재했던 것이다! 그녀는 어디에 있었던가? 어디에? 그런데 그녀가 바로 데미안의 어머니였다.

그리고 곧장 나는 여행을 시작했다. 기이한 여행이었다! 나는 계속 이 여인을 찾으면서, 생각이 떠오르는 대로 쉼 없이 여기저기로 옮겨 다녔다. 어떤 날은 그녀를 연상시키고 그녀를 떠올리게 하며, 그녀와 비슷한 그런 사람들, 마치 온통 뒤얽힌 꿈에서처럼 낯선 도시의 골목길과 기차역과 열차 안으로 나를 유혹해 가는 그런 사람들만 만날 때가 있었다. 또 어떤 날엔 그렇게 찾아 헤매는 일이 얼마나 부질없는 일인지 깨닫기도 했다. 그럴 때면 아무 일도 하지 않고 공원이나 호텔의 정원 혹은 대합실에 앉아 내 내면을 들여다보며, 내 안의 그 이미지를 생생하게 만들려고 노력했다. 하지만 이제 그 이미지는 잘 모습을 드러내지 않았고 잠시 나타났다 사라졌다. 나는 통 잠을 이룰 수 없었고, 낯선 풍경을 지나 기차를 타고 갈 때만 몇 십 분 꾸벅꾸벅 졸곤 했다. 한번은 취리히에서 어떤 여자가 나를 따라왔다. 예쁘지만 약간 뻔뻔한 여자였다. 나는 마치 그녀가 공기 같은 존재인 듯 쳐다보지도 않고 계속 걸었다. 다른 어떤 여자에게 그저 한 시간이라도 관심을 보이느니 차라리 당장 죽는 게 나을 것 같았다.

난 내 운명이 나를 끌어당기고 있다는 것을 느꼈고, 그것이 실현될 날이 머지않았다는 것도 감지했다. 그런데 그걸 위해 할 수 있는 일이 아무것도 없다는 사실에 조바심이 나 미칠 것 같았다. 내 기억엔 인스부르크였던 것 같은데, 어떤 기차역에서 막 떠나는 기차의 창문으로 그녀를 떠올리게 하는 모습을 본 적이 있었고 그 일로 며칠 동안 비참한 느낌이었다. 그러다 갑자기 밤에 그 모습이 꿈속에서 다시 나타났다. 나는 그렇게 쫓아다니는 것이 무의미하다는 것을 깨닫고 부끄럽고 허전한 느낌으로 잠에서 깨어 곧장 집으로 향했다.

몇 주 후 나는 H대학에 등록했다. 모든 것이 나를 실망시켰다. 내가 들었던 철학사 강의는 대학에 다니고 있는 젊은 친구들의 행태처럼 알맹이도 없고 공장생산 방식처럼 특색이 없었다. 모든 것이 천편일률적이었고, 누구나 다른 사람과 똑같이 행동했으며, 소년티를 못 벗은 얼굴에 감도는 터무니없는 쾌활함은 슬플 정도로 공허했고 기성품같이 보였다! 하지만 난 자유로웠다. 난 하루 종일 나만을 위한 시간을 가졌고, 외곽의 낡은 집에서 조용하고 편안하게 지냈다. 책상 위에는 니체의 책 몇 권이 놓여 있었다. 나는 그와 더불어 살았고, 그 영혼의 고독을 느꼈으며, 쉬지 않고 그를 몰아댄 운명의 냄새를 맡았다. 그와 함께 고통을 받았고, 그토록 가차 없이 자신의 길을 걸어간 누군가가 있었다는 사실에 지극히 행복했다.

언젠가 가을바람이 불고 있는 도심을 저녁 늦게 어슬렁거리고 있을 때였다. 여기저기 술집에서는 학생회 무리가 노래 부르는 소리가 들려왔다. 열린 창문들로부터 담배 연기가 구름처럼 쏟아져 나왔고, 거센 물결 같은 노랫소리는 터질 듯 요란했지만 감흥이라곤 전혀 없었고 생기 없이 획일적이었다.

나는 거리 모퉁이에 서서 귀를 기울이고 있었는데, 술집 두 곳에서 청춘의 명랑함이 딱딱 맞게 훈련된 모습을 하고 밤거리로 쏟아져 나왔다. 어디나 함께 모여 있었고, 어디나 함께 쭈그려 앉아 있었으며, 어디서나 운명을 내려놓고 따뜻하게 모여 있는 무리 가까이로 도피했다!

내 뒤에서 두 명의 남자가 천천히 지나가고 있었다. 나는 그들이 나누는 대화의 일부를 들었다.

"어떤 흑인 마을의 젊은이 집합소랑 똑같지 않습니까?" 한 사람이 말했다. "모든 게 똑같군요. 게다가 문신하는 것도 아직 유행이고요. 보세요. 이게 젊은 유럽의 모습입니다."

그 목소리는 기이하게 경고하는 듯했는데, 귀에 익숙했다. 나는 어두운 골목길을 걷고 있는 두 사람을 따라갔다. 한 사람은 일본인이었는데 작고 세련된 모습이었다. 나는 가로등 아래서 그의 노란 얼굴이 미소 지으며 빛나는 것을 보았다.

그때 다른 사람이 다시 말했다.

"그런데 당신네 일본에서도 더 나은 상황을 기대할 순 없을 겁니다. 무리를 따르지 않는 사람들은 어디서나 드문 존재가 되었으니까요. 여기도 그저 조금 있을 뿐입니다."

한마디 한마디가 기쁨 가득한 놀라움으로 내 몸에 퍼져 나갔다. 말하는 사람을 난 알고 있었다. 그는 데미안이었다.

바람 부는 밤에 나는 어두운 골목을 지나 그와 일본인을 따라갔고, 그들의 대화를 귀 기울여 들었으며 데미안의 목소리를 즐겼다. 그 목소리는 예전의 음색을 그대로 가지고 있었고, 예전의 아름다운 확고함과 편안함을 가지고 있었으며, 나에 대한 지배력을 가지고 있었다. 이제 모든 것이 잘 끝났다. 그를 찾아낸 것이다.

교외의 어느 거리 끝에서 일본인이 작별을 고하면서 어떤 집의 문을 열었다. 데미안은 갔던 길을 되돌아왔고, 나는 거리 한가운데 멈춰 서서 그를 기다렸다. 가슴을 두근거리며 나는 그가 몸을 곧

게 세우고 탄력 있는 걸음걸이로 내게 다가오는 것을 보았다. 갈색의 레인코트를 입고 팔에는 얇은 지팡이를 걸고 있었다. 그는 걸음걸이를 똑같이 유지한 채 내 바로 앞까지 다가와서는 모자를 벗고, 단호한 입과 넓은 이마에 독특한 밝음을 지닌 옛날 그대로의 환한 얼굴을 보여 주었다.

"데미안!" 내가 소리쳐 불렀다.

그는 내게 손을 내밀었다.

"그래, 너 거기 있었구나, 싱클레어! 널 기다리고 있었어."

"내가 여기 있다는 걸 알고 있었어?"

"정확히는 아니지만, 그렇게 되기를 원한 건 분명해. 너를 본 건 오늘 저녁이 처음이고. 네가 내내 우리 뒤를 쫓아왔잖아."

"그러니까 날 금방 알아봤다는 거구나?"

"물론이지. 모습이 변하긴 했지만 넌 표식을 지니고 있잖아?"

"표식? 무슨 표식을 말하는 거야?"

"우린 예전에 그걸 카인의 표식이라고 불렀어. 네가 아직 기억하고 있다면 말이야. 그건 우리의 표식이지. 넌 항상 그걸 지니고 있었어. 그래서 내가 네 친구가 된 거야. 그런데 그게 지금 더 또렷해졌구나."

"난 몰랐어. 아니, 사실은 알고 있었는지도 몰라. 한번은 내가 네 모습을 그린 적이 있어. 그런데 놀랍게도 그게 나와도 닮아 있는 거야. 그게 그 표식이었을까?"

"그래 맞아. 네가 여기 있다니 잘됐다! 어머니도 기뻐하실 거야."

나는 깜짝 놀랐다. "네 어머니? 어머니가 여기 계셔? 어머닌 날 전혀 모르시잖아."

"아니, 어머닌 널 알고 계셔. 네가 누군지 말씀드리지 않아도 어머닌 널 알아보실 거야. 너 오랫동안 아무 소식도 전하지 않더구나."

"오, 편지를 쓰고 싶었지만, 그게 뜻대로 되지 않았어. 얼마 전부터는 내가 널 금방 틀림없이 찾아낼 거라는 느낌이 들었지. 난 매일 그걸 기다렸어."

그는 내게 팔짱을 끼고 나와 함께 계속 걸었다. 편안한 느낌이 그에게서 흘러나와 내 안으로 스며들었다. 우리는 금방 예전처럼 수다를 떨었다. 우리는 학창 시절과 견진성사 수업을 기억해 냈고, 당시 방학 때 불편했던 만남도 떠올렸다. 다만 맨 처음 만나서 우리가 긴밀한 유대관계를 가졌던 일, 프란츠 크로머의 일에 관해서는 이번에도 입에 올리지 않았다.

모르는 새에 우리는 기이하고도 예감에 가득 찬 대화 속에 빠져들어 가 있었다. 우리는 데미안이 아까 일본인과 나눴던 대화를 상기하며 대학생들의 삶에 대해 얘기했고, 거기서부터 출발해 그 주제와 아주 멀리 떨어진 것처럼 보이는 다른 종류의 삶에 대해 얘기를 나눴다. 하지만 그것은 데미안의 언급 속에서 내적인 연관성을 가지고 서로 연결되었다.

그는 유럽의 정신과 이 시대의 특징에 대해 이야기했다. 그의 말에 따르면, 도처에 동맹과 무리 짓기가 지배하고 있는 반면, 그 어디도 자유와 사랑은 없었다. 그는 대학생 단체와 노래 클럽에서부터 국가에 이르기까지 이 모든 공동체는 강제로 결성된 것이며, 그것은 불안과 두려움 그리고 당황스러움 때문에 맺어진 것이어서, 내부가 썩어 있으며 몰락이 멀지 않았다고도 했다.

"연대한다는 건." 데미안이 말했다. "멋진 일이지. 하지만 우리가 지금 보고 있는, 도처에서 피어나는 연대는 전혀 그렇지 않아. 진정한 연대는 각자가 서로에 대해 아는 데서부터 새로 생겨날 거고, 그것이 한동안 세상을 바꿔 놓을 거야. 지금 저런 식의 연대는 그저 무리 짓기에 불과해. 사람들은 서로에게 두려움을 가지고 있기 때문에 서로에게 도피하는 거야. 신사는 신사끼리, 노동자는 노동자끼리, 학자는 학자끼리! 그런데 그들은 왜 두려워하는 걸까? 사람들이 자기 자신과 하나가 되지 못할 때 오로지 그때 두려움이 생기는 거야. 그들은 자기 자신을 믿는다고 고백해 본 적이 없기 때문에 두려워하는 거지. 자기 내면의 알 수 없는 걸 두려워하는 사람들만 모인 공동체라니! 그들 모두 자신들의 삶의 법칙들이 더 이상 맞지 않는다는 것과, 자기들이 낡은 계명에 따라 살고 있다는 것, 그리고 자신들의 종교나 도덕성 그 어느 것도 우리가 필요로 하고 있는 것에 적절하지 않다는 것을 느끼고 있어. 유럽은 백 년 넘게 아직 연구만 하고 그저 공장만 짓고 있어! 그들은 사람을 한 명 죽이려면 몇 그램의 화약이 필요한지 정확히 알고 있지. 하지만 그들은 신에게 어떻게 기도하는지는 모르고, 한 시간만이라도 만족할 수 있는 방법 같은 것조차 전혀 몰라. 대학생들이 모이는 술집을 한번 봐! 아니면 부자들이 가는 유흥업소를 보든지! 절망적이야! 이봐 싱클레어, 그 모든 것으로부터 어떤 명랑함도 나올 수가 없어. 이런 식으로 겁을 먹고 모인 사람들은 두려움과 악의에 가득 차 있어서 아무도 다른 사람을 믿지 않아. 그들은 이제 더는 이상理想이 아닌 것들에 매달리고, 새로운 이상을 세우는 사람을 모두 돌로 쳐. 수많은 다툼이 있을 거라는 걸 난 느껴. 그런 싸움이 있게 될 거야, 날 믿어. 곧 벌어질 거야! 당연히 그런 싸움들이 세계를 '개선'하지는 못할 거야. 노동자들이 자신들의 고용주를 때려죽이든, 러시아와 독일이 서로에게 총질을 해 대든 그저 주인만 바뀔 뿐이야. 하지만 그래도 아무 성과가 없진 않을 거야. 그건 오늘날의 이상들이 무가치하다는 걸 밝혀 줄 거고, 석기시대의 신들을 싹 청소해 버릴 테니까. 지금과 같은 모습의 이 세계는 죽어 갈 거고 멸망하겠지. 그렇게 될 거야."

"그러면 우리는 어떻게 되는 거지?" 내가 물었다.

"우리? 아, 아마 우리도 함께 멸망하겠지. 사람들이 우리 같은 존재를 때려죽이지 말란 법은 없으니까. 하지만 그런다고 해서 우리가 완전히 제거되는 건 아니야. 우리에게서 남은 것 주위나, 아니면 우리 가운데 살아남은 사람들 주위로 미래의 의지가 결집될 거야. 우리의 유럽이 한동안 기술과 과학을 파는 큰 장터를 벌여 놓고 고래고래 소리를 지르는 통에 들리지 않았던 인류의 의지가 모습을 드러내겠지. 그러면 오늘날의 공동체나 국가와 민족, 연맹들과 교회들의 의지가 인류의 의지와 하등의 공통점이 없다는 점이 드러날 거야. 오히려 자연이 인간에게 원하는 건 개개인의 내면에, 너와 내 안에 쓰여 있어. 예수의 내면에도 있었고, 니체의 내면에도 있었지. 단 하나의 이 중요한 흐름들을 위한 — 물론 그것들이 매일 달라 보일 수는 있겠지만 — 여지가 생겨날 거야. 지금의 공동체들이 무너져 내리면 말이지."

늦은 시각에 우리는 강가에 있는 어떤 정원 앞에 멈춰 섰다.

"우린 여기 살아." 데미안이 말했다. "곧 한번 와! 우린 널 몹시 기다리고 있어."

나는 기쁜 마음으로, 차가워진 밤공기를 맞으며 제법 먼 거리를 걸어 집으로 갔다. 시내 여기저기에선 집으로 돌아가는 대학생들이 시끄럽게 떠들며 비틀거리고 있었다. 때로는 결핍감을 느끼고 때로는 조소하며, 나는 자주 그들의 우스꽝스러운 쾌활함과 나의 고독한 삶 사이의 대비를 느껴 왔었다. 하지만 그것이 나와 얼마나 상관없는 일인지, 이 세계가 나와 얼마나 멀리 떨어져 사라지고 없는지, 오늘처럼 평온하게 남모르는 힘을 가지고 느낀 적은 없었다. 나는 내 고향의 관리들, 위엄을 부리는 늙은 신사들을 기억에 떠올렸다. 그들은 자신들이 선술집에서 흥청망청하던 대학 시절에 대한 추억이 마치 축복받은 낙원에 대한 기억이라도 되는 듯 거기에 매달렸고, 마치 시인들이나 다른 낭만주의자들이 유년기를 숭배하듯 이제는 사라져 버린 대학생 시절의 '자유'를 숭배했다. 어디나 똑같았다! 어디서나 그들은 지나간 과거 어딘가에 있는 '자유'와 '행복'을 찾아 헤맸다. 누군가 자신들의 책임을 기억나게 하거나, 자신들이 가야 할 길에 대한 경고를 할 것 같은 두려움, 오로지 그 두려움 때문이었다. 그들은 몇 년간 실컷 퍼마시고 환성을 지른 후에 밑으로 숨어 들어가 공직을 수행하는 근엄한 신사가 되었다. 그렇다. 썩어 있었다. 우리의 삶은 썩었다. 그런데 이 대학생들의 우둔함은, 그래도 다른 수많은 우둔함보다 덜 우둔했고, 덜 심각한 편이었다.

하지만 외진 곳에 있는 내 집에 도착해 침대에 누웠을 때 이 모든 생각은 사라져 버린 상태였다. 그리고 내 모든 생각은 기대에 찬 채 오늘이 내게 준 커다란 약속에 쏠려 있었다. 원하기만 하면 내일이라도 난 데미안의 어머니를 볼 수 있었다. 대학생들이 술집을 멀리하든 얼굴에 문신을 하든 세상이 썩어서 몰락을 기다리든 그게 나와 무슨 상관이 있단 말인가! 나는 내 운명이 새로운 모습으로 내게 다가오는 것만을 기다렸다.

　나는 아침 늦게까지 깊은 잠을 잤다. 새로운 날이 장엄한 축제의 날처럼 내게 밝아 왔다. 어린 시절 성탄절 축제 이래로 한 번도 경험하지 못한 그런 날이었다. 나의 내면은 잔뜩 동요하고 있었지만 조금도 두렵지 않았다. 나를 위한 중요한 날이 밝아 온 것 같은 느낌이 들었고, 나는 내 주위의 세상이 변화해, 무언가를 기다리면서 연관성이 풍부하고 엄숙해져 있는 것을 보았고 그렇게 느꼈다. 조용하게 부슬부슬 내리는 가을비조차 아름답고 고즈넉했으며, 축제일처럼 진지하면서도 경쾌한 음악으로 가득했다. 처음으로 바깥 세계와 내 내면 세계가 어울려 순수한 화음을 이뤘다. 그러면 영혼의 축제일이 도래한 것이고, 그러면 사는 것은 그만한 가치가 있는 법이다. 거리에서 마주치는 집들, 진열창들, 그 어떤 얼굴도 내 마음에 거슬리지 않았고, 모든 것이 그 본연의 모습이었다. 일상의 익숙하고 공허한 얼굴이 아니라, 기대에 부푼 모습으로, 경외감에 가득 차 운명을 맞을 준비를 하고 있었다. 아주 어렸을 때 성탄절이나 부활절같이 큰 축제일 아침이면 나는 세상을 이런 식으로 보곤 했었다. 나는 이 세상이 여전히 이렇게 아름다울 수 있으리라고는 전혀 모르고 있었다. 나는 내면의 삶에 익숙해져 있었고, 저 밖에 있는 것에 대한 감각이 이미 사라져 버렸다는 식으로 타협하거나, 반짝이는 색채들을 상실하는 것은 유년의 상실과 피할 수 없이 연결되어 있다고, 그리고 우리가 영혼의 자유와 남성다움을 얻기 위해선 이 아름다운 광채를 어느 정도 포기하는 대가를 치러야만 한다는 식으로 타협하는 것에 익숙해져 있었다. 그런데 황홀하게도 지금 이 모든 것이 단지 파묻힌 채 어두워져 있었을 뿐이고, 자유를 얻은 사람이나 어린아이의 행복을 포기한 사람도 세상이 빛나는 것을 볼 수 있고, 어린아이의 시선으로 내적 전율을 맛볼 수 있다는 것을 알게 되었다.

지난밤 막스 데미안과 헤어졌던 교외의 그 정원으로 다시 찾아갈 시간이 되었다. 비에 젖은 잿빛의 키 큰 나무들 뒤에, 밝고 아늑한 작은 집 한 채가 숨어 있었다. 커다란 유리벽 뒤에 꽃이 핀 관목들이 서 있었고, 잘 닦인 창문들 뒤쪽으로는 그림들과 서가가 배치된 짙은 벽이 있었다. 현관문이 열리자 곧장 따뜻한 작은 홀이 나왔다. 검은 피부에 하얀 앞치마를 두른, 말 없는 늙은 가정부가 나를 안으로 맞아들여 내게서 외투를 받아 들었다.

그녀는 홀에 나를 혼자 남겨 두었다. 나는 주위를 둘러봤는데 그러자 곧장 내 꿈 한가운데 서 있게 되었다. 문 위에 있는 짙은 나무 벽에, 내가 잘 아는 그림이 검은 테를 두른 유리액자 속에 든 채 걸려 있었다. 황금빛 새매의 머리를 하고 세계의 알에서 솟구쳐 오르고 있는 나의 새였다. 나는 감동에 사로잡힌 채 그대로 서 있었다. 내가 이제까지 행하고 체험했던 모든 것이 이 순간 대답과 성취로 내게 돌아온 것 같아 기쁘면서도 심장 주위가 아렸다. 나는 수많은 이미지들이 번개처럼 빠르게 내 영혼을 스쳐 지나가는 것을 보았다. 현관문 위에 오래된 석조 문장이 있는 고향의 부모님 집, 그 문장을 그리고 있던 어린 시절의 데미안, 내 적대자인 크로머의 악한 손아귀에 걸려들어 두려움에 가득 차 있는 어린 시절의 나, 학창 시절 내 방의 책상에 조용히 앉아 내 동경의 새를 그리고 있는 청소년기의 나, 제가 짜 놓은 그물망에 걸려 어쩔 줄 모르는 영혼, 그리고 모든 것, 이 순간에 이르기까지의 모든 것이 내 안에서 메아리쳤고, 내 안에서 긍정되고 대답을 얻었으며 인정받았다.

축축해진 눈으로 나는 내 이미지를 응시하며 나의 내면을 읽고 있었다. 그때 내 시선이 아래쪽으로 향했다. 새의 그림 아래 열린 문 안에 짙은 색의 옷을 입은 커다란 여인이 서 있었던 것이다. 바로 그녀였다.

나는 아무 말도 할 수 없었다. 아들과 마찬가지로 시간도 나이도 알 수 없이 생기가 도는 의지 가득한 얼굴로, 아름답고 고귀한 여인이 내게 다정하게 미소 짓고 있었다. 그녀의 시선은 성취였고, 그녀의 인사는 귀향을 의미했다. 나는 말없이 그녀에게 두 손을 내밀었다. 그녀는 따뜻한 두 손으로 내 손을 꼭 잡았다.

"당신이 싱클레어군요. 한눈에 알아봤어요. 환영해요!"

그녀의 음성은 깊고도 따뜻했다. 나는 그 음성을 마치 달콤한 포도주처럼 들이마셨다. 그리고 이제 눈을 들어 그녀의 고요한 얼굴과, 깊이를 알 수 없는 검은 두 눈, 생기 있고 성숙한 입, 표식을 지니고 있는 탁 트이고 품위 있는 이마를 바라보았다.

"얼마나 기쁜지 모르겠어요!" 나는 이렇게 말하며 그녀의 두 손에 입을 맞췄다. "제 생각엔 일생 동안 언제나 헤매 다녔던 것 같은데, 이제야 집에 돌아온 듯합니다."

그녀는 어머니 같은 미소를 지었다.

"집으로 돌아가는 사람은 없어요." 그녀가 다정하게 말했다. "하지만 서로 친숙해진 길들이 합류하는 곳에서는 온 세계가 잠시 고향처럼 보인답니다."

그녀는 내가 그녀에게로 오는 도중에 느꼈던 것을 말하고 있었다. 그녀의 목소리뿐 아니라 그녀가 사용하는 말 역시 아들의 그것과 아주 비슷했지만, 그러면서도 완전히 달랐다. 모든 면에서 더 성숙했고, 더 따뜻했으며, 더 자명했다. 하지만 예전에 막스가 누구에게도 어린아이라는 인상을 주지 않았던 것처럼, 그의 어머니도 전혀 어른이 된 아들이 있는 어머니로 보이지 않았다. 그녀의 얼굴과 머리카락에 어려 있는 분위기는 그처럼 젊고 감미로웠고, 금빛 나는 그녀의 피부는 그처럼 팽팽하고 주름 하나 없었으며, 그 입은 그처럼 생기가 넘쳤다. 내 꿈속에서보다 더 제왕 같은 면모를 하고 그녀가 내 앞에 서 있었다. 그녀와 가까이 있는 것은 사랑의 행복이었으며, 그녀의 시선은 성취였다.

그러니까 이것이 바로 내 앞에 모습을 드러낸 내 운명의 새로운 이미지였다. 그것은 더 이상 엄격하지도 않으며, 더 이상 고독하게 만들지도 않았다. 아니, 성숙하고 즐거움이 넘쳤다! 나는 어떤 결심도 하지 않았으며, 어떤 맹세도 하지 않았다. 나는 하나의 목적지에, 어떤 높은 길 위에 도달했다. 그곳으로부터 앞으로 나아갈 길이 약속의 땅들을 향해 넓고 광대하게 모습을 드러냈는데, 그 길엔 머지않은 행복이 나무처럼 그늘을 드리워 놓고 있었고, 온갖 즐거움이 있는 정원들이 가까이에서 그 길을 시원하게 식혀 놓고 있었다. 운명이 나를 어떤 길로 데리고 가든, 세상에 이 여인이 존재한다는 것을 알게 된 것과, 그녀의 목소리를 마시며 그녀 가까이에서 숨 쉬는 것이 나는 행복했다. 그녀는 내 어머니가 되거나, 내 애인 혹은 내 여신이 될 수도 있었다. 그녀가 거기 있기만 하다면, 나의 길이 그녀의 길에 가까이 있기만 하다면 말이다!

그녀가 내 매의 그림을 가리켰다.

"당신이 우리 막스에게 이 그림을 보내왔을 때보다 그가 더 기뻐한 적은 없었어요." 그녀가 사색에 잠겨 말했다. "그리고 나도 마찬가지였지요. 우리는 당신을 기다렸어요. 그리고 이 그림이 도착했을 때, 우리는 당신이 우리에게 오고 있는 중이라는 걸 알았어요. 당신이 아직 어린아이였을 때, 싱클레어, 어느 날 내 아들이 학교에서 오더니 이렇게 말하더군요. '어떤 애가 있는데, 그 애 이마에 표식이 있어요. 그 애는 틀림없이 내 친구가 될 거예요.' 그게 당신이였지요. 쉽진 않았을 거예요. 하지만 우린 당신을 믿었지요. 언젠가 당신이 방학을 맞아 집에 왔을 때 다시 막스를 만난 적이 있지요. 그때 당신은 대략 열여섯쯤 되었을 거예요. 막스가 내게 그 얘기를 해 주었지요."

내가 말을 막았다. "오, 당신에게 그 얘기를 했다니! 그때는 내가 가장 비참했던 시기였어요!"

"그래요, 막스가 내게 이러더군요. '지금 싱클레어는 가장 큰 어려움에 직면해 있어요. 그 애는 다시 한번 사람들 무리로 도망치려고 하고 있어요. 심지어 술집 단골이 되어 있더라고요. 하지만 그 시도가 성공하진 못할 거예요. 그의 표식이 가려져 있긴 하지만, 은밀히 그 애를 태우고 있으니까요.' 그렇지 않았나요?"

"오, 그랬지요. 말씀하신 그대로예요. 그러고 나서 전 베아트리체를 발견했고, 이어서 마침내 다시금 한 인도자가 제게 나타났지요. 그는 피스토리우스란 사람이었어요. 그제야 내 유년기가 왜 그토록 막스와 연관되어 있었는지, 내가 왜 그에게서 벗어날 수 없었는지 분명하게 알게 되었지요. 친애하는 부인, 사랑하는 어머니, 전 당시에 자살을 해야겠다는 생각을 자주 했었습니다. 그 길은 누구에게나 그렇게 어려운 건가요?"

그녀가 손으로 내 머리카락을 마치 바람처럼 가볍게 쓰다듬었다.

"태어나는 것은 언제나 어려운 일이에요. 당신도 알다시피, 새는 알을 깨고 나오기 위해 온갖 애를 쓰지요. 과거를 뒤돌아보면서 물어보세요. '그 길이 정말 그렇게 어려웠던가? 어렵기만 했던가? 아름답기도 하지 않았던가?' 당신은 더 아름답고 쉬운 길을 알고 있었나요?"

나는 고개를 저었다.

"그건 힘들었어요." 나는 잠꼬대하듯 말했다. "꿈이 찾아오기 전까진 힘들었어요."

그녀는 고개를 끄덕이며 뚫어질 듯 나를 바라보았다.

"그래요, 우린 스스로의 꿈을 발견해야 해요. 그러면 그 길은 쉬워지지요. 하지만 영원히 지속되는 꿈은 없어요. 모든 꿈은 새로운 꿈에 의해 대체되지요. 우리는 어떤 꿈도 끝까지 움켜쥐려고 해선 안 돼요."

나는 마음속 깊이 놀랐다. 그게 벌써 일종의 경고였을까? 혹은 방어였을까? 그러나 아무래도 좋았다. 나는 그녀의 인도에 따라 목적지를 묻지 않고 나아갈 준비가 되어 있었다.

"전 모르겠어요." 내가 말했다. "제 꿈이 얼마나 지속될지. 영원히 지속되었으면 하는 바람이에요. 새의 그림 아래서 내 운명이 나를 마치 어머니처럼, 연인처럼 맞아 주었어요. 나는 그 운명 외에는 다른 누구에게도 속해 있지 않아요."

"그 꿈이 당신의 운명인 한 당신은 그것에 충실해야 해요." 그녀가 진지하게 확인해 주었다.

어떤 슬픔과 이 마법 같은 순간에 죽었으면 하는 애절한 소망이 나를 사로잡았다. 눈물이 내 안에서 쉴 새 없이 솟구쳐 나와 —

얼마나 오랫동안 나는 울지 않았던가! — 나를 덮치려는 것을 느꼈다. 나는 급히 그녀로부터 몸을 돌려 창가로 다가섰고, 눈물 때문에 아무것도 보이지 않는 눈으로 화분의 꽃들 너머를 바라보았다.

등 뒤에서 나는 그녀의 음성을 들었다. 그 음성은 편안했지만 마치 포도주가 넘칠 정도로 가득 찬 잔처럼 다감함이 가득했다.

"싱클레어, 정말 어린아이로군요! 당신의 운명은 당신을 사랑하고 있어요, 분명히. 언젠가 그 운명은 당신이 꿈꾸는 것처럼 온전히 당신 것이 될 거예요. 당신이 충실하다면 말이죠."

나는 감정을 추스르고 다시 그녀에게 얼굴을 돌렸다. 그녀는 내게 손을 내밀었다.

"내게 친구 몇 명이 있어요." 그녀가 미소 지으며 말했다. "몇 안 되는 아주 가까운 친구들인데, 그들은 나를 에바 부인이라고 부르지요. 원한다면 당신도 날 그렇게 불러요."

그녀는 나를 문 쪽으로 데리고 가 문을 열고 정원을 가리켰다. "저기 바깥쪽에 막스가 있을 거예요."

온통 마음이 흔들린 채 나는 키 큰 나무들 아래서 멍하게 서 있었다. 평소보다 더 말짱한 정신이었는지, 아니면 더 꿈을 꾸는 듯했는지는 알 수 없었다. 나뭇가지에서 빗방울이 기분 좋게 떨어지고 있었다. 나는 천천히 정원 안으로 들어섰다. 정원은 강기슭을 따라 멀리 뻗어 있었다. 마침내 나는 데미안을 발견했다. 그는 문이 열린 작은 정자 안에서 웃옷을 벗은 채 샌드백을 걸어 놓고 권투 연습을 하고 있었다.

나는 놀라서 멈춰 섰다. 데미안은 매혹적으로 보였다. 떡 벌어진 가슴, 견고하고 남자다운 머리, 팽팽하게 근육이 불거진 두 팔을 들고 있는 모습은 강하고 억세 보였고, 솟아나는 샘물처럼 허리와 어깨 그리고 팔의 관절에서 움직임이 흘러나왔다.

"데미안!" 내가 불렀다. "너 거기서 뭐하고 있는 거야?"

그는 기쁘게 웃었다.

"연습하고 있어. 지난번 그 작은 일본인과 시합하기로 했거든. 그 친구는 고양이처럼 날쌔고 그만큼 약삭빠르지. 하지만 날 마음 먹은 대로 할 수는 없을 거야. 별거 아니지만 내가 그 친구에게 빚진 게 있어."

그는 셔츠와 재킷을 걸쳤다.

"너 벌써 어머닐 만난 거야?" 그가 물었다.

"응. 데미안, 네 어머닌 정말 멋진 분이더구나! 에바 부인! 그 이름이 딱 맞는 분이야. 그분은 모든 존재의 어머니 같아."

그는 생각하는 듯 잠깐 내 얼굴을 쳐다보았다.

"너 그 이름을 벌써 알고 있는 거야? 야, 자랑스러워해도 되겠는데! 어머니가 누굴 만나자마자 그 이름을 알려 준 건 네가 처음이야."

그날부터 나는 마치 아들이자 형제처럼 그리고 연인처럼 그 집을 드나들었다. 내가 등 뒤로 문을 닫고 그 집에 들어설 때면, 아니 멀리서 정원에 있는 키 큰 나무들이 나타나는 걸 보기만 해도 나는 풍요롭고 행복했다. 저 밖에는 '현실'이 있었고, 저 밖에는 거리와 집들, 사람들과 시설들, 도서관과 강의실이 있었다. 하지만 이 안에는 사랑과 영혼이 있었고, 여기엔 동화와 꿈이 살고 있었다. 하지만 그렇다고 우리가 세상과 담을 쌓고 지낸 것은 결코 아니었다. 생각과 대화 속에서 우리는 자주 세상의 한복판에 살았다. 다만 우리는 다른 영역에 있었을 뿐이다. 우리는 대다수의 사람과 경계를 통해 분리된 것이 아니라, 단지 다른 식의 시각을 통해 분리되어 있었다. 우리의 과제는 세상 속에서 하나의 섬, 어쩌면 하나의 모범을 제시하는 것, 그중 어떤 것이든 삶의 다른 가능성을 알리는 것이었다. 오랫동안 혼자 지냈던 나는 완전한 고독을 맛본 사람들 사이에서나 가능한 공동체를 알게 되었다. 나는 이제 더 이상 행복한 사람들의 식탁이나 즐거운 사람들의 축제로 되돌아갈 생각을 하지 않았으며, 다른 사람들이 함께 있는 것을 보아도 질투나 향수가 일지 않았다. 그리고 '표식'을 지닌 사람들의 비밀에 대해 차츰 소상히 알게 되었다.

표식을 가진 우리와 같은 사람들은 당연히 세상 사람들에겐 기이하게, 아니 미쳤거나 위험하게 생각될 수도 있었다. 우리는 각성한 사람들, 혹은 각성해 가고 있는 사람들이었다. 그리고 우리의 노력은 점점 더 완전한 각성을 목표로 하고 있었다. 반면 다른 사람들의 노력과 행복 찾기가 목표로 삼았던 것은, 자신들의 견해와 이상 그리고 의무, 자신들의 삶과 행복을 점점 무리의 그것과 밀접하게 연결시키는 것이었다. 거기에도 노력은 있었고, 거기에도 힘과 위대함은 있었다. 하지만 우리가 보기에 표식을 지닌 우리가 새로운 것, 개별적인 것, 미래의 것을 향한 자연의 의지를 제시하는 반면, 다른 사람들은 기존의 것을 고수하려는 단 하나의 의지 속에서 살았다. 그들에게 인류는 —그들 역시 우리처럼 사랑하는 그 인류는 — 보존되고 보호되어야 할 완성된 어떤 것이었다. 우리에게 인류는 우리 모두가 그것을 향해 가는 중에 있으며, 그 모습은 아무도 모르고, 그 법칙은 어디에도 기록되어 있지 않은 먼 미래였다.

우리 모임엔 에바 부인과 막스 그리고 나 외에, 조금 더 가깝기도 하고 조금 멀기도 한 아주 다양한 구도자들이 여럿 있었다. 그들 중 어떤 사람들은 특별한 오솔길을 걸어갔고, 자기만의 목표를 세워 놓거나, 특이한 견해나 의무에 매달렸다. 그들 가운데는 천문학자와 카발라 연구자도 있었고, 톨스토이 백작의 추종자도 한 명 있었다. 그리고 온갖 종류의 섬세하고, 수줍고, 상처받기 쉬운 사람들, 새로운 종파의 추종자, 인도 요가 수행자, 채식주의자 등등이 있었다. 사실 우리가 이 모든 사람과 공유했던 것은 어떤 정신적인 것이 아니라, 다른 사람의 은밀한 삶의 꿈을 존중한다는 것이었다. 우리와 더 가까웠던 이들은, 인류가 과거에 신들과 새로운 소망상을 찾고자 했던 노력을 추적하는 사람들이었다. 그들의 연구는 내가 알던 피스토리우스를 자주 생각나게 했다. 그들은 여러 가지 책을 가지고 와서 고대어로 된 텍스트를 우리에게 번역해 주었고, 옛 상징들과 의식儀式이 그려진 도판을 우리에게 보여 주었으며, 지금까지 인류가 소유한 모든 이상이 어떤 식으로 무의식적 영혼의 꿈들로 이루어져 있는지, 그 꿈속에서 인류가 더듬거리며 미래의 가능성들에 대한 예감을 좇아갔는지를 볼 수 있도록 가르쳐 주었다. 그렇게 우리는 수천 개의 머리가 뒤엉킨 고대 세계의 신들을, 기독교로의 전향이 시작될 무렵까지 훑어보았다. 우리는 고독하고 경건한 사람들의 신앙고백과, 한 민족에서 다른 민족을 거치며 종교가 변화하는 모습에 대해 알게 되었다. 그리고 우리가 모은 모든 자료를 통해 우리 시대와 현재의 유럽에 대한 비판이 생겨났다. 지금 유럽은 엄청난 노력을 기울여 인류의 강력한 새로운 무기들을 만들어 냈지만, 결국은 너무 심각해 숨길 수 없을 만큼 정신이 황폐해져 있었다. 유럽은 온 세계를 얻은 대신, 자신의 영혼을 잃어버렸기 때문이다.

여기에도 특정한 희망과 구원의 가르침을 신봉하고 고백하는 사람들이 있었다. 유럽을 개종시키려는 불교 신도들도 있었고, 톨스토이의 추종자도 있었으며, 다른 신앙들도 있었다. 아주 친근한 우리 소그룹은 그런 가르침을 귀 기울여 듣긴 했지만, 그 어느 것도 상징 이상으로는 받아들이지 않았다. 표식을 가진 우리에겐 미래가 어떤 식으로 형성될까 근심할 의무는 없었다. 우리에겐 모든 신앙고백과 구원의 가르침이 이미 오래전에 죽었거나 쓸모없는 것처럼 보였다. 우리가 유일하게 의무이자 운명이라고 느낀 것은, 우리 각자가 완전히 자기 자신이 되는 것, 자신의 내면에서 작용하는 자연의 씨앗의 요구에 따라 그 뜻대로 사는 것이었으며, 불확실한 미래가 무엇을 가져오든 그것에 준비된 모습을 보이는 것이었다.

왜냐하면 입 밖에 내든 안 내든 우리가 느끼기에 새로운 탄생과 지금 있는 것의 붕괴가 가까이 왔고, 이미 감지할 정도가 되었다는 것이 분명했기 때문이다. 데미안은 때로 내게 이렇게 말했다. "무엇이 올지는 짐작할 수 없어. 유럽의 영혼은 한없이 오랫동안 사슬에 묶여 있던 한 마리의 짐승이야. 풀려나면 그 첫 번째 움직임은 그렇게 사랑스럽진 않을 거야. 하지만 사람들이 너무도 오랫동안 계속해서 없다고 속이고 무관심하게 만들고 있는 영혼의 진정한 궁핍이 드러나면, 어떤 길을 가거나 우회로를 택하는 것은 중요하지 않아. 그때가 우리의 날이 될 거야. 그때가 되면 사람들이 우리를 필요로 하겠지. 지도자나 새로운 입법자로서가 아니라 ― 우리는 더 이상 새로운 법을 경험하진 못할 거야 ― 뜻이 있는 사람으로서, 운명이 부르는 곳으로 함께 가고 거기에 서 있을 준비가 되어 있는 사람으로서 말이야. 잘 봐. 모든 사람이 자기들의 이상이 위협받으면 믿기 힘든 일을 벌일 준비가 되어 있어. 하지만 정작 어떤 새로운 이상, 뭔가 성장해 가는, 새로우면서도 아마 위험하고 섬뜩한 움직임이 문을 두드릴 땐 아무도 그 자리에 없어. 그때 그 자리에 있고 함께 가는 소수의 사람들이 바로 우리가 될 거야. 그걸 위해 우리는 표식을 받은 거야. 마치 카인이 두려움과 증오를 일으키고, 당시의 인류를 비좁은 목가적 생활로부터 위험한 벌판으로 몰아내기 위해 표식을 받은 것처럼 말이지. 인류가 가는 길에 영향을 끼친 모든 사람은 하나같이 운명에 대한 준비가 되어 있었기 때문에, 오직 그 때문에 유능했고 영향을 미칠 수 있었던 거야. 모세와 부처가 그랬고, 나폴레옹과 비스마르크가 그랬지. 어떤 조류에 봉사하는가, 어떤 목표에 의해 지배를 받는가 하는 것은 그가 선택할 수 있는 문제가 아니야. 비스마르크가 사회민주주의자들을 이해하고 그들의 뜻을 따랐다면, 그는 똑똑한 사람일 수는 있었어도 운명의 인간이 될 수는 없었을 거야. 그건 나폴레옹이나 카이사르, 로욜라와 그 모든 사람에게도 해당되는 얘기지! 우린 그 문제를 언제나 생물학적으로 그리고 진화사적으로 생각해 봐야 해! 지표면의 지각변동이 수생동물을 뭍으로, 육상동물을 물속으로 던졌을 때 듣도 보도 못 한 새로운 것을 해내고 새롭게 적응함으로써 자신들의 종을 구할 수 있었던 것은 운명을 맞을 준비가 되어 있던 표본들이었어. 그것들이 전에 자신들의 종 안에서 보수적이고 보존하려는 존재로서 탁월했는지, 아니면 별종이거나 혁명적인 존재였는지 우린 몰라. 그들은 준비가 되어 있었고 그런 탓에 자신들의 종을 새로운 진화의 세계로 구원해 갈 수 있었던 거야. 그건 우리가 알고 있지. 그렇기 때문에 우리는 준비를 갖춰 놓으려는 거야."

그렇게 대화를 나눌 때면 자주 에바 부인이 동석했다. 하지만 이런 식의 대화에 끼어들진 않았다. 우리의 생각을 말할 때 그녀는 신뢰와 이해심을 가득 담아 우리 둘 모두에게 귀 기울였고 메아리가 되었다. 마치 우리의 모든 생각이 그녀에게서 흘러나와 다시 그녀에게로 되돌아가는 것처럼 보였다. 그녀와 가까이 앉아 때때로 그 목소리를 듣는 것, 그리고 그녀를 에워싸고 있는 성숙함과 영혼의 분위기에 참여하는 것이 내겐 행복이었다.

내 안에서 어떤 변화, 울적해지거나 혹은 새로워지는 기색이 보이면 그녀는 곧바로 알아차렸다. 내가 자면서 꾸는 꿈들은 마치 그녀에게서 온 계시 같았다. 나는 자주 그 꿈들을 그녀에게 털어놓았는데, 그것들은 그녀가 이해할 수 있는 자연스러운 것이었고, 그녀의 명료한 감각으로 쫓아갈 수 없는 그런 기이함 같은 것은 전혀 없었다. 나는 한동안 우리가 낮에 나눈 대화를 모방한 것 같은 꿈들을 꾸었다. 나는 온 세계가 격동하는 가운데 내가 혼자서 혹은 데미안과 함께 긴장한 채 위대한 운명을 기다리고 있는 꿈을 꾸었다. 그 운명은 가려져 있었지만, 어딘지 에바 부인의 특징을 지니고 있었다. 그녀에게 선택되거나 그녀에 의해 내쳐지는 것, 그것이 운명이었다.

때로 그녀는 미소를 띠며 말했다. "당신의 꿈은 완전하지 않아요, 싱클레어. 당신은 최상의 것을 잊고 있어요." 그러면 다시 내게 그 기억이 떠오르곤 했는데, 나는 내가 대체 그걸 어떻게 잊어버릴 수가 있었는지 이해가 되지 않았다.

때때로 나는 불만에 가득 찼고 욕망에 시달렸다. 그녀를 품에 안지 못하고 그저 옆에 있는 걸 바라보기만 하는 건 더 이상 참을 수 없을 것 같았다. 그런 낌새도 그녀는 곧바로 알아차렸다. 언젠가 내가 며칠 동안 모습을 드러내지 않다가 혼란스러운 모습으로 다시 나타났을 때 나를 한쪽으로 데려가더니 말했다. "당신이 믿지도 않는 소원에 자신을 맡겨선 안 돼요. 난 당신이 원하는 걸 알아요. 당신은 이 소원을 포기할 수 있어야만 하거나, 아니면 온전히 제대로 원해야 해요. 그 성취가 당신의 내면에서 분명해지기를 언젠가 당신이 바랄 수 있을 때 그 소원은 이뤄지는 거예요. 하지만 당신은 소원을 가졌다가 그걸 다시 후회하고, 그러면서 두려워하고 있어요. 그 모든 것은 극복되어야만 해요. 당신에게 동화를 하나 들려줄게요."

그러더니 그녀는 별과 사랑에 빠진 어떤 젊은이에 관한 얘기를 들려주었다. 그는 바닷가에 서서 두 손을 뻗어 별에게 기도했고, 별에 관한 꿈을 꾸었으며, 온통 생각을 별에 집중했다. 하지만 그는 사람이 별을 품에 안을 수는 없다는 것을 알고 있었다. 아니 알고 있다고 생각했다. 그는 이루어지리라는 희망도 없이 별을 사랑하는 것이 자신의 운명이라고 여겼다. 그는 이러한 생각을 가지고, 자신을 개선시키고 정화시킬 말 없이 충직한 고통과 포기에 관해 삶 전체를 아우르는 시를 지었다. 하지만 그의 꿈들은 모두 별을 향하고 있었다. 한번은 그가 밤에 다시 바닷가에 있는 높은 절벽 위에 서 있었다. 그리고 별을 바라보며 별에 대한 사랑을 불태웠다. 그러더니 그리움이 절정에 이르는 순간 별을 향해 펄쩍 뛰어올라 허공으로 몸을 던졌다. 그런데 뛰어오르는 순간 '이건 불가능한 일이야!'라는 생각이 번개처럼 뇌리를 스쳤다. 그는 해변에 떨어져 산산조각이 나 버렸다. 그는 사랑하는 방법을 몰랐던 것이다. 만약 그가 뛰어오르는 순간에 소망이 실현되리라는 것을 확실하고도 굳게 믿을 수 있는 영혼의 힘을 가졌더라면 하늘로 날아올라 별과 하나가 되었을 것이다.

"사랑을 애원해서는 안 돼요." 그녀가 말했다. "요구해서도 안 되고요. 사랑은 스스로의 내면에서 확신에 이르는 힘을 가져야만 해요. 그러면 사랑은 이끌리는 것이 아니라 이끌게 되지요. 싱클레어, 당신의 사랑은 내게 이끌리고 있어요. 그 사랑이 언젠가 나를 끌어당기면 내가 갈 거예요. 나는 선물로 주고 싶진 않아요. 나는 획득되기를 원해요."

그런데 다음번에 그녀는 내게 다른 동화를 들려주었다. 이루어질 희망도 없이 사랑에 빠진 남자가 있었다. 그는 자신의 영혼 속으로 완전히 침잠했고, 사랑 때문에 타 죽을 것 같다고 생각했다. 세상은 그에게서 사라져 버렸고, 그는 파란 하늘과 초록빛 숲을 더 이상 보지 못했다. 시냇물이 졸졸 흐르는 소리도 그에겐 들리지 않았고, 하프 소리도 들리지 않았다. 모든 것이 사라졌고 그는 가난하고 비참해졌다. 하지만 그의 사랑은 커져 갔고, 그는 자신이 사랑하는 그 아름다운 여인을 포기하느니 차라리 죽어 없어지는 쪽을 택할 생각이었다. 그때 그는 자신의 사랑이 그의 내면에 있는 다른 모든 것을 태워 없애버렸다는 것을 알아차렸다. 그러자 그 사랑은 강력해져서 끌어당기고 또 끌어당겼고, 그 아름다운 여인은 따라오지 않을 수 없었다. 그녀가 왔고, 그는 그녀를 끌어안기 위해 팔을 넓게 벌리고 서 있었다. 하지만 그녀가 그의 앞에 섰을 때 그녀의 모습은 완전히 변해 있었다. 소스라치게 놀라며 그는 자신이 잃어버렸던 온 세계를 자기에게로 끌어당겼다는 것을 알게 되었다. 그녀가 그의 앞에 서서 그에게 몸을 맡겼다. 하늘과 숲과 시내, 모든 것이 새로운 빛깔로 신선하고 장엄하게 그에게 다가왔고 그의 것이 되었으며 그의 언어로 말했다. 그렇게 그는 단순히 한 여인을 얻는 대신 온 세계를 가슴에 품게 되었다. 하늘의 모든 별이 그의 내면에서 타올랐고, 그의 영혼을 관통하며 기쁘게 반짝였다. 그는 사랑을 했는데, 그러면서 자신을 발견했던 것이다. 하지만 대부분의 사람은 사랑을 하면서 스스로를 잃어버린다.

에바 부인에 대한 사랑이 내겐 내 삶의 유일한 내용인 것 같았다. 하지만 그녀는 매일 달라 보였다. 때로 나는 내 존재가 이끌려 가려고 애쓰는 것이 그녀라는 인물이 아니며, 그녀는 단지 내 내면의 상징이자 그저 나를 자신의 내면 더욱 깊숙한 곳으로 이끌어 가려 할 뿐이라는 점을 분명히 느낀다고 생각했다. 그녀가 자주 해 주었던 말들은 나를 움직이던 절박한 질문들에 대해 내 무의식이 주는 대답처럼 들렸다. 하지만 그러고 나서 내가 그녀 곁에서 감각적인 욕구에 불타올라 그녀가 손댄 물건들에 입 맞추는 순간들이 다시 찾아왔다. 그리고 점차로 감각적인 사랑과 비감각적인 사랑이, 현실과 상징이 서로 겹쳤다. 그러면 나는 내 방에 앉아 고요한 마음으로 그녀를 생각하며, 내 손안에 그녀의 손을, 내 입술 위에 그녀의 입술을 느낀다고 생각하게 되었다. 혹은 그녀의 집에서 그녀의 얼굴을 보며 그녀와 얘기를 나누면서 그녀의 목소리를 들으면서도, 그녀가 실제로 거기 있는지 아니면 꿈인지 잘 모르겠던 적도 있었다. 나는 지속되는 불멸의 사랑을 어떻게 간직할 수 있는지 예감하기 시작했다. 내가 어떤 책을 읽다가 새로운 인식을 얻을 때면 그건 에바 부인의 입맞춤과 똑같은 느낌을 주었다. 그녀가 내 머리를 쓰다듬으며 자신의 성숙하고 향기로운 온기를 웃으며 전해줄 때, 나는 내가 나의 내면에서 한 걸음 진보를 이루었을 때와 같은 느낌을 받았다. 내게 중요하고 운명적인 모든 것이 그녀의 모습을 지닐 수 있었다. 그녀는 내 모든 생각으로 변모할 수 있었고, 내 모든 생각은 그녀로 변모할 수 있었다.

성탄절 휴가를 맞아 내가 부모님 집에서 보내게 되었을 때, 2주 동안 에바 부인과 떨어져 산다는 것이 고통스러울 것 같아 걱정이 되었다. 하지만 전혀 고통스럽지 않았다. 집에 있으면서 그녀를 생각하는 것은 멋진 일이었다. H시로 돌아왔을 때 난 이러한 안정감과 그녀의 감각적 실재에 종속되지 않는 상태를 즐기기 위해 이틀 동안 더 그녀의 집을 멀리했다. 나는 그녀와 나의 결합이 새로운 비유적 형식으로 실현되는 꿈도 꾸었다. 그녀는 바다였고, 나는 그리로 흘러 들어갔다. 그녀는 별이었고, 나도 별이 되어 그녀에게 가는 중이었다. 우리는 만나 서로에게 이끌리는 것을 느꼈고, 함께 머물다가, 기쁨에 가득 차 가까이서 맑은 소리를 내는 원을 그리며 영원토록 서로의 주위를 돌았다.

다시 그녀를 방문했을 때 나는 이 꿈 얘기를 그녀에게 했다.

"멋진 꿈이군요." 그녀가 조용히 말했다. "그 꿈을 실현하세요!"

이른 봄, 내가 결코 잊을 수 없는 날이 찾아왔다. 나는 홀 안으로 들어섰다. 창문은 열려 있었고, 온화한 바람이 방 안 가득히 히아신스의 진한 향을 퍼뜨리고 있었다. 아무도 보이지 않아서 나는 계단을 올라 데미안의 서재로 향했다. 나는 가볍게 문을 두드린 후 평소 하던 대로 대답을 기다리지 않고 안으로 들어섰다.

방은 어두웠고 커튼은 모두 처져 있었다. 작은 옆방으로 나 있는 문이 열려 있었는데 그 방은 막스가 화학실험실을 차려 놓은 곳이었다. 그쪽에서 비구름을 뚫고 비치는, 봄날의 환하고 밝은 태양

빛이 비쳐 나오고 있었다. 나는 아무도 없는 줄 알고 커튼 하나를 젖혔다.

그때 나는 커튼이 처진 창문 가까이에 막스 데미안이 등받이 없는 의자에 앉아 있는 것을 보았다. 잔뜩 웅크린 채 기이하게 변화된 모습이었다. 그때 '언젠가 넌 저런 모습을 본 적이 있어!'라는 느낌이 번개처럼 나를 관통해 지나갔다. 그는 두 팔을 미동도 없이 늘어뜨린 채 두 손은 무릎에 걸치고 있었다. 두 눈을 뜬 채 약간 앞으로 숙인 그의 얼굴은 멍한 표정이었고 죽은 듯했다. 동공에는 마치 유리 조각에 비치는 것 같은 작고 날카로운 반사광이 생기 없이 반짝였다. 창백한 얼굴은 내면으로 깊숙이 침잠해 있었고, 엄청난 경직성 외에는 아무런 표정도 없었다. 그것은 마치 신전 입구에 있는 태곳적 동물의 가면처럼 보였다. 그는 숨도 쉬고 있지 않은 것 같았다.

기억이 떠오르자 나는 극도의 놀라움을 느꼈다. 저렇게, 정확히 저런 모습의 그를, 여러 해 전 내가 아직 어린 나이였을 때 본 적이 있었다. 저런 식으로 두 눈은 내면을 응시하고 있었고, 저런 식으로 두 손은 생기 없이 나란히 놓여 있었으며, 파리 한 마리가 그의 얼굴 위를 기어다니고 있었다. 그리고 그는 아마 6년 전쯤이었던 그 당시에도 지금과 똑같은 나이에 시간을 초월한 듯한 모습이었고, 얼굴의 주름 하나까지도 지금과 다르지 않았다.

나는 두려움에 사로잡혀 조용히 방에서 나와 계단을 내려갔다. 홀에서 나는 에바 부인을 만났다. 그녀는 창백했고 지쳐 보였다. 그녀에게서 볼 수 없었던 모습이었다. 그림자 하나가 창문을 스쳐 지나갔고 눈부실 정도로 희게 빛나던 태양이 갑자기 사라졌다.

"막스에게 갔었어요." 내가 급하게 속삭였다. "무슨 일 있어요? 그가 자고 있는지, 아니면 침잠해 있는지, 잘 모르겠어요. 전에도 그가 그런 모습인 걸 본 적이 있어요."

"그 애를 깨우진 않았겠죠?" 그녀가 다급히 물었다.

"아니요. 그는 내 소리를 듣지 못했어요. 나는 곧바로 다시 나왔어요. 에바 부인, 말해 주세요. 그에게 무슨 일이 있는 거죠?"

그녀는 손등으로 이마를 쓸어 넘겼다.

"진정해요, 싱클레어. 아무 일도 아니에요. 그 애는 깊은 생각에 잠겨 있는 거랍니다. 오래 걸리진 않을 거예요."

그녀는 자리에서 일어나 막 비가 내리기 시작했는데도 정원으로 나갔다. 나는 따라나서면 안 된다는 것을 직감했다. 그래서 홀 안에서 왔다 갔다 하며 마비시킬 듯한 히아신스의 향기를 맡았고, 문 위에 걸린 나의 새 그림을 응시했다. 그리고 그날 아침 집 안을 가득 채우고 있는 이상한 그림자를 답답한 심정으로 들이마셨다. 이게 뭘까? 무슨 일이 일어난 걸까?

에바 부인은 곧 돌아왔다. 빗방울들이 그녀의 검은 머리카락에 달려 있었다. 그녀는 자신의 안락의자에 앉았다. 피로가 그녀를 짓누르고 있었다. 나는 그녀 곁으로 다가가 몸을 숙이고 그녀의 머리카락에 매달린 물방울들에 입을 맞추었다. 그녀의 두 눈은 밝고 고요했다. 하지만 물방울에서는 눈물 같은 맛이 났다.

"그에게 가 볼까요?" 내가 속삭이듯 물었다.

그녀는 살며시 미소를 띠었다.

"어린애같이 굴지 말아요, 싱클레어!" 그녀는 마치 자기 안에서 그녀를 옭아매고 있는 어떤 것을 깨뜨리려는 듯 큰 소리로 경고

했다. "지금은 돌아가고 나중에 다시 오도록 해요. 지금은 당신과 얘기를 나눌 수가 없어요."

나는 자리를 떴고, 집과 시내를 벗어나 산 쪽을 향해 걸었다. 부슬거리는 비가 나를 향해 비스듬히 날아왔고, 구름은 겁먹은 듯 무겁게 짓눌린 채 낮게 지나갔다. 아래쪽에는 거의 바람이 불지 않았는데, 위쪽에는 폭풍이 몰아치는 것 같았다. 금속 빛깔의 잿빛 구름 사이로 해가 잠깐씩 창백한 모습으로 눈부시게 나타났다.

그때 하늘 저쪽에서 성긴 노란 구름 한 조각이 떠밀려 왔다. 그 구름은 회색빛 벽에 막혀 멈춰 섰는데, 몇 초 지나지 않아 바람이 노란색과 푸른색으로 어떤 이미지를 만들어 냈다. 엄청나게 큰 새의 모습이었는데, 그 새는 푸른 혼돈을 떨치고 나와 커다랗게 날개 치며 하늘로 사라졌다. 그러고 나서 폭풍이 몰아치는 소리가 들려왔고, 비가 우박과 뒤섞인 채 후두둑 소리를 내며 떨어졌다. 채찍질 당하는 듯한 풍경 위로 믿을 수 없이 끔찍한 소리를 내며 천둥이 잠깐 우당탕거리더니, 이어서 곧바로 햇살이 다시 비쳐 들었다. 갈색 숲 너머로 모습을 드러낸 가까운 산 위에서 창백한 눈이 흐릿하게 비현실적으로 빛났다.

몇 시간 후 비바람을 맞아 흠뻑 젖은 채 다시 돌아왔을 때 데미안이 직접 문을 열어 주었다.

그는 나를 자기 방으로 데리고 올라갔다. 실험실에는 가스불이 타오르고 있었고, 종이가 여기저기 널려 있었다. 아마도 그는 작업을 하고 있었던 것 같았다.

"앉아." 그가 권했다. "피곤하겠구나. 끔찍한 날씨였으니 말이야. 밖에서 실컷 돌아다닌 것처럼 보이는걸. 금방 차를 가져올 거야."

"오늘 뭔가 시작됐어." 내가 망설이며 말을 꺼냈다. "그건 약간 천둥 벼락이 친 정도가 아니야."

그는 탐색하듯 나를 바라보았다.

"너, 뭘 본 거야?"

"응. 잠깐이지만 구름 속에서 어떤 형상을 똑똑히 봤어."

"무슨 형상이었는데?"

"한 마리 새였어."

"새매? 그거였어? 네 꿈속의 새?"

"그래, 그건 나의 새매였어. 노랗고 엄청나게 컸는데, 검푸른 하늘로 날아갔어."

데미안은 깊게 숨을 내쉬었다.

문을 두드리는 소리가 났고 늙은 가정부가 차를 가져왔다.

"어서 들어, 싱클레어. 내 생각엔 네가 그 새를 본 건 우연이 아닌 것 같은데?"

"우연? 그런 걸 우연히 보기도 한단 말이야?"

"맞아, 그렇진 않지. 그 새는 뭔가를 의미해. 그게 뭔지 알아?"

"아니. 그게 일종의 충격이자 운명의 한 걸음을 의미한다는 걸 느낄 따름이야. 내 생각엔, 그건 우리 모두와 관련된 일이야."

그는 격하게 왔다 갔다 했다.

"운명의 한 걸음이라!" 그가 크게 소리쳤다. "지난밤에 나도 똑같은 꿈을 꿨어. 어머니도 어제 같은 의미를 지닌 어떤 예감이 드셨고. 나는 어떤 나무줄기인지 탑인지를 사다리를 타고 올라가는 꿈을 꿨어. 위에 올라섰을 때 나는 온 땅이, 도시들과 마을들이 있는 드넓은 평야가 불타고 있는 것을 봤어. 아직 모든 걸 다 설명하지는 못하겠어. 내게도 아직 모든 게 분명한 건 아니어서 말이야."

"너는 그 꿈이 너와 관련되어 있다고 해석하는 거야?" 내가 물었다.

"나와 관련이 있냐고? 물론이지. 그 누구도 자신과 관련 없는 꿈을 꾸진 않아. 하지만 그게 나 혼자에게만 관련된 건 아니야. 그건 네 말이 맞아. 나는 내 영혼의 움직임을 내게 알려주는 꿈들과, 아주 드물긴 하지만 전 인류의 운명이 암시되는 꿈들을 아주 정확히 구분해. 후자의 꿈을 꾸는 일은 드물고, 일종의 예언으로서 그것이 실현되었다고 말할 수 있는 그런 꿈을 꾼 적은 한 번도 없어. 그걸 해석하는 건 너무 불확실해. 하지만 한 가지는 분명히 알고 있어. 내가 나 혼자에게만 관련된 것이 아닌 꿈을 꾸었다는 사실 말이야. 말하자면 그 꿈은 내가 꾸었던 이전의 다른 꿈들에 속하고, 그 꿈들을 이어 가고 있는 거지. 이 꿈들은 말이야, 싱클레어. 내가 전에 네게 말했던 예감들을 가지게 했던 그런 꿈들이야. 우리의 세계가 정말 썩어 있다는 걸 우린 알고 있어. 그렇다고 해서 그 사실이 그 세계의 종말이나 그와 비슷한 걸 예언하는 근거가 되진 않을 거야. 하지만 나는 몇 년 전부터 오래된 세계의 붕괴가 가까이 다가오고 있다고 결론지을 수 있는, 혹은 그렇게 느낄 수 있는 ─그걸 네가 어떤 식으로 말하든 ─그런 꿈들을 꿔 왔어. 처음에는 아주 희미하고 먼 예감이었지만, 그 예감들은 점점 분명하고 강력해졌어. 아직도 내가 알고 있는 건 그저 뭔가 거대하고 끔찍한 것이 다가오고 있고, 그게 나와 관련이 있다는 것뿐이야. 싱클레어, 우린 우리가 여러 차례 얘기했던 걸 겪게 될 거야! 세계가 새로워지려 하고 있어. 죽음의 냄새가 나. 죽음 없이는 어떤 새로운 것도 도래하지 않아. 그건 내가 생각했던 것보다 더 끔찍할 거야." 나는 충격을 받아 그를 뚫어지게 쳐다보았다.

"네 꿈의 나머지도 들려주지 않을래?" 나는 조심스럽게 부탁했다.

그는 고개를 저었다.

"아니."

문이 열리고 에바 부인이 들어왔다.

"여기 같이 앉아 있구나! 두 사람, 슬퍼하고 있는 건 아니겠지?"

그녀는 생기가 넘쳤고 더 이상 피곤해 보이지 않았다. 데미안은 그녀를 향해 미소 지었고, 그녀는 마치 겁먹은 자녀들에게 어머니가 다가가듯 우리에게로 왔다.

"우린 슬퍼하고 있진 않아요, 어머니. 그냥 새로운 징후들이 지닌 수수께끼를 조금 풀어 보고 있었어요. 하지만 그게 중요한 건 아니에요. 닥쳐올 일은 갑자기 와 있게 될 거예요. 그러면 우리는 우리가 알 필요가 있는 걸 겪게 되겠지요."

하지만 나는 기분이 좋지 않았다. 그리고 작별 인사를 한 후 혼자서 홀을 지나갈 때, 내겐 히아신스 향기가 시들고 맥 빠진 듯했고, 시체에서 나는 듯한 느낌이 들었다. 어떤 그림자가 우리 위에 드리워져 있었다.

8
종말의 시작

나는 애를 써서 여름학기도 H시에서 지낼 수 있도록 해 놓았다. 이제 우리는 집 안에 있는 대신 거의 언제나 강가에 있는 정원에 머물렀다. 권투 시합에서 제대로 패한 저 일본인은 떠났고, 톨스토이 신봉자도 오지 않았다. 데미안은 말 한 마리를 기르고 있었는데, 매일 오랜 시간 말을 탔다. 나는 자주 그의 어머니와 둘만 있었다.

때때로 나는 내 삶이 이렇게 평화롭다는 사실에 놀라움을 금치 못했다. 나는 오랫동안 혼자 지내는 것에 익숙했고, 포기하는 것을 연습하고 힘들게 나의 고통과 씨름하는 일에 익숙해져 있어서, H시에서 보낸 요 몇 달이 마치 꿈속의 섬에서 편안하고 마법에 걸린 채 아름답고 기분 좋은 일들과 그런 느낌만을 가지고 사는 것 같았다. 나는 이것이 우리가 생각하고 있는 저 새롭고 한층 고상한 공동체의 전조라는 예감이 들었다. 그런데 때때로 이러한 행복 위로 깊은 비애가 나를 사로잡았다. 왜냐하면 이것이 지속될 수 없다는 것을 내가 잘 알고 있었기 때문이다. 나는 충만과 안락 속에서 숨 쉬는 것에 익숙지 않은 존재였다. 나는 고통과 박해가 필요했다. 나는 언젠가 내가 이 아름답고 사랑스런 광경들에서 깨어나 다시 혼자 서 있게 될 것이라는 것을 감지하고 있었다. 내겐 오직 고독이나 투쟁 만이 있고 평화와 공존이라고는 없는 타인들의 차가운 세계 속에 철 저히 혼자서.

그래서 나는 내 운명이 아직 이 아름답고 평온한 모습을 띠고 있는 것에 기뻐하며, 두 배나 더 다정하게 에바 부인의 곁에 매달려 있게 되었다.

여름의 몇 주가 빠르고 가볍게 지나갔고, 학기는 이미 끝나가 고 있었다. 이별이 코앞에 다가와 있었는데, 나는 그 생각을 할 필요 도 없었고, 그렇게 하지도 않았다. 대신 나비가 꿀이 가득한 꽃에 매 달려 있듯이 그 아름다운 날들에 매달려 있었다. 말하자면 그것은 나의 행복했던 시절이었고, 내 삶이 처음으로 성취를 이룬 것이었으 며, 내가 공동체에 받아들여진 것이었다. 그다음엔 뭐가 오게 될까? 나는 아마도 다시 투쟁해 나갈 것이며, 동경으로 괴로워하고, 꿈들 을 가지게 될 것이며, 혼자가 될 터였다.

이 시기의 어느 날 이러한 예감이 너무나도 강력하게 나를 덮 쳐 와서, 에바 부인에 대한 내 사랑이 갑자기 고통스럽게 불타올랐 다. 맙소사, 곧 나는 그녀를 더 이상 보지 못할 것이며, 그녀가 집 안 을 돌아다니는 견고하고도 듣기 좋은 발걸음 소리를 듣지 못할 것 이고, 내 책상 위에서 더 이상 그녀의 꽃들을 볼 수 없을 것이다! 그 런데 난 무엇을 이루었던가? 그녀를 얻거나 그녀를 얻기 위해 투쟁 하고 그녀를 영원히 내게로 끌어당기는 대신 꿈을 꾸었고 편안함에 푹 빠져 있었다! 그녀가 언젠가 진정한 사랑에 대해 얘기했던 모든 것이 기억에 떠올랐다. 수많은 섬세한 경고의 말들, 아마도 수많은 조용한 유혹과 약속들이. 그것들로 나는 무엇을 이루었단 말인가? 아무것도 없었다! 아무것도!

나는 내 방 한가운데 서서 모든 생각을 집중해 에바를 생각했다. 나는 내 영혼의 모든 힘을 한데 모아 그녀로 하여금 내 사랑을 느끼게 하고 싶었고, 그녀를 내게로 끌어당기고 싶었다. 그녀는 내게로 와 내 포옹을 열망해야 했으며, 내 키스는 만족할 줄 모른 채 그녀의 성숙한 사랑의 입술을 계속 파고들어야 했다.

나는 선 채로 손가락과 발이 차가워질 때까지 몸을 팽팽하게 긴장시켰다. 내게서 힘이 빠져나가는 것이 느껴졌다. 잠시 내 안에서 무언가 단단하고 밀도 있게 뭉쳤다. 뭔가 밝고도 차가운 것이었다. 가슴에 수정을 간직하고 있는 것 같은 느낌이 잠시 들었다. 그리고 나는 그것이 내 자아라는 것을 알았다. 냉기가 가슴까지 차올랐다.

그 끔찍한 긴장 상태에서 깨어났을 때 나는 무언가가 오는 것 같은 느낌이 들었다. 죽을 것같이 기진맥진한 상태였지만, 나는 에바 부인이 황홀감에 젖어 격렬하게 방 안으로 들어서는 것을 볼 준비가 되어 있었다.

그때 길게 뻗은 거리에서 말발굽 소리가 요란하게 들려왔는데, 가까이에서 크게 울리더니 갑자기 멈췄다. 나는 창가로 뛰어갔다. 밑에선 데미안이 말에서 내리고 있었다. 나는 뛰어 내려갔다.

"무슨 일이야, 데미안? 설마 네 어머니께 무슨 일이 생긴 건 아니겠지?"

그는 내 말을 듣고 있지 않았다. 그는 매우 창백했고, 이마 양쪽에서 땀이 뺨을 타고 흘러내렸다. 그는 몸이 뜨거워진 말의 고삐를 정원 울타리에 매더니, 내 팔을 잡고 거리를 따라 내려갔다.

"너 소식 들은 거 있어?"

나는 아무것도 몰랐다.

데미안은 내 팔을 꽉 누르며, 어둡고 연민이 담긴 기이한 시선을 한 채 내 쪽으로 얼굴을 돌렸다.

"그래, 친구야. 이제 시작되고 있어. 너도 러시아와 긴장이 고조되고 있던 건 알고 있었잖아."

"뭐라고? 전쟁이 일어난 거야? 난 그럴 거라곤 생각도 못 했는데."

주위에 아무도 없는데도 그는 목소리를 낮춰 얘기했다.

"아직 선전포고가 된 건 아니야. 하지만 전쟁은 일어날 거야. 믿어도 돼. 그때 이후로 이 일로 널 귀찮게 하지는 않았지만, 난 그후로 세 번이나 새로운 징조를 보았어. 세상의 몰락이나, 지진이나 혁명은 아니야. 전쟁일 거야. 어떻게 되어 갈지 너는 보게 될 거야! 사람들은 엄청 기뻐하겠지. 이미 전쟁이 시작되는 걸 다들 기뻐하며 고대하고 있어. 그들에겐 삶이 그렇게 김이 빠진 상태니까. 하지만 싱클레어, 넌 보게 될 거야. 그건 그저 시작일 뿐이야. 그건 아마도 대규모 전쟁이 될 거야. 아주 큰 전쟁이. 그러나 그것도 그저 시작일 뿐이야. 새로운 것이 시작돼. 그리고 그 새로운 것은 옛것에 매달려 있는 사람들에겐 끔찍한 게 될 거야. 넌 뭘 할래?"

나는 당황했다. 그 모든 것이 내게는 아직 낯설고 있을 법하지 않은 일로 들렸다.

"모르겠어. 너는?"

그는 어깨를 으쓱했다.

"동원령이 내리자마자 입대하게 될 거야. 난 소위거든."

"네가? 그건 전혀 몰랐는데."

"그래, 그게 내가 적응하는 방식들 중 하나였잖아. 너도 알다시 피, 난 겉으로 눈에 띄는 걸 좋아하지 않았고, 그 대신 올바르게 살 기 위해 약간은 과하달 정도로 행동했지. 내 생각엔, 일주일 후면 벌 써 전쟁터에 있게 될 거야."

"맙소사."

"이봐 친구, 그걸 감상적으로 받아들이면 안 돼. 나라고 해서 살아 있는 사람들을 향해 총을 쏘라고 명령하는 게 결코 좋을 리가 없잖아. 하지만 그건 부차적인 일이 될 거야. 이제 우리 모두 커다란 바퀴 속으로 빨려 들어가게 될 거야. 너도 마찬가지고. 너도 분명히 징집될 거야."

"그러면 네 어머니는, 데미안?"

그제야 나는 15분 전에 있었던 일을 다시 떠올렸다. 세상이 얼 마나 달라져 버렸는지! 나는 온 힘을 다해 가장 달콤한 이미지를 떠 올려 보려고 애썼었다. 그런데 지금 갑자기 운명이 위협하는 듯한 무 시무시한 가면을 쓰고 나를 노려보고 있었다.

"내 어머니? 아, 어머니에 대해선 아무 걱정할 필요 없어. 어머 니는 안전해. 지금 세상에 존재하는 그 누구보다 더. 어머니를 그토 록 사랑하는 거야?"

"너 알고 있었어, 데미안?" 그는 아무 거리낌 없이 밝게 웃었다.

"이 어린 친구야! 물론 알고 있었지. 사랑하지도 않으면서 어머 니를 에바 부인이라고 부른 사람은 아직 없었어. 그건 그렇고, 어떻 게 된 거야? 네가 오늘 어머니나 나를 불렀잖아. 그렇지 않아?"

"그래, 불렀지. 에바 부인을 불렀어."

"어머니가 그걸 느끼셨어. 너한테 가 봐야 한다면서 어머니가 갑자기 나를 보내셨지. 나는 어머니께 러시아에 관한 소식을 막 알려드린 참이었어."

우리는 가던 길을 돌아섰고 몇 마디 말을 더 나누었다. 그는 매 놓았던 말을 풀고는 올라탔다.

내 방으로 올라오고 나서야 나는 내가 얼마나 지쳤는지 느꼈다. 그건 데미안이 전해 준 소식 때문이었고, 그리고 그 이상으로 그전의 긴장 때문이었다. 하지만 에바 부인이 내가 부르는 소리를 들었다! 내 마음에 있는 생각을 통해 그녀에게 도달했던 것이다. 그녀는 직접 왔을 것이다, 만약……. 이 모든 것이 얼마나 기이하며, 근본적으로 얼마나 아름다운가! 이제 전쟁이 일어난다고 한다. 우리가 그토록 자주 얘기했던 것이 이제 일어나기 시작한다는 것이다. 그런데 데미안은 그것에 대해 많은 것을 이미 알고 있었다. 얼마나 기이한가. 이제 그 세계의 흐름이 더 이상 어디선가 우리 곁을 스쳐 지나가는 것이 아니라, 지금 그것이 갑자기 우리의 심장을 뚫고 지나가다니, 모험과 거친 운명들이 우리를 부르고, 지금 혹은 곧 세계가 우리를 필요로 하는 때가, 세계가 변화하고자 하는 때가 온다니. 데미안이 옳았다. 그것은 감상적으로 받아들일 일이 아니었다. 단 한 가지 이상했던 점은 그토록 고독한 사안인 '운명'을 내가 이제 그처럼 많은 사람, 온 세상과 더불어 겪어야 한다는 것이었다. 그래야만 한다면, 좋다!

나는 준비가 되어 있었다. 저녁에 시내를 걷고 있자니 사방이 엄청난 흥분으로 들끓고 있었다. 어디서나 '전쟁'이라는 말이 들려

왔다!

나는 에바 부인의 집으로 갔다. 우리는 정원에 있는 작은 정자에서 저녁을 먹었다. 내가 유일한 손님이었다. 아무도 전쟁이라는 말을 입에 올리지 않았다. 나중에 내가 집을 나서기 조금 전에 에바 부인이 말했다. "사랑하는 싱클레어, 당신이 오늘 날 불렀지요. 내가 왜 직접 가지 않았는지 당신은 알아요. 하지만 잊지 마세요. 이제 당신은 부르는 법을 알아요. 그러니 표식을 지닌 누군가가 필요하면 다시 부르도록 하세요!"

그녀는 자리에서 일어나 정원에 깔린 어스름 속을 걸어갔다. 그 비밀에 가득 찬 여인은 침묵에 싸인 나무들 사이로 위대하고 당당하게 걸어갔다. 그녀의 머리 위로 수많은 별이 조그맣고 부드럽게 반짝이고 있었다.

내 이야기가 끝나가고 있다. 사태가 급박하게 돌아갔다. 곧 전쟁이 발발했고, 데미안은 군복에 은회색 외투를 입은 기이하게 낯선 모습으로 떠나갔다. 나는 그의 어머니를 집으로 모셔다 드렸다. 나도 곧 그녀와 작별했다. 그녀는 내 입에 키스해 주었고, 잠시 나를 자신의 품에 안아 주었다. 그녀의 커다란 두 눈이 가까이에서 흔들림 없이 내 눈으로 타들어 왔다.

그리고 모든 사람이 마치 형제가 된 것 같았다. 모두가 조국과 명예를 논했다. 하지만 그건 바로 운명이었다. 그들은 그 운명의 가려지지 않은 얼굴을 잠깐 보았던 것이다. 젊은이들은 병영에서 나와 기차에 올랐고, 나는 많은 얼굴에서 하나의 표식을 보았다 ― 우리의 표식은 아니었지만 ― 사랑과 죽음을 의미하는 아름답고 고귀한 표식이었다. 나 역시 전혀 안면이 없던 사람들의 포옹을 받았는데, 나는 그것을 이해했으며 기꺼이 거기에 응답했다. 그들이 그렇게 한 것은 운명의 의지가 아니라 일종의 도취 때문이었다. 하지만 그 도취는 신성했다. 그 도취는 그들 모두가 운명의 눈을 이처럼 짧고도 고무적으로 바라보았었기 때문에 생겨난 것이었으니까.

내가 전쟁터로 갔을 땐 벌써 겨울이 다 되어 가고 있었다.

총질이 난무하는 충격적인 상황에도 불구하고 처음에 나는 모든 것에 실망했다. 전에 나는 한 인간이 어떤 이상을 위해 살아가는 것이 왜 그렇게 드문지 자주 생각했었다. 지금 나는, 많은 사람이, 아니 모든 사람이 하나의 이상을 위해 죽을 수 있다는 것을 알게 되었다. 다만 그것은 개인적이고 자유로우며 선택된 이상이 아니라, 떠맡게 된 공동의 이상임에 틀림없었다.

하지만 시간이 지나면서 내가 사람들을 과소평가했었다는 사실을 알게 되었다. 의무와 공동의 위험이 그들을 획일화시켰음에도 불구하고, 나는 살아 있는 사람과 죽어가는 많은 사람이 운명의 의지에 당당하게 다가가는 것을 보았다. 많은, 아주 많은 사람이 공격할 때뿐만이 아니라 언제나, 확고하고도 아득한, 약간은 신들린 듯한 눈빛을 하고 있었는데, 그것은 목표는 전혀 알지 못한 채 엄청난 것에 완전히 스스로를 내맡기는 그런 눈빛이었다. 원하는 것이 무엇이든 그들이 그것을 믿거나 의도할 때 그들은 준비가 되어 있었으며, 쓸모 있는 존재였고, 그들로부터 미래가 만들어질 수 있을 것 같았다. 그리고 세계가 점점 더 완고하게 전쟁과 영웅주의, 명예와 다른 옛 이상들을 목표로 하는 것처럼 보일수록, 겉보기에 인간적인 것이 내는 모든 목소리는 더욱 멀고 그럴듯하지 않게 들렸다. 마치 전쟁의 외적이고 정치적인 목적들에 대한 질문이 단지 표면적으로 머무는 것처럼, 이 모든 것은 그저 표면적인 것에 불과했다. 깊숙한 곳에서는 무언가가 형성되고 있었다. 새로운 인간성 같은 무엇인가. 나는 많은 사람이 ─그들 가운데 여럿이 내 곁에서 죽어 갔는데 ─ 증오와 분노, 살육과 말살이 대상과 결부되어 있지 않다는 인식을 직감적으로 가지고 있는 것을 볼 수 있었기 때문이다. 그랬다. 목표와 마찬가지로 그 대상들은 완전히 우연이었다. 원초적인 감정, 가장 격렬한 감정까지도 적을 향한 것은 아니었고, 그 감정의 피비린내 나는 결과물은 단지 내면의 발산, 새로 태어날 수 있기 위해 미쳐 날뛰고, 죽이고, 파괴하고, 죽고 싶어 하는, 내부에서 분열된 영혼의 발산일 뿐이었다. 거대한 새 한 마리가 알에서 나오려고 투쟁하고 있었다. 그 알은 세계였고, 그 세계는 산산이 부서져야만 했다.

어느 초봄날 밤 나는 우리가 점령한 농가 앞에서 보초를 서고 있었다. 약하게 불던 바람이 가끔 변덕스럽게 돌풍을 일으키며 지나갔고, 플랑드르의 높은 하늘 위로는 구름 떼가 몰려갔다. 그 구름 뒤 어딘가 달이 있을 터였다. 나는 이미 하루 종일 불안한 마음이었는데, 또다시 어떤 근심이 나를 괴롭혔다. 그때 나는 내 어두운 초소에서 지금까지 내 삶의 이미지들과, 에바 부인 그리고 데미안을 간절히 생각했다. 나는 포플러나무에 기댄 채 움직이는 하늘을 뚫어지게 바라봤는데 은밀히 반짝거리는 하늘의 밝은 부분이 곧 쏟아져 나오는 커다란 일련의 이미지들이 되었다. 내 맥박이 이상할 정도로 희미하게 뛰고 있다는 사실과, 비바람이 치고 있는데도 내 피부가 잘 느끼지 못하고 있다는 사실, 그리고 내면이 섬광처럼 빛나며 각성하고 있다는 사실에서 나는 어떤 지도자가 내 주위에 있다는 것

8 종말의 시작

을 감지했다.

구름 속에 어떤 커다란 도시가 보였고, 거기서 수백만의 사람들이 쏟아져 나와서는 떼를 지어 광활한 풍경 속으로 퍼져 나갔다. 그들의 중심에서 어떤 강력한 신의 형상이 등장했는데, 머리에는 반짝이는 별들을 달고 있었고, 산맥처럼 거대했으며, 에바 부인의 특징을 지니고 있었다. 사람들의 행렬이 마치 커다란 동굴로 들어가듯 그 신 안으로 사라져서는 흔적을 감췄다. 그 여신은 바닥에 웅크리고 앉았는데, 그 이마에서는 표식이 환하게 빛나고 있었다. 어떤 꿈이 그녀를 지배하고 있는 것 같았다. 여신은 두 눈을 감고 있었는데 그 커다란 얼굴이 고통으로 일그러졌다. 여신이 갑자기 새된 비명을 질렀고 그녀의 이마에서 별들이 튀어나왔다. 빛나는 수천 개의 별들은 찬란한 포물선을 그리며 어두운 하늘 위로 날아올랐다.

그 별들 중 하나가 날카로운 소리를 내며 내 쪽을 향해 곧바로 쏜살같이 날아왔다. 별은 나를 찾고 있는 것 같았다. 그때 그 별이 굉음을 내며 수천 개의 불꽃으로 산산이 흩어졌고, 그러면서 나를 공중으로 채 올렸다가 다시 바닥에 메다꽂았다. 천둥 치며 세계가 내 위에서 무너져 내렸다.

나는 포플러나무 근처에서 발견되었다. 상처투성이로 흙에 뒤덮인 상태였다.

나는 어떤 지하실에 눕혀졌는데 포화가 내 위에서 쿵쿵 울려댔다. 나는 수레에 실린 채 덜컹거리며 빈 들판을 지나갔다. 나는 대부분 잠든 상태였거나 의식이 없는 상태였다. 하지만 깊은 잠에 빠져들수록 무언가 나를 끌어당기고 있고 나를 지배하는 어떤 힘을 따라가고 있다는 느낌이 점점 강렬해졌다.

나는 어떤 헛간의 짚 덤불 위에 누워 있었는데 주위는 캄캄했고 누군가 내 손을 밟았다. 하지만 내 내면은 더 나아가려 했고, 더욱더 강력하게 나를 잡아끌었다. 나는 다시 수레 위에, 나중에는 들것인지 사다리인지 위에 누워 있었다. 어딘가로 가라는 명령을 받고 있다는 느낌이 점점 더 강렬해졌고, 나는 마침내 그리로 가고자 하는 충동 외에는 아무것도 느끼지 못했다.

마침내 나는 목적지에 도착했다. 밤이었는데 나는 의식이 또렷한 상태였고, 방금 전에 다시 내 안에서 끌림과 충동을 강렬하게 느낀 참이었다. 이제 나는 어떤 홀 안의 바닥에 깔린 매트리스 위에 누워 있었다. 나는 내가 부름을 받은 그곳에 있다는 느낌이 들었다. 나는 주위를 둘러보았다. 내 매트리스 바로 옆에 다른 매트리스가 있었고 그 위에 누군가가 누워 있었다. 그는 몸을 숙여 내 쪽을 바라보았다. 그는 이마에 표식을 가지고 있었다. 그는 막스 데미안이었다.

나는 말을 할 수가 없었다. 그 역시 그럴 수 없었거나 그럴 생각이 없었다. 그는 그저 나를 바라만 보았다. 그의 머리 위쪽 벽에 걸려 있는 등불이 그의 얼굴을 비추고 있었다. 그는 나를 향해 미소 지었다.

그는 한없이 오랫동안 내 눈을 계속 바라보았다. 그러곤 우리가 거의 맞닿을 정도가 될 때까지 천천히 얼굴을 내 쪽으로 숙여 왔다.

"싱클레어!" 그가 속삭였다.

나는 그를 이해하고 있다는 표시로 눈을 찡긋했다.

그가 다시 미소를 지었는데, 거의 연민이 담긴 미소였다.

"꼬마야!" 그가 미소 지으며 말했다.

그의 입이 이제 거의 내 입 가까이 있었다. 그는 나지막이 말을 이어 갔다.

"너 아직 프란츠 크로머 기억해?" 그가 물었다.

나는 눈을 깜박여 동의를 표했고 미소도 지었다.

"꼬마 싱클레어, 잘 들어! 난 떠나야만 해. 아마 넌 언젠가 다시 날 필요로 하게 될 거야. 크로머 때문이든 아니면 다른 일 때문이든. 그때 네가 날 부르면, 이제 더 이상 이렇게 말을 타거나 기차를 타고 달려오진 않을 거야. 그럴 땐 네 내면에 귀를 기울여야만 해. 그러면 내가 네 안에 있다는 걸 넌 느끼게 될 거야. 알겠어? 그리고 또 하나! 에바 부인이 말했어. 언젠가 네게 안 좋은 일이 생기면, 그녀가 나한테 맡겨 보낸 키스를 너한테 전해 달라고……. 눈을 감아, 싱클레어!"

나는 순순히 두 눈을 감았고, 아직도 멈추지 않고 피가 조금씩 흐르고 있는 내 입술 위로 가벼운 키스를 느꼈다. 그리고 난 잠이 들었다.

아침에 누군가 잠을 깨웠다. 붕대를 감아야 했던 것이다. 잠이 완전히 깼을 때 나는 재빨리 옆에 있는 매트리스 쪽으로 몸을 돌렸다. 거기엔 내가 전혀 모르는 낯선 사람이 누워 있었다.

붕대를 감는 건 고통스러웠다. 그 후로 내게 일어난 모든 일이 고통스러웠다. 하지만 내가 때때로 열쇠를 발견해 나 자신 안으로, 어두운 거울 속에서 운명의 이미지들이 졸고 있는 그곳까지 깊숙이 내려가면, 나는 그저 그 검은 거울 위로 몸을 기울이기만 하면 된다. 그러면 난 이제 그와 똑 닮은 나 자신의 이미지를 본다. 내 친구이자 인도자인 그와 똑 닮은.

해설

싱클레어,
세기전환기의 잃어버린 아들
정현규(옮긴이)

헤세는 자신이 말년에 쓴 편지에서 데미안이란 인물이 탄생한 배경에 대해 다음과 같이 말하고 있다.

데미안이란 이름은 내가 고안하거나 선택한 것이 아니라, 꿈속에서 알게 된 것입니다. 그 이름이 내게 너무나도 강력하게 말을 걸어 왔기 때문에 나는 그것을 내 책 제목으로 삼았습니다. 나중에 그 책이 이미 출간되었을 때 나는 그 이름이 실제로 어떤 가문의 이름이기도 하다는 것을 알게 되었습니다. 이탈리아식으로는 데미아니라는 이름으로도 말이지요. (1955년 12월 8일자 편지)

정신분석가인 융의 영향을 많이 받은 것으로 알려진 헤세가, 자신의 이러한 체험을 『데미안』에 녹이려고 한 것은 당연해 보인다. 주인공 싱클레어는 자아를 찾아가는 과정에서 여러 번 꿈의 인도를 받아 자신이 처한 상태를 벗어난다. 싱클레어라는 이름에 대해서는,

휠덜린의 친구였던 이삭 폰 싱클레어(1775~1815)에게서 빌려 왔다고 헤세 본인이 밝힌 바 있다. 그는 정신분열 증상을 보이는 휠덜린을 헌신적으로 돌보며 경제적으로 어려움에 처한 그에게 헤센-홈부르크 영주의 사서직을 마련해 주기도 한 인물로 알려져 있다.

『데미안』이 출간되자마자 당대의 젊은이들은 이 작품에 열광했다. 물론 헤세의 동시대 작가들 역시 그 파급력을 잘 알고 있었다. 노벨문학상 수상작가이기도 한 토마스 만은 1948년 미국에서 출간된 『데미안』의 서문에 다음과 같이 적고 있다.

> 제1차 세계대전이 끝나자마자 저 신비에 가득 찬 인물 싱클레어의 『데미안』이 불러일으킨 감전된 듯한 영향력은 잊혀지지가 않는다. 그것은 섬뜩할 정도로 정확하게 그 시대의 정곡을 찔렀고 모든 청소년을 감사함에 넘친 황홀감으로 몰고 간 문학이었다. 그들은 자신들에게 자신들의 가장 깊숙한 삶의 내면을 알리는 사람이 자신들의 중심에서 생겨났다고 말했다(그들이 필요한 것을 준 사람이 이미 마흔두 살이었는데도).

그의 마지막 언급은 조금 설명이 필요하다. 이미 작가로서 이름이 알려진 헤세는, 자신의 이름을 숨긴 채 싱클레어라는 필명으로 『데미안』을 출간했는데, 이때 헤세의 나이가 마흔을 넘어선 때였다. 그럼에도 불구하고 『데미안』이 당시의 젊은이들에게 열광적으로 받아들여진 사실을 토마스 만은 언급하고 있는 것이다.

그 자신이 작가이자 다다이즘의 창시자이기도 했던 헤세의 친구 후고 발은 자신이 쓴 헤세의 첫 번째 전기에서 『데미안』을 이렇게 평가하고 있다.

현대의 심리치료와 관련된 모든 문제들을 훑고 있는 집중적인 대화의 열매가 독일어의 걸작인 헤세의 『데미안』이다. (……) 『데미안』은 작가의 완벽한 돌파, 자기 자신에게까지 이르며 원초적인 얽힘에까지 나아가는 일종의 돌파이다. 그리고 모성성의 위력에 관한 노래이며, 인간 본질의 뿌리들에 관한 노래이다.

국내에 『데미안』이 처음 번역된 것은 1960년대 초이지만, 그 파급력만큼은 우리에게도 예외가 아니었던 듯하다. 『데미안』을 직접 번역하기도 한 전혜린은 「두 개의 세계—데미안의 경우」라는 에세이에서 "데미안은 하나의 이름, 하나의 개념, 하나의 이데아"라고 언급하며 자신이 여학교 시절 겪었던 『데미안』에 관한 일화를 소개한다. 자신이 가지고 있던 『데미안』을 빌려 간 친구가 도대체 책을 돌려줄 생각을 하지 않아 이상하게 생각하던 그는, 친구가 그사이 죽었고 책도 함께 무덤에 묻혔다는 사실을 알게 된다. 그러고는 이렇게 묻는다.

데미안, 데미안은 누구인가? 독일의 전몰학도戰歿學徒들의 배낭에서 꼭 발견되었다는 책, 누구나 한 번은 미치게 만드는 책, 도대체 그 마력의 근원은 어디에 있고 왜 우리는 『데미안』을 읽고 또 읽고, 때로는 죽음에 이르기까지 읽어야만 했는가? 데미안, 유년기의 향수 같은 맛, 서럽고 감미로운 이름이다. 도대체 헷세는 『데미안』을 통해 어떤 인간을 부각하려고 한 것일까?

전혜린의 이러한 질문에 대한 한 가지 대답을 우리는 당대의 '잃어버린 아들들'의 모습을 살펴봄으로써 찾을 수 있을 것이다. 성경의 「누가복음」에서 '탕자'라고 번역된 '잃어버린 아들'은, 20세기 초 독일문학계에서 주요 작가들의 관심을 받으며 자주 주제화된다. 카프카의 소품 「귀향」과 로베르트 발저의 「잃어버린 아들 이야기」를 비롯해, 앙드레 지드의 영향을 받은 것으로 알려져 있는 릴케의 『말테의 수기』에 이르기까지 그 양상은 다양하다. 헤세의 『데미안』역시 이러한 흐름의 연장선상에 있다고 할 수 있을 것이다.

19세기 말을 지나면서 아버지와 아들의 관계, 혹은 그 관계의 담론은 급격한 변화를 맞이하게 된다. 철학적으로는 기존의 형이상학에 반기를 든 니체의 반형이상학적 시도가 있었고, 정신분석학적으로는 프로이트의 오이디푸스 콤플렉스에 기초한, 아버지에 대한 저항이 굵직한 획을 긋고 있다. 다양한 예술가들이 이러한 갈등을 염두에 두고 작업했는데, 이 시대에 일어난 예술운동이 '유겐트Jugend' 양식이나 '분리파Secession'라고 하는 명칭을 사용함으로써, 낡은 세대와 결별하려는 자신들의 의지를 표명한 것은 우연이 아니다. 당시 오스트리아 빈에서 '청년파'라는 단어는 여러 생활 영역에 확산되어 있는 '혁신적 혁명가들'을 지칭하는 용어였다. 이 운동의 대표자 격인 클림트는 1898년 제1회 분리파 전시회를 위해 세대 반란을 선언하는 상징성을 함의하고 있는 포스터를 만들었는데, 여기에는 미노타우루스를 죽이고 있는 테세우스의 모습이 상단에 그려져 있다. 황소의 모습을 한 괴물이 아버지 세대이며 테세우스가 젊은 세대를 대변하고 있다는 것은 의심의 여지가 없다.

이러한 사상적 분위기 속에서, 세기전환기의 아들들은 '아버지'와 그 '거룩한 세계'를 의심하며 그리로 돌아가지 않기 위해 다양한 전략을 세운다. 이때 집중적으로 조명되는 것이 성서에 등장하는 '잃어버린 아들', 즉 '탕자'의 비유인데, '부친살해'의 형태를 띠는 '오이디푸스적 반란'처럼 과격한 형태는 아니지만, 기존의 '아버지-아들' 관계를 새롭게 바라보려는 다양한 문학적 시도가 '잃어버린 아들' 모티프를 중심으로 전개된다. 여기서 먼저 드는 의문은, 이 시기에 무엇이 이 주제를 그렇게 자주 변주하게 만들었는가 하는 점이다. 이 문제에 대해서는 비교적 간단히 답할 수 있다. 이 주제가 거듭 다루어지기 시작한 것은 무엇보다 거대한 시대적 변화, 즉 산업화가 가져온 엄청난 사회적 변혁, 그리고 무엇보다 전승된 가부장적 가치 전범과 행동의 전범을 의문시했던 변혁과 관련이 있다. 이와 결부된 두 번째 질문, 즉 '어떻게?'는 조금 더 상세한 논의를 요한다. 왜냐하면 이 주제는 작가마다 상이하게 변용되어 있기 때문이고, 당연히 이와 더불어 아버지와 아들의 내러티브도 변화를 겪기 때문이다.

먼저 카프카의 경우. 카프카의 단편 「귀향」은 "나는 돌아왔다"라는 문장으로 시작한다. '나'가 어떤 이유에서 집을 나갔고, 어떤 이유에서 다시 돌아왔는지에 대한 정보는 전혀 없다. 그저 그가 집에 돌아와 옛집을 보며 느끼는 감회와 머릿속에서 떠오르는 생각이 전부이다. 성경의 묘사와 비교할 때 눈에 띄게 달라진 점은, 이 텍스트가 일인칭 형태, 즉 신의 은총에 대한 질문을 개인적인 곤란에 대한 고백으로 변화시키고 있는 아주 주관적인 시점을 취하고 있다는 점이다.

이 작품에서도 카프카의 전형적인 갈등 상황이 다시 등장한다. 그의 전 생애를 관통하고 있는 아버지와 아들 사이의 갈등이 그것이다. 물론 『변신』이나 『선고』에서처럼, 무기력해 보였던 아버지가 갑자기 예전의 기력을 회복해 아들에게 폭력을 행사하거나 사형선고를 내리는 일은 일어나지 않는다. 여기서도 아버지는 '늙은' 농부이지만, 그의 아들인 화자는 선뜻 집 안으로 들어서지 못하고 멀리서 집 안을 살필 뿐이다. 이러한 정황은 그의 망설임이 동시에 연약함이라는 사실, 그리고 그 연약함은 항상 실패를 의미한다는 사실을 보여 준다. 연약함으로 인해 결국 그는 아버지를 만나지 못하는 것이다.

이런 상황은 그의 또 다른 단편 「법 앞에서」의 상황을 떠올리게 만든다. 그 역시 문지기를 지나 문 안으로 들어가지 못하고 하염없이 기다릴 뿐이다. 무섭고 강력하게 생긴 문지기 때문에 그는 감히 안으로 들어갈 엄두를 내지 못한다. 「귀향」의 화자 역시 "부엌문을 두드릴 엄두도 못 내고 그저 멀리서 귀를 기울일" 뿐이다. 물론 「법 앞에서」의 화자에게 이처럼 위협적인 방해 요소가 존재하듯이, 「귀향」에서도 분위기는 화자에게 그다지 친화적이지 않다. "낡고 쓸모없는 도구는 서로 얽힌 채 다락방으로 통하는 계단에 이르는 길을 가로막고" 있고, "격자 울타리 위에는 고양이가 도사리고" 있으며, "물건 하나하나가 그 나름의 용무에 골몰하고 있기라도 하듯 냉랭하게" 서 있다.

결국 그는 아버지뿐만 아니라 끝까지 아무도 만나지 못하고 밖에 머물러 있게 된다. 그런 점에선 「법 앞에서」보다 더 철저하게 화자의 소외가 강조된 것이라 할 수 있다. 마지막에 작품은 집 밖에 있는 화자와 집 안에 있는 사람들이 서로의 비밀을 간직하고 아무런 소통도 없는 상태로 끝난다. 집 안에 있는 사람들의 비밀은 '나'에게 감춰져 있다. "그 밖에 부엌에서 일어나는 일은 그들이 내게 감추는, 거기 앉아 있는 사람들의 비밀이다." '나' 역시도 그들에겐 비밀을 감추려는 사람처럼 보일 뿐이다. "그렇다면 나 역시도 자기 비밀을 감추려는 사람 같지나 않을까." 서로 만난다 해도, 낯설어진 이들 간의 소통은 아마 불가능할 것이며, 비밀은 끝까지 비밀로 남을 것이다.

이때 화자가 취하는 애매모호한 태도, 즉 집 안으로 들어가는 것을 '연기'하거나 '지연'하고 있는 것 같은 인상은, 하지만 거꾸로 바로 카프카가 원하는 것이 아니었을까? 이해받지 않기, 혹은 받아들여지지 않기, 혹은 오해받기. 바로 그런 의미에서 그가 1921년 10월 21일자 일기에 쓰고 있는 내용은 「귀향」을 떠오르게 한다.

집 안으로 들어선다는 것이 그에게는 불가능했다. 왜냐하면 그에게 '내가 너를 인도할 때까지 기다려라' 하고 말하는 목소리를 들었던 것이다. 그리하여 그는 아직도 집 앞의 먼지 속에 서 있다. 아마도 이미 모든 게 가망 없음에도 불구하고.

아버지의 목소리처럼 들리는 '기다려라'는 명령은 카프카의 작품을 관통하고 있는 부자갈등의 면모를 다시 반복해서 보여 주면서, 동시에 그의 감춰진 욕망, 즉 아버지의 세력권 '밖에 있기'라는 그의 전략이 실현되는 양상을 보여 준다. 물론 거기에는 복잡한 상호관계가 전제되어 있다. 왜냐하면 "귀환이 귀환의 불가능성인 것처럼, 떠나기는 떠나기의 불가능성이기"때문이다. 그는, 떠났지만 떠난 것이 아니며, 돌아왔지만 돌아온 것이 아닌 역설적 상태, 그리고 그것이 거듭 반복되는 상황에 노출된 채 어정쩡하게 서 있는 것이다. 그리고 이런 식으로 카프카는 성경적 '아버지-아들의 내러티브', 즉 완결된 화해라는 구도를 변형시켜, 출발과 귀환의 움직임, 모독과 화해의 움직임을 '영원회귀'라는 신화적 구조로 자리 잡게 하고 있는 것이다.

로베르트 발저 역시 '잃어버린 아들' 모티프에 많은 관심을 보였는데, 그의 시 「잃어버린 아들」에서는 그 관심이 어디서부터 시작되었는지를 확인할 수 있다. 그가 이 모티프에 관심을 보인 발단이 된 것은 무엇보다 렘브란트의 그림 〈탕자의 귀향〉(1666~1669)이다. 그 그림은, 집에 돌아와 무릎 꿇은 둘째 아들을 아버지가 반갑게 맞이하는 순간을 포착하고 있다. 그림 오른쪽에는 이 만남을 못마땅한 표정으로 쳐다보고 있는 첫째 아들을 비롯해 다른 세 명의 인물이 그려져 있다. 이들은 '상황에 개입하지 않는 갖가지 방식들'을 보여 준다. 응시하거나, 주시하거나, 감시하거나, 주목하며 관찰자의 태도를 보이는 것이다.

하지만 자신의 시에서 발저가 주목하고 있는 것은 구원사적 관심이 아니라 '집에 남아 있던 다른 이'의 심리이다. 집에 남아 항상 자신의 의무를 다했던 큰아들은, 잃어버린 아들을 다시 찾은 것을 기뻐하고 있는 무리 속에서, 고향에 있는 것같이 느끼지 못한다. 그는 고향집에 있으면서도 이제 고향을 떠난 자의 마음을 지니고 있는 것이다. 시적 화자는 큰아들의 속마음을 대변하는 가운데 다음과 같이 물으면서 시를 끝맺고 있다.

새로 태어난 것, 그것에 대해 지금 모두가
기쁘게 울고 있음에 틀림없는 그 무엇은,
재고 있는 오성, 그 안에서 질투심이
비참하게 꿈틀거리고 있는 그 오성과 어떻게 결합되었는가?

"새로 태어난 것"은 새로 생겨난 기쁜 감정을 지칭하고 있는 것
처럼 보이면서도, 새로 태어난 것이나 다름없는 돌아온 탕자를 큰
아들의 꿈틀거리는 질투심이 사물화하고 있는 것처럼 보이도록 함
으로써 그의 불편한 심경을 드러내 주고 있다.

이러한 두 아들의 대비는, 발저의 소품 「잃어버린 아들 이야
기」에서 한층 명료하게 제시되어 있다. 발저의 이 우화는 작은아들
과 큰아들을 정확히 대등하게 비교하며 이들의 특성을 대비시키고
있는데, 그런 까닭에 이미 성경을 통해 잘 알려져 있는 '잃어버린 아
들'이 아니라 집에 머물러 있던 큰아들의 입장이 새로운 관심의 대
상이 된다. 잃어버린 아들이 집에 돌아와 환대받는 장면은 비교적
자세히 묘사되고 있는데, 이때 마치 화자는 자신이 그 자리에 있었
던 것처럼, 그것도 큰아들의 입장에서 감회를 서술하고 있다. "한 번
도 잘못을 저지르지 않았던 사람도, 아마 한 번쯤은 기꺼이 불쌍한
죄인이 되고 싶었을 것"이라는 것이 그의 추측이다. 이러한 그의 추
측은 변형된 형태로 여러 번 되풀이 된다. 그리고 오랜 세월이 지나
관련된 모든 사람이 죽고 난 후, 첫째는 화자를 찾아 "[잃어버린 아
들에 관한] 그 이야기가 결코 쓰이지 않았더라면" 하는 소망을 피

력한다. 그의 입장을 전해 들은 화자는 그의 편에 서서 다음과 같이 얘기를 끝맺고 있다.

나는 그 특이한 괴짜의 불만에 대해 단 일 초도 놀라지 않았다. 그의 불쾌한 감정에 대해 나는 한량없는 이해심을 가졌다. 그가 분명히 별로 추천받지 못할 만한 역할을 하고 있는 잃어버린 아들의 이야기가 편안하고 교화적인 이야기일 수도 있다는 것을, 나는 불가능하다고 생각한다. 오히려 나는 모든 점에 있어서 그 반대를 확신했다.

화자는 큰아들의 입장에서 '잃어버린 아들'의 일화를 전해 주고 있을 뿐 아니라, 우리 대부분이 큰아들의 입장에 서 있다는 것을 보여 준다. 이러한 결말은, 탕자에게서 "시민적 삶을 영위하는 모두가 마음에 품었으나 억압하고 있을 삶의 방식"을 읽어 내려는 시도와는 다른 결론을 도출할 수 있는 가능성을 엿보게 한다. 만족감과 기쁨을 주는 그 일화와 관련된 모든 사람은 이미 역사 속으로 사라졌고, 남은 것은 큰아들과 그에 동의하는 화자뿐인 것이다. 「누가복음」에서는 '잃어버린 아들'과 논리적으로 같은 맥락에서 우리 안에 있는 아흔아홉 마리의 양과 길 잃은 한 마리의 양에 관한 일화를 병치시켜 놓고 있는데, 발저는 이런 식으로 우리 안에 있는 아흔아홉 마리 양의 기분을 큰아들로 하여금 대변하게 하고 있는 셈이다. 발저는 그러므로 '잃어버린 아들'의 이야기를 통한 종교적 교훈이 아니라, '길 잃지 않은 대부분의 아들'에게 초점을 맞춰 그에게 가해진 속 좁은 인간이라는 판단의 부당성을 제시하고 그가 느낄 법한 질투와 불편함에 호의를 표함으로써 기존의 내러티브를 역전시키고 있는 것이다.

릴케의 경우 『말테의 수기』에 등장하는 '잃어버린 아들' 모티프는 앙드레 지드의 영향을 받아 쓰인 것으로 대개 알려져 있다. 지드는 「누가복음」의 비유를 1907년 산문 형식으로 개작해서 「잃어버린 아들의 귀환」으로 발표했는데, 릴케가 이 작품을 1913년에 독일어로 번역했던 것이다. 하지만 여러 가지 정황상으로 볼 때, 릴케는 앙드레 지드의 작품을 접하기 전부터 이 모티프와 대결하고 있었던 것처럼 보인다.

이미 1902년에 릴케는 「로댕론」에서 '탕자'라는 제목을 가진 조각상에 대해 다음과 같이 짧게 언급하고 있다.

무릎 꿇고 두 팔을 위로 뻗어 끝없이 간청하는 몸을 젖힌 저 빈약한 체구의 젊은이. (……) 로댕은 이 인물을 '탕자'라 불렀다. 그러나 왜 그렇게 되었는지는 모르겠지만, 어느 날 갑자기 '기도'라는 제목도 가지게 되었다. 이 형상은 또한 자기 이름을 넘어서서 확대되고 있는 것이다. 그건 아버지 앞에 무릎을 꿇고 있는 아들의 모습이 아니다. 이 몸짓은 신을 필수불가결의 존재로 만든다. 신을 필요로 하는 사람 모두가 그 몸짓을 취하는 아들 속에 있기 때문이다.

로댕이 1889년에 작업한 이 작품을 보며, 릴케는 단독자로서의 탕자뿐만 아니라 이 존재가 보편자로 확장되고 있는 양상을 이야기하고 있다. 두 팔을 하늘로 쳐든 아들의 몸짓은 신과의 관계에서 인간 모두가 지을 수 있는 몸짓이기 때문이다.

1906년 6월에도 릴케는 「잃어버린 아들의 가출」이라는 시에서 같은 모티프를 다루고 있는데, 시기를 고려할 때 지드의 일방적인 영향만을 논할 수 없다는 사실은 더욱 분명해진다. 이 시에서 눈에 띄는 점은, 돌아온 탕자가 아니라 그가 고향으로부터 떠나게 되는 정황과 그의 심정을 상세히 그리고 있다는 점이다.

> 혼란스런 모든 것으로부터 이제 떠나기,
> 우리 것이면서도 우리에게 속하지 않은 것으로부터,
> 오래된 샘 속의 물처럼
> 떨면서 우리를 비추고 그 상을 파괴하는 것으로부터;
> 마치 가시처럼 다시 한번 우리에게
> 붙어 있는 이 모든 것으로부터, 떠나기

탕자는 떠난다. 이제까지 양가적인 의미로 혼란스럽게 다가왔던 것들로부터. 그것은 우리 것이면서 동시에 우리 것이 아니고, 우리를 비추면서도 우리를 파괴하는 것들이다. 그러자 보이지 않던 것들이 보이기 시작한다.

> 그리고 저것 그리고 저것,
> 우리에게 더 이상 보이지 않던 것들을
> (그것들은 그렇게 일상적이었고 그렇게 평범했으니)
> 갑자기 바라보기: 부드럽고, 화해하는 마음으로
> 마치 처음처럼, 가까이서
> 그리고 예감하며 통찰하기, 얼마나 비인간적으로,

얼마나 모든 것을 넘어서 고통이 발생했는지를,
유년이 그 고통으로 꼭대기까지 가득 찼는지를:

그는 어디로 가는가? "모르는 곳으로" 간다, 미지의 땅으로. 그가 떠나는 이유는 무엇인가? 그것은 "충동 때문"이기도 하고, "버릇 때문"이기도 하며, "조바심과 어두운 기대, 몰이해와 어리석음 때문"이기도 하다. 설령 그렇더라도 탕자는 "이 모든 것을 스스로 지려"한다. 목표는 "왜인지도 모른 채 홀로 죽는" 것이다. 한없이 불확실한 이 '떠남'은 결국 이유도 모른 채 홀로 죽는 부정적인 상황으로 끝이나는 것처럼 보인다. 하지만 시는 결국 다음과 같이 끝난다. "그것은 새로운 삶의 입구인가?" 의문문으로 끝나는 이 시의 결말은, 거꾸로 새로운 삶에 대한 강력한 동경으로 끝나는 것으로 보아야 한다.

그리고 얼마 안 있어 릴케는 또다시 '잃어버린 아들'을 모티프로 한 시를 발표한다. 「잃어버린 아들에 관하여」라는 이 시에서, 왕의 총애를 받고 있는 시적 화자는 문득 왕의 곁을 떠나고자 하는 소망을 피력한다.

하지만 왕이시여, 당신이 언젠가 나를 받아들였던 것처럼,
평안히, 나를 떠나가게 해 주소서.
누구에게 가는지 물으시나요? 모든 것에게로. 제 삶으로입니다.

그곳으로 가는 것은 "측량할 수 없는 곳으로 움직여 가는" 것이고, 이를 위해서는 "혼자 있어야만" 하며, "아무도 방해하지 않아야" 한다. 고독한 이 길이 언제 끝날지는 그도 알 수 없다. 다만 그는

기다릴 뿐이다. 시는 이렇게 끝을 맺는다.

> 그렇게 저는 이제 이 미로 속에서,
> 향기와 묵직함이 나를 묶어 두고 있는 저 밑에서,
> 제가 갈 길을 찾는 것을 방해하는
> 향내가 희미해질 때까지 견뎌 내야 합니다.

혼자 견뎌야 하는 그 고독 속에서 그는, 바다 깊은 곳으로부터 올라오는 "무언가 죽은 것" 혹은 "수천의 삶에 대한 기억"이 자신에게 도달한다고 말한다. 그것은 "자기 자신의 무의식적 심층부와 만나는" 체험이다. 그리고 바로 여기에 그가 그토록 떠나고 싶어 하는 이유, 홀로 있고 싶어 하는 이유가 있다.

'잃어버린 아들' 모티프는 이후에도 계속 릴케를 자극해, 1910년 『말테의 수기』에서는 이제 산문의 형태로 독자에게 다가간다. 여기서도 이 모티프는 '떠남과 돌아옴'이라는 주제를 반복하고 있는데, 특별히 '타문화 체험'과의 연결성이 부각된다. 화자는 이 이야기를 "사랑받지 않으려는 사람의 전설"이라고 굳게 믿고자 하는데, 탕자는 가족들이 생각하고 있는 자신의 모습에서 필사적으로 벗어나 "아직 실현되지 않은 삶의 비밀"을 체험해 보고자 유년 시절부터 거듭 노력하지만, 그가 공상에서 깨어나는 순간 항상 실패를 맛본다. 마침내 집을 떠난 탕자는 오랜만에 집으로 돌아오는데, 그는 가족들의 발아래 몸을 던지며 "자기를 사랑하지 말라고 간청하는 애원의 몸짓"을 보이지만, 그의 태도가 보인 명료함에도 불구하고 "모든 사람들이 그를 오해"한다. 하지만 바로 이 오해가 그에게 말할 수 없는 해방감을 안겨 준다. "그들의 사랑이 그에게 미치지 못한다는 점이 분명"해졌기 때문이다.

'탕자 이야기'가 언급되기 전에 소개된 가짜 황제 그리샤 오트레피오프의 최후에 관한 이야기 역시 탕자 이야기의 변주라고 볼 수 있다. 황제의 어머니와 가짜 황제의 첫 만남에 대해 화자는 다음과 같이 추측하고 있는 것이다. "그녀가 그를 아들로 인정했을 때부터 그의 불안이 시작된 것은 아닐까?" 화자는 가짜 황제가 변신할 수 있었던 힘은 더 이상 어느 누구의 아들도 아니라는 사실에 기인한다고 생각한다. 이어서 릴케는 계속해서 이렇게 적고 있다. "그것은 결국 집을 떠난 모든 젊은이들의 힘이다." 어느 누구의 아들도 아닌 자는 집을 떠난 모든 젊은이이며 또한 사랑받기를 바라지 않는 탕자이기도 한 것이다. 릴케의 이러한 해석 방식은 그가 거듭 추구해 온 '자아의 탈중심화'라는 주제의 변주이다.

마지막으로 헤세. 그의 경우 '잃어버린 아들' 모티프는 위에 예로 든 다른 작가들보다 더 집중적으로 조명을 받고 있는데, 대개의 경우 이 모티프는 기존의 편협한 세계에 균열을 내고 새로운 가치관을 창조해 내는 방식을 보여 주기 위해 사용된다. '잃어버린 아들'은 헤세에게 있어서 일종의 '표상'으로까지 기능한다고도 할 수 있는데, 당장 『크눌프』의 첫 장면에서 친구의 집을 찾은 주인공은 이렇게 노래하고 있다.

지친 나그네 한 사람
주막에 앉아 있네.

그는 바로 다름 아닌
잃어버린 아들이라네.

이 모티프가 마치 '붉은 실'처럼 작품 전체를 관통하고 있는 작품이 바로 『데미안』이다. 이 작품의 주인공 싱클레어 역시 위에서 언급한 작가들의 등장인물들과 마찬가지로 한 명의 '잃어버린 아들'인 것이다. 그가 이들과 같은 범주에 속하게 된 결정적인 계기는, 그가 자발적인 거짓말을 통해 그의 적대자 크로머와 얽히게 되면서부터이다. 그는 크로머로부터 협박을 받고 그에게 상납해야 할 처지에 빠지고는 차마 집 안으로 들어서지 못한 채 자신의 심정을 이렇게 밝히고 있다.

나는 계단을 올라갈 수가 없었다. 내 삶이 파괴되었던 것이다. 도망쳐서 다시는 돌아오지 않거나, 물에 빠져 죽을까 하는 생각이 들었다. 하지만 그 어느 쪽도 분명하게 눈앞에 그려지지는 않았다. 나는 우리집 계단의 맨 아래쪽에 주저앉아 어둠 속에서 몸을 웅크린 채로, 불행에 나를 내맡겼다.

그는 어쨌든 집으로 돌아왔지만 그것은 완결된 혹은 완전한 귀향이 아니다. 그가 자신의 죄를 고백하지 않고 있기 때문에, 죄에 연루되었다가 집에 돌아오는 일은 거듭 반복될 것이다. 그는 "마치 잃어버린 아들이 옛 고향의 방들을 보며 냄새를 맡을 때처럼" 자기 집의 사물들을 바라보지만, 그것들은 더 이상 그의 것이 아니라 "아버지와 어머니의 밝은 세계"에 속한 것일 뿐이다. 그가 저지른 잘못은 "깔판에 문질러도 제거되지 않는 오물"처럼 그의 발에 묻어 있고, 그의 "고향 세계가 알지 못하는 어두운 그림자"가 그와 함께 집 안으로 따라 들어온다.

그는 마음의 짐을 내려놓고 싶은 갈망과, 제대로 된 참회를 하고 싶은 욕구를 자주 애타게 느낀다. 가족은 그를 다정하게 받아 주고 그를 안타깝게 여기며 보호해 줄 것이기 때문이다. 하지만 예전과 달라진 점이 있다는 것을 그는 느낀다. 싱클레어에게 어두운 세계의 체험은 단순히 제거되어야 할 어떤 것이 아니라, 자신이 이제까지 살아왔던 세계와 다른 세계에 대한 은근한 동경과 병치되는 것이다. 그리고 그는 이제 자신과 가족 사이에 어떤 비밀스런 경계선이 그어졌음을 느낀다. 가족들이 그를 "완벽하게 이해하지는 못할 것이라는 사실, 그리고 이 모든 것이 운명인데도 불구하고 일종의 탈선으로 여기리라는" 사실은, 그가 이제까지 함께했던 가족의 세계를 떠나고 있음을 보여 준다. 가족이 기대하고 있고 실현하고 있는 이해와 용서의 세계관은 '잃어버린 아들'을 자신들의 세계 속에 포용하려 하고 있고 또 그렇게 되었다고 믿고 있지만, 이제까지와 같은 내러티브가 구사되고 있음에도 불구하고 거기엔 묘한 균열이 발생하고 있다. 돌아온 아들을 가족이 이해하는 양상과 그가 자신을 이해하는 양상에는 이제 돌이킬 수 없는 틈이 벌어지고 있는 것이다.

물론 모든 사람이 이러한 상황을 겪음에도 불구하고 누구나 최종적으로 '떠남'을 완수하는 것은 아니다.

누구나 이런 어려움을 겪으며 산다. 평균적인 인간의 삶에 있어서 이것은, 자신의 삶의 요구가 주변 환경과 가장 힘겨운 투쟁에 빠지는 지점이며, 앞으로 나아가는 길을 열기 위해 가장 치열하게 투쟁해야 하는 지점이다. 많은 사람이 우리의 운명인 이 죽음과 새로운 탄생을 이 시기에 삶에서 단 한 번 체험한다. 유년기가 부식되고 천천히 몰락해 갈 때, 우리가 사랑했던 모든 것이 우리를 떠나려 하고, 우리가 우리를 둘러싸고 있는 우주의 고독과 치명적인 혹한을 느낄 때면 말이다. 그런데 아주 많은 사람이 영원히 이 벼랑에 매달린 채, 돌이킬 수 없이 지나간 것에, 모든 꿈 중에 가장 나쁘고 잔인한, 잃어버린 낙원에 대한 꿈에 평생 동안 고통스럽게 달라붙어 있다.

'평균적인 사람들'과 달리 싱클레어는 그를 이끄는 인도자의 도움을 받아 그들이 영위하는 삶에서 벗어난다. 데미안과 에바 부인이 결정적인 역할을 하지만, 중간 지점에서 그를 이끌어 주는 징검다리 같은 존재가 있다. 바로 피스토리우스라는 인물이다. 우리의 맥락에서 중요한 것은 그 역시 '잃어버린 아들'로 묘사되고 있다는 점이다.

여기 이 집에서는 내가 사귀는 사람들이 그다지 인정을 못 받아. 말하자면 난 잃어버린 아들이거든. 내 아버지는 엄청난 존경을 받는 분이지. 이 도시에서 아주 유명한 목사이자 설교가거든. 그리고 나로 말하자면, 궁금할 것 같아서 바로 알려 주자면, 그분의 재능있고 촉망받는 아드님이지.

피스토리우스를 통해 싱클레어가 배워 가는 것은 영지주의를 비롯해 불교와 조로아스터교 등의 종교와 사상이지만, 무엇보다 그의 음악을 통해 선악을 넘어선 아브락사스의 의미를 깨닫게 된다. 그의 오르간 연주를 들으며 느낀 감정을 싱클레어는 그에게 다음과 같이 고백한다.

> 음악을 좋아합니다. 하지만 당신이 연주하는 그런 종류의, 구속이 없는 음악만 들어요. 듣고 있으면 한 인간이 천국과 지옥을 뒤흔든다고 느껴지는 그런 음악 말이에요. 그런 음악이 내겐 너무 좋은데, 내 생각엔 그것이 별로 도덕적이지 않아서 그런 것 같아요. 다른 모든 것은 도덕적이죠. 나는 도덕적이지 않은 무언가를 찾고 있어요. 나는 도덕적인 것에 짓눌려 항상 고통만 당했죠. 잘 표현할 수가 없군요. 신이면서 동시에 악마인 그런 신이 틀림없이 있다는 걸 아세요? 그런 신이 있다는 얘길 들었습니다.

'선악의 피안'에 도달하고자 하는 싱클레어의 언급에는 이미 니체의 향기가 가득하다. 이미 데미안에 의해 기존의 도덕적 질서에 대한 전복적 해석을 접한 그로서는 니체식의 도덕비판이 낯설지 않고, 실제로 이후에 그를 사로잡은 것이 바로 니체의 사상이다.

> 난 자유로웠다. 난 하루 종일 나만을 위한 시간을 가졌고, 외곽의 낡은 집에서 조용하고 편안하게 지냈다. 책상 위에는 니체의 책 몇 권이 놓여 있었다. 나는 그와 더불어 살았고, 그의 영혼의 고독을 느꼈으며, 쉬지 않고 그를 몰아댄 운명의 냄새를 맡았다. 그와 함께 고통을 받았고, 그토록 가차 없이 자신의 길을 걸어간 누군가가 있었다는 사

실에 지극히 행복해했다.

헤세에게 니체는 '운명애amor fati'의 목소리였고, 그가 주목하게 된 것은 그의 '도덕파괴술'이었다. 싱클레어에게도 니체의 의미는 사뭇 남다르다. 그는 전통적 교리를 니체식으로 파괴하며 각성하며 성장하고 있는 것이다. 그런 탓에 낙원을 잃어버린 것으로 묘사되고 있는 그의 행보는, 결국은 그가 오히려 아버지의 억압적 권위로부터 스스로를 해방시키는 긴 과정, '알깨기'를 통해 새로운 세상으로 나아가는 과정이라고 할 수 있게 된다.

작가 연보

1877 7월 2일, 독일의 뷔르템베르크 칼프에서 태어남. 아버지는 개신교 선교사인 요하네스 헤세이며 어머니는 마리 군데르트.

1881 가족이 바젤로 이주하여 1882년 바젤 시민권 획득.

1885 선교단 기숙학교에 입학.

1886 가족이 다시 칼프로 이주. 라틴어학교에 입학.

1890 뷔르템베르크 국가시험을 준비하기 위해 괴핑엔에 있는 라틴어학교로 전학.

1891 슈투트가르트에서 국가시험에 합격한 후, 신학 경력을 쌓기 위해 마울브론 수도원에서 열린 개신교 신학 세미나에 참석.

1892 5월, 리볼버로 자살 기도 후 슈투트가르트 근처의 슈테텐 임 렘스탈에 있는 정신병원으로 이송. 칸슈타트에 있는 김나지움 입학.

1893 학업 중단.

1894 칼프의 시계공장에서 기계공으로 14개월간 견습생 생활 시작.

1895 10월, 튀빙엔의 헤켄하우어 서점에서 견습 과정 시작.

1896 그의 시 「마돈나」가 빈에서 출판된 잡지에 실림.

1898 견습 과정을 마친 헤세가 헤켄하우어 서점에서 제품 보조원으로 일하면

서 부모로부터 재정적 독립. 그의 첫 번째 저작 『낭만적인 노래』 출간.

1899 산문집 『자정 뒤 한 시간』 출간. 가을부터 바젤의 고서점 '라인 출판사'에서 근무.

1900 시력이 좋지 않아 병역 면제 판정. 『헤르만 라우셔』를 가명으로 출간.

1902 자신보다 아홉 살 많은 바젤의 사진가 마리아 베르누이를 만나 함께 이탈리아 여행.

1903 『페터 카멘친트』 출간.

1904 마리아 베르누이와 결혼.

1905 첫째 아들 브루노 출생.

1906 알베르트 랑엔이 발행한 잡지 『삼월』의 공동 편집자로 일함. 『수레바퀴 아래서』 출간.

1909 둘째 아들 한스 하인리히 출생.

1910 소설 『게르트루드』 출간.

1911 셋째 아들 마르틴 출생. 창작의 위기에서 벗어나기 위해 한스 슈투르체네거와 함께 실론과 인도로 장기간 여행.

1914 제1차 세계대전이 발발하자 전쟁자원봉사자로 베른 주재 독일 대사관에 배치되어, 독일 전쟁 포로를 위한 독서자료 제공. 『로스할데』 출간.

1915 『크눌프』 출간.

1919 『데미안』 출간.

1920 『클링조르의 마지막 여름』 출간.

1922 『싯다르타』 출간.

1923 마리아 베르누이와 이혼.

1924 스위스 작가 리자 벵어의 딸인 루트 벵어와 결혼. 베른의 시민권 획득.

1927 루트 벵어와 이혼. 『황야의 이리』 출간.

1930 『나르치스와 골트문트』 출간.

1931 예술사가인 니논 돌빈과 결혼.

1936 고트프리트 켈러 상 수상.

1943 『유리알 유희』 출간.

1946 괴테 상 수상.

1946 노벨문학상 수상.

1950 빌헬름 라베 문학상 수상.

1955 독일 도서출판협회 평화상 수상.

1962 8월 9일, 스위스 몬타놀라에서 죽음.

데미안

에밀 싱클레어의 젊은 날의 이야기

클래식 라이브러리　012

1판 1쇄 인쇄　2024년 4월 15일
1판 1쇄 발행　2024년 4월 26일

지은이　헤르만 헤세
옮긴이　정현규
펴낸이　김영곤
펴낸곳　아르테

TF팀 이사　신승철
TF팀　이종배
출판마케팅영업본부장　한충희
마케팅1팀　남정한 한경화 김신우 강효원
출판영업팀　최명열 김다운 권채영 김도연
제작팀　이영민 권경민

출판등록　2000년 5월 6일 제406-2003-061호
주소　(우 10881) 경기도 파주시 회동길 201(문발동)
대표전화　031-955-2100
팩스　031-955-2151

ISBN　979-11-7117-541-3 04800
ISBN　978-89-509-7667-5 (세트)

아르테는 (주)북이십일의 문학·교양 브랜드입니다.

『슬픔이여 안녕』『평온한 삶』『자기만의 방』『워더링 하이츠』『변신』『1984』『인간 실격』『도리언 그레이의 초상』『월든』『코·초상화』『수레바퀴 아래서』『데미안』『비계 덩어리』『사랑에 관하여』『이방인』『라쇼몬』『노인과 바다』『위대한 개츠비』『작은 아씨들』

클래식 라이브러리 시리즈는 계속 출간됩니다.